De stille stad

Van dezelfde auteur

De kus van de weduwe
Motormoeder
Vogel kan niet vliegen
Wachten op de moesson
Het laatste land

Threes Anna

De stille stad

SIGNATUUR

2012

Omslagontwerp: Wil Immink Design
Omslagbeeld: Volta ontwerpers, filmposter
© 2012 Beatrice Pettovich, still uit *Silent City*
Typografie: Pre Press Media Groep, Zeist
Druk- en bindwerk: Koninklijke Wöhrmann, Zutphen

ISBN 978 90 5672 471 9
NUR 301

Eerder verschenen bij uitgeverij Querido
Eerste druk, 2006
Tweede druk, 2007

voor Adriaan

Sie will ein Fisch im Wasser sein
Im flaschengrünen, tiefen See.
Sie will mit Wasser sich besaufen
Und paar Blasen blubbern lassen
Was sie dann will,
Das ist mit Neptun schweigen
Und in Ruhe tun, was sie sonst nie tut,
Was sie sonst nicht kann und soll.

– NINA HAGEN

Een

Meneer Kon droeg witte handschoenen. Hij stak het mes langzaam in de buik. Het mes gleed moeiteloos dieper. Met zijn vrije hand probeerde hij het tegenstribbelen te onderdrukken. De mond hapte. Open dicht, open dicht. Ik zag de mondholte, het trillende gehemelte, de wangen die naar binnen werden gezogen. Alles vocht om leven maar er kwam geen geluid. Niets. Wat zou hij hebben willen zeggen? Zou hij wat hebben willen zeggen? Niemand zei iets. Iedereen keek hoe het mes onverstoorbaar verder gleed en de buik openreet. De huid werd bleker, de ogen stonden panisch. Alles wat kon bewegen bewoog, maar in doodse stilte. Behalve de natte huid, die, ontsnapt aan de druk van de hand, met een precieze regelmaat neersloeg op de harde ondergrond. Het gaf een kletsend geluid dat weerkaatste tegen de wanden en de ongelijke strijd op muzikale wijze begeleidde. Splets, splets, splets. Meneer Kon hield zich niet aan het ritme en duwde zijn duim de buikholte in om de huid opzij te trekken. De natte lippen bleven happen. Waarom ging hij maar niet dood? Meneer Kon legde het mes neer en trok de ingewanden naar buiten. De bewegingen verstilden niet, integendeel, hij ging nog feller bewegen en voerde het ritme van het natte kletsen op. Niets leek te beseffen dat de dood er al was. Dat er geen weg terug was en vechten nutteloos. Meneer Kon sneed de laatste aanhechtingen van het zenuwstelsel door, leven was onmogelijk geworden maar het happen ging door. Sneller zelfs. Het was zinloos maar niemand zei het hem. Na een snelle haal trok Meneer Kon de lever los. Hij bekeek hem aandachtig voordat hij hem opzijlegde. Zijn duim ging weer de buik in en trok de huid wijder open. Zijn witte handschoen werd steeds roder. De punt van zijn mes gleed opnieuw de buikholte in en sneed het vlies langs de ruggengraat los. Het bloeden verergerde. Meneer Kon trok met een ruk het buikvlies eruit. Er hingen rode draden aan. Hij pakte een borsteltje en onder het stromende water waste hij de bloedresten uit de buik. Zijn handelingen waren geroutineerd maar niet mechanisch. Ik vroeg me af hoe vaak hij dit al had gedaan. Het kletsende geluid stierf weg en de mond bleef wijd openstaan. Vanaf de plek waar ik stond zag ik door de open mond het mes, vanbinnenuit, de hals doorsnijden. De kop viel opzij. De ogen staarden me scheel aan.

Ze hadden me niet gezegd dat ik lichtblauwe kleren aan moest. De jongen naast mij krabde aan zijn been. Ik keek hem aan, zijn gezicht zat vol puistjes. Hij keek niet terug. Net als de anderen staarde hij zonder een spier te vertrekken naar de handelingen van Meneer Kon. Ik durfde me niet te bewegen. Ik wilde niet opvallen maar wist dat iedereen mij zag in mijn zwarte broek en roze trui. Me kleiner maken had niet geholpen. Ik stak boven hen uit. Ook was er niets waarachter ik me kon verschuilen. Dus tuurde ik, net als zij, naar de punt van het mes, dat geen enkele weerstand meer ondervond. Razendsnel bewoog het zich door het vlees. Vlees dat niet meer tegenspartelde maar zich had overgegeven aan Meneer Kon en zijn mes. De ogen hadden een wezenloze uitdrukking gekregen, de open mond iets ridicuuls. Meneer Kon sneed de filet zorgvuldig los van de graat.

Niemand had een woord tegen me gesproken. Zelfs Meneer Kon niet toen ik hem was gaan begroeten en hem mijn cadeau had gegeven. Hij had het pakje aangepakt en op zijn bureau gelegd, naast de telefoon. Misschien was het de bedoeling geweest dat ik op de gang bij mijn koffer was blijven wachten. Ik kende de regels niet. Ik had hem, zoals zijn tolk me destijds op het hart had gedrukt, niet de hand geschud.

Meneer Kon draaide de vis om en maakte een nieuwe snee – van kop naar staart. Hij had het goedgevonden dat ik kwam, dat had zijn tolk me verteld. Ergerde hij zich aan mijn kleding? Ik nam me voor zo snel mogelijk een lichtblauwe broek en shirt te kopen. Of moest ik een rok dragen, zoals de twee meiden die bij de deur stonden? Meneer Kon begon langzaam en met een lage stem te praten terwijl hij met de punt van zijn mes naar de vleesresten op de graat wees. Uit de groep om mij heen klonk instemmend gegrom. Wat bedoelde hij, moesten we de resten bewaren of juist niet? Meneer Kon boog zich voorover en trok met een pincet alle kleine graatjes uit de vis. Hij pikte veel sneller dan moeder, wanneer zij zich epileert. Meneer Kon sneed de filet in tweeën. De jongen naast me krabde aan zijn been. Ik hoopte dat het geen vlooienbeten waren. Meneer Kon plaatste het snijvlak van zijn mes plat bij het uiteinde van de staart, die hij stevig vasthield, en trok het vel onder het mes door, waardoor het vlees loskwam van de huid. Een man met een snor, die onbeweeglijk achter hem had gestaan, pakte het perfect schoongemaakte stuk vis van de snijplank, legde het op een schaal en toonde het ons. Uit de kelen om mij heen klonk opnieuw het bewonderende, diepe grommen. Meneer Kon trok zijn handschoenen uit, legde ze naast elkaar aan de rand van de tafel, waste zijn handen en het mes, droogde ze, rolde het mes in een rode doek en legde het in een antieke, houten doos die de man met de snor voor hem ophield. Zonder nog iets te zeggen liep hij de keuken uit.

De man met de snor deelde orders uit. Iedereen sloeg onderdanig zijn ogen neer en stemde toe met diepe keelklanken. De Snor was duidelijk de rechterhand van Meneer Kon. Zou ik aan hem moeten vragen waar ik kon slapen? De tolk had mij gezegd dat ik tegen een redelijke vergoeding naast het restaurant kon wonen. De Snor zei iets tegen de jongen met de puistjes. Die pakte gedwee de handschoenen van Meneer Kon en spoelde ze uit, terwijl de anderen snel de keuken verlieten. Ik liep naar de Snor en vroeg of hij Engels sprak. Hij keek me aan alsof ik op dat moment uit de lucht was komen vallen. Zijn ogen draaiden van links naar rechts en hij blafte iets tegen de pukkeljongen, die zenuwachtig zijn hoofd schudde en zijn kin diep tussen de schouders trok. De Snor pakte de antieke doos en liep, mij met de pukkeljongen achterlatend, de deur uit. Ik keek naar de jongen en wilde mijn vraag herhalen maar hij draaide de kraan verder open. Het water kletterde in de bak. De Pukkel waste de handschoenen alsof zijn leven ervan afhing. Naast hem lagen de restanten van de vis.

Op de gang, een kale houten vloer en lege wanden, twee gloeilampen en om de paar meter een deur of het begin van een andere gang, was niemand. Mijn koffer, die ik naast de deur had gezet, was verdwenen. Aan het eind van de hoofdgang was in de wand een aquarium gebouwd. Het zat zo vol vissen dat vrijuit zwemmen onmogelijk was. In de hoek bij de zuurstoftoevoer was het een drukte van happende monden. In de tegenoverliggende hoek was iets meer ruimte. Tussen een rode poon en een kleine zeeforel door zag ik vaag een andere ruimte. Ik tuurde en onderscheidde een lichtblauwe arm en rug. Misschien kon ik zo'n uniform huren. Het blauw leek op het water tussen de vissen, waaronder vele soorten die ik nog nooit had gezien. Van boven kwam een hand het aquarium in, rustig bewoog hij tussen de vissen tot hij bij een gevlekte vis met een verlegen uitdrukking stopte, langzaam vormde de hand zich onder de vis tot een kom en gleed de buik van de vis in de hand. Voor de vis het zelf doorhad was hij al uit het water.

Ik klopte aan op een deur naast het aquarium. Er kwam geen antwoord, dus duwde ik de deur open. Ik keek in een grote keuken met aluminium werktafels en grote fornuizen, stomende pannen en stromend water. De man die de vis had gepakt liep met het flapperende beest naar een tafel en legde hem neer. Met een mes gaf hij onder de kieuw een kleine snee. Ook bij de staart maakte hij een sneetje. Hij pakte een lange breinaald, duwde die in de snee bij de staart, bewoog de pin een paar keer snel op en neer en trok hem er weer uit. De vis sidderde wat na en werd slap. Met een geroutineerde behendigheid gooide de man de vis in een bak met andere dode vissen. Ik zette voorzichtig een stap over de drempel. De man keek even op van zijn werk en liep terug naar het aquarium. De andere koks keken niet op van hun werk. Na zeker een minuut met de klink in mijn hand te hebben gewacht, had nog steeds geen van de koks aanstalten gemaakt naar me toe te komen. Ik draaide me om en deed de deur zachtjes achter me dicht. In het aquarium keek een vis met twee rode sprieten onder zijn kaak me wazig aan. Kon die vis maar praten en me vertellen waar mijn koffer was: 'Loop de rechtergang in, hij staat in de tweede kamer links. En weet je dat de winkel om de hoek lichtblauwe T-shirts in de aanbieding heeft?' Maar de rode spriet hapte verveeld in het niets en staarde glazig voor zich uit terwijl hij zich loom omdraaide en tussen de andere verdween.

Ik liep terug naar de kleine keuken, waar ik Pukkel schoonmakend had achtergelaten, maar hij bleek vertrokken, net als de graat en de vissenkop. De handschoenen hingen, nog steeds smoezelig roze, aan een waslijn voor het raam. Naar buiten kijken kon niet want de ruiten waren van melkglas. Ik ging de gang weer in en liep de andere kant op. De hoofdgang boog naar rechts. Alle deuren waren gesloten. Aan het eind van de gang kwam een oudere vrouw een deur uit. Ze keek geschrokken op toen ik haar aansprak. Het was duidelijk dat ook zij niets begreep van wat ik zei. Ik wees naar de zware tas in haar hand en gebaarde dat ik mijn koffer zocht. De toneellessen die ik op de middelbare school had gevolgd bleken voor het eerst in mijn leven van enig nut. Ze zette de tas neer en gebaarde me haar te volgen. Ze slofte snel voor me uit. Ik probeerde de route door de wirwar van nauwe gangen te onthouden. De kale wanden waren leeg en vergeeld, er was niets om me te oriënteren. De vrouw droeg geen lichtblauwe kleren maar een grijze schort over een jurk en veel te kleine slippers – haar blote voeten puilden er aan alle kanten uit. Ze deed me denken aan de werkster van Eric. Ze stak een kleine binnenplaats over. Het regende en ze versnelde haar pas. Op de binnenplaats stonden kisten en kasten onder stukken plastic. Ze opende een deur in de hoek. We kwamen in een nog nauwere gang. Aan het eind ervan stond mijn koffer, die hier veel groter leek dan hij was. De vrouw stapte de laatste deur van de gang in. Ik liep achter haar aan, maar streng wees ze naar mijn schoenen. Ik zag haar slippers voor de drempel staan, deed mijn veters los, trapte mijn schoenen uit en volgde haar. De werkster stond in het midden van de kamer en trok aan een touwtje. Een kleine cirkelvormige tl-buis die precies boven haar hoofd hing floepte aan. Het was een muffig hok met een klein raam. Ook hier kon je niet door het glas naar buiten kijken. Er stonden twee smalle eenpersoonsbedden en ik rook dat er een of ander gif was gespoten. Ik vroeg me af of er kakkerlakken zouden zijn, zoals bij veel restaurants het geval is, maar mijn beleefdheid en onvermogen om met haar te communiceren maakten het stellen van deze vraag onmogelijk. Boven het linkerbed hingen kleerhangers met kanten bloesjes. Boven het rechterbed hing niets.

Twee

Ze heette Aki, meer kreeg ik niet uit haar. Ze was een van de twee meiden die bij de deur had gestaan tijdens Meneer Kons demonstratie. Haar lichtblauwe rok en shirt lagen in een hoek getrapt, in de wc had ze een van haar kanten bloesjes en een kokerrok aangetrokken en ze was vertrokken met een stel hoge pumps in haar hand. Op de binnenplaats hoorde ik de Snor bevelen uitdelen. Hij klonk nog strenger dan onze oude gymleraar.

Ik had honger. Werken in het beste visrestaurant van de wereld had ik me heel anders voorgesteld. Tafels vol heerlijkheden en flessen droge witte wijn waren ver weg. Het oogde eerder als een sekte van schimmige personen in lichtblauwe kleren waar niemand mocht spreken en je met een lege maag naar bed moest. Een aftands matras op een doorgezakt bedspiraal en geen ruimte om het op de grond te leggen. Niet dat ik dat van plan was. De gifgeur had ik proberen te verdrijven, maar Aki had het raam weer gesloten en de deur met een ferme klap dichtgedaan. Ik zat op het bed en zocht in mijn tas naar een pakje kauwgom, dat verdwenen was. Op de gang hoorde ik de werkster sloffen. De muren waren zo dun dat elk geluid binnendrong. Misschien kon zij me uitleggen waar ik wat kon eten. De deur klemde, met een ruk kreeg ik hem open. Op de gang was Pukkel in de weer, de zwabber in zijn handen zwiepte van links naar rechts, waardoor het vuil zich verplaatste. Hij keek zwijgend naar de vloer. Ik groette hem maar hij keek niet op.

Op de binnenplaats zag ik dat het al donker was, de regen kletterde nog steeds en ik stak snel over naar de gang waarvandaan ik dacht gekomen te zijn . Maar alles leek op elkaar.

Veel gesloten deuren en geen mensen. Ik rook etensgeuren. Er kwam een man een kamer uit, maar toen ik hem aansprak schudde hij verschrikt zijn hoofd en dook een donkere ruimte in, die hij op slot draaide. Weer hoorde ik het geluid van sloffende slippers. Om de hoek zag ik de werkster zeulen met haar zware tas. Ik groette haar en wees naar mijn mond. Internationaler kon ik het niet bedenken. Ze liep door, deze keer liet ze haar tas niet staan, en ik volgde. Een meisje met een schort voor was bezig een raam te zemen. Ze trok strepen op de ruit en het water in de emmer was grijs. Ze groette de werkster beleefd en boog haar hoofd. Ik snapte niets van de rangen en standen onder het personeel. Ik wist alleen dat de kookkunsten van Meneer Kon wereldwijd bekend waren. Of misschien niet helemaal wereldwijd, maar in elk geval wel voor de viskenners, de echte connaisseurs, zoals Eric. Als je echt een topper wilt worden, had hij gezegd, moet je les proberen te krijgen van de grote Kon. De brief die ik Meneer Kon had geschreven was echter nooit beantwoord. Op een dag was de grote Kon naar Londen gekomen om de 'Prix d'Honneur de Chef de Cuisine Poisson' in ontvangst te nemen. Ik had een kaartje naar Londen gekocht en net zo lang aan de deur gezeurd tot ik binnen mocht. Meneer Kon zelf bleek geen Engels te spreken. Het was zijn tolk die me vertelde dat hij diverse leerlingen had. Ik zei dat ik een brief had geschreven met de vraag bij Kon in de leer te mogen maar dat ik daar geen antwoord op had gekregen. De tolk verontschuldigde zich alsof ik de brief aan hém en niet aan Meneer Kon had geschreven. Ik herhaalde mijn verzoek en de tolk vertaalde. De grote Kon, die juist heel klein was, had drie korte knikjes gegeven – waarna hij zich omdraaide en wegliep. Eric was reuzeblij voor me geweest. Vader en moeder hadden als gewoonlijk niet eens geluisterd toen ik ze vertelde dat ik bij een wereldberoemde chef-kok mocht gaan werken. Ze waren begonnen over de nieuwe keuken die ze wilden aanschaffen, de vorige was al acht jaar oud.

Ik volgde de snel sloffende voetjes. De vloer en de muren van de gang vertoonden overal slijtage- en vochtplekken. Er hingen etensgeuren. Mijn maag rammelde. Zou ik zeester te eten krijgen, zoals Eric me had voorspeld, en hoe zou die smaken? Waren we op weg naar de personeelskamer of zou ik in een afgelegen hoek van de keuken wat restjes toegeschoven krijgen? Ik had gelezen dat Meneer Kon ook kwallen in zijn gerechten verwerkte. Ze zien er waterig en smakeloos uit, maar de zee zit er vol mee, dus een goed recept met kwallen wilde ik graag leren. De werkster friemelde aan een deur waarnaast een prijzenkast hing. Zou Meneer Kon aan sport doen? De deur vloog open. Auto's reden door plassen, die uit elkaar spatten, en mannen en vrouwen gingen schuil onder grote zwarte paraplu's. Ik wees weer naar mijn mond en wreef met mijn hand over mijn maag. De werkster duidde en mompelde iets wat ik interpreteerde als dat ik om de hoek kon eten. Uit het niets haalde ze een paraplu tevoorschijn. Voor ik het doorhad sloeg de deur achter ons dicht en verdween zij onder haar paraplu in de tegenovergestelde richting.

Ik probeerde zo dicht mogelijk langs de huizen te lopen, maar alle mensen wilden dat, dus eindigde ik langs de stoeprand. Het stonk naar overgelopen riool. De automobilisten raceten voorbij. Er werd nijdig getoeterd als iemand te langzaam reed. Opzijspringen had geen zin, ik was volledig doorweekt. De winkels waar ik langsliep gingen schuil achter lappen grauw plastic. Niets was te onderscheiden van het andere. Ik snelde in de richting die de werkster me had gewezen. Op de hoek van de straat zag ik een tentje waar ook een stuk oud plastic overheen hing, er ontsnapte stoom uit de zijkant en ik rook de lucht van olie die te vaak verhit was. Op het bewasemde plastic zag ik een tekening van een woeste pitbull met slijm tussen zijn kaken, deels gevormd door de contouren van voorovergebogen mensen die met hun rug strepen trokken op het vochtige plastic. Aarzelend tilde ik een zijflap op – alle plaatsen waren bezet. De man achter de kraam viste slierten deeg uit een pan kokend water. Ze vielen met een plons terug in de pan, geschrokken keek hij van mij naar zijn overvolle bank. Ik had geen zin in de stromende regen te wachten tot er een plek vrijkwam. Langs me liepen drie meisjes in schooluniform onder een buitensporig grote paraplu, ze giechelden toen ze mij zagen en verborgen hun gezicht achter grote witte zakdoeken. Ik was me weer bewust van mijn kleren, mijn blonde haar en mijn lengte. De mensen om me heen renden diep weggedoken onder hun zwarte schermen voorbij, ik zag alleen maar voorovergebogen gestaltes passeren. Aan de overkant was een pand met uitnodigend knipperende neonverlichting.

Ik wilde oversteken, maar de auto's reden zo hard over de vierbaansweg dat dat onmogelijk was. De regen viel steeds harder. Ik moest mijn ogen toeknijpen om te kunnen zien of er ergens een stoplicht of een andere oversteekmogelijkheid was – maar zag niets wat daarop leek. Ik snelde langs grauwgrijze gebouwen met donkere ramen, lappen plastic, lantaarns die vage lichtvlekken verspreidden, verstopte afvoerputten, drijvend straatvuil en gezichtloos voortspoedende mensen. Dat de grote Kon voor zijn restaurant zo'n afzichtelijke plek had gekozen begreep ik niet. Als je de beste bent kun je toch een veel aangenamere plek kiezen om een restaurant te beginnen? In een chique wijk of een romantisch park met hoge bomen en een terras op het zuiden, of minstens iets met een mooie tuin en een vijver. In deze straat was geen boom of plant te zien. Ik zag niets dan vage bewegende vlekken, die langs me heen schoten op weg naar hun warme huizen, waar een maaltijd op hen stond te wachten. Ik had het koud, was nat tot op mijn ondergoed en had honger. Op een hoek zag ik meer ruggen strepen trekken over beslagen plastic. Ik nam niet de moeite de flap op te tillen – ook dit tentje was stampvol. Ik wilde dat ik binnen was gebleven. Ik wilde droge kleren. Ik wilde eten. Gewoon een boterham met kaas of een kop soep. Iets waar ik weer warm van werd. Ik was ervan overtuigd geweest dat ze me met open armen zouden ontvangen: de buitenlandse gast, met een professionele achtergrond, waar zij misschien ook nog van konden leren, maar die illusie was me binnen een paar uur ontnomen.

Ik kocht drie tomaten en wat wortels – die kon ik ook rauw opeten als het moest.

Drie

Waarom wachtten ze niet met wassen tot het dag was? Hoe kon Aki slapen bij die herrie? Hoe kon ik bij háár herrie? Ze knorde als een varken en iedereen op de gang had darmproblemen, want de hele nacht door klonk, als iemand het licht in de wc aandeed, een elektronische versie van *Alle Menschen werden Brüder* zodat je door de flinterdunne muren het geschijt niet kon horen. Dat was dan een misrekening geweest want ik hoorde alles. Ik wist of iemand alleen een plas deed of dat er een bolus werd gedraaid, van een harde, heldere plons tot spetterende drab. Ik verbaasde me over de grootte van sommige blazen – er was er een die wel vijf minuten aan een stuk door bleef plassen. Ik hield mijn hoofd zo veel mogelijk onder mijn kussen en nam me voor watten te kopen en een kaars, dan kon ik 's avonds tenminste lezen als Aki sliep.

Tijdens het luisteren naar al die neervallende uitwerpselen begreep ik dat mensen smetvrees kunnen ontwikkelen. Ik dacht aan Pukkel, met de zwabber, en het meisje met de emmer grijs water. De lichtblauwe rok die ik van de werkster had gekregen moest ik innemen want hij was te wijd en ik had spijt dat ik mijn kleren niet bij de was in die wasmachine had gegooid, dan hield de brommende machine aan de andere kant van de muur me niet voor niets uit mijn slaap. Hadden ze in die winkel ook appels gehad? Mijn maag knorde nog steeds. Het kon toch niet zo zijn dat ik de hele tijd buiten de deur moest eten? Hoe zou ik dat moeten betalen? Eric had gemakkelijk praten gehad met zijn 'als hij je niet betaalt, verdien je wat bij door Engelse les te geven, want daar is veel behoefte aan'.

Eric had erop aangedrongen dat ik deze 'ultieme leerervaring' ging doen. Hij was maar blijven herhalen dat de gerechten van Kon ongeëvenaard waren, dat er niemand op de wereld was die zo'n kennis had van vis. Was hij niet meer tevreden met mijn kookkunst? Ik was al drie jaar zijn favoriete kok. Hij had tijdelijk iemand anders aangenomen. Tijdelijk, hoe lang is dat? Straks mocht ik niet meer terugkomen. Bleek de nieuwe viskok veel beter dan ik. De tijdelijke kok was ook homo. Straks had ik geen schijn van kans meer. Alleen omdat Eric keer op keer had gezegd dat hij ooit zoveel van zíjn meester had geleerd, dat hij nooit spijt had gehad van die periode in zijn leven, dat je dat maar één keer in je leven kon doen, dat het hem tot een expert in de Franse keuken had gemaakt. Volgens Eric kon Meneer Kon met vissen praten. Ik realiseerde me dat deze reis voornamelijk Erics plan was geweest.

Hoe lang zou dat wasprogramma duren? Konden ze geen stillere machine kopen? *Alle Menschen werden Brüder* klonk weer. Ik wilde niet horen hoe deze persoon zijn darmen leegde. Ik wilde mijn maag vullen. Ik wilde op zoek gaan naar iets eetbaars in een van de keukens, maar ik durfde niet op onderzoek uit te gaan voor het geval ik betrapt zou worden en ze zouden denken dat ik een dief was. Het was gelukkig een muizenplas. Hoe moest ik uitleggen dat ik draad en naald nodig had?

Ik was nieuwsgierig waar Aki in haar kanten bloes en op hoge pumps naartoe was geweest. Zou Eric kwaad zijn geweest over de puinhoop in zijn zaak na mijn afscheidsfeest? Alle flessen wijn die hij uit de kelder had gehaald waren erdoorheen gegaan. Suzan had met losse haren liederen voor me gezongen en gehuild dat ik haar beste vriendin was. Eric had tijdens een act op een tafel een van zijn grote glazen lampenkappen gebroken. We hadden gedanst tussen de duizenden scherven, die zouden mij geluk brengen.

Aki was dronken teruggekomen en lag te ronken in haar bed. Ik had niet gedacht zo snel weer naast een snurker te moeten slapen. Op een stralende morgen, vlak voor ik wegging, waren Donald en ik naast elkaar wakker geworden en had hij gezegd dat we niet bij elkaar pasten. Zomaar zonder aanleiding, na bijna een jaar verkering. Wie pasten er wel bij elkaar? Vader en moeder in elk geval niet. Ik had gevonden dat we heel goed bij elkaar pasten en vond dat nog steeds. Hij zou me gaan missen, dat wist ik zeker. Die wasmachine was kapot – de centrifuge klonk als een helikopter vlak voor hij neerstortte.

Vier

Aki sprak zowaar toch Engels – één woord: 'food'.

In een kamer aan een van de gangen die op de binnenplaats uitkwamen, zaten ze allemaal in hun lichtblauwe kleren stil op de grond te eten. Er was een koelkast en er stond een magnetron op een wankel picknicktafeltje. Ze hadden allemaal een plastic bak. Dit was niet het soort eetkamer dat ik me had voorgesteld voor het personeel van een meesterkok. In de koelkast was voor ieder een eigen plek. Aki gaf me de lege doos die op de koelkast stond, iemand had die laten staan. Zelf zou ik zo'n kapot ding ook niet hebben meegenomen, maar nu was ik blij er een te hebben, al was hij leeg en moest hij nodig worden afgewassen. Ik keek naar de bodem en vroeg me af hoe ik die zou gaan vullen. Om me heen zaten ze voorovergebogen boven hun bakken, er klonk alleen gesmak. Pukkel zat in een hoek van een stuk vis te peuzelen. Hij leek nog kleiner dan de dag ervoor. Aki nam een hap van een grote helderwitte bal rijst, die ze met haar tanden in tweeën beet. De korrels braken en een paar bleven op haar bovenlip plakken. Grote dikke witte korrels. Met haar tong trok ze ze haar mond in, waar haar kaken ze vermaalden. Het water liep me in de mond. Na vier vliegtuigmaaltijden, drie tomaten en wat wortels, verspreid over drie dagen, stierf ik van de honger. Mijn gestaar was blijkbaar zo schaamteloos dat ze opkeek en me weifelend een van haar rijstballen aanbood en toen ik die gretig aanvaardde kreeg ik ook een stukje vis uit haar voorraad.

'Kon?' vroeg ik. Want als ik gevraagd zou hebben: 'Is dit de vis die Meneer Kon gisteren heeft schoongemaakt?', zou ze weer in de stress zijn geschoten.

Maar ze keek niet meer op en beet in haar tweede bal.

Ik zat uitgeput na een nacht zonder slaap, op kousenvoeten, in een geleende lichtblauwe lange rok, omhooggehouden door een stuk touw, en een geleende lichtblauwe bloes, op een houten vloer tussen andere 'lichtblauwen' toegeschoven vis te eten. Ik beet in de vis, die er gelig uitzag. Bij het eerste hapje sprongen alle smaakpupillen in mijn mond open. Ik at een goddelijk stuk vlees. Wat was dit voor een vis? Waar had die gezwommen? Aan de binnenkant was stevig wit visvlees, dat zoet smaakte, terwijl de buitenkant een licht bittere smaak had. Als je het op je tong liet smelten ontstonden er nieuwe smaken, het zoet werd aangevuld door een smaak van bloemen, iets wat ik nog nooit had geproefd bij vis, en als je begon te kauwen veranderde het in een veel kruidiger smaak. Toen ik het eindelijk met gesloten ogen doorslikte was mijn mond een veld vol wilde bloemen op de bodem van de zee. Dit kon alleen maar door de Meester zelf zijn bereid. Voor ik het Aki opnieuw kon vragen vloog de deur open.

De Snor blafte zijn orders, hij had beter geslapen dan ik. Om me heen sprong iedereen op en wenste hem met één stem goedemorgen. Ik verslikte me in het laatste hapje en hoestte, terwijl de anderen snel hun in plastic verborgen proviand in de koelkast propten. Aki wees naar een plek op de onderste plank. Daar zette ik mijn lege doos neer.

Op de binnenplaats was alles nog nat van de regen. Kisten werden opzijgeschoven en ieder zocht een plek. De Snor stak zijn armen in de lucht. De groep volgde. Ik ook. Armen omhoog. Armen opzij. Armen omlaag. Armen opzij. Armen omhoog. Armen opzij. Armen omlaag. Armen opzij. Armen naar voren. De Snor gaf het ritme en de posities aan. Door de knieën. Benen strekken. Op de tenen. En weer staan. Op neer. Op neer. Er kwamen meer 'lichtblauwen' bij, vermoedelijk gevorderden. Hun kleren waren netjes gestreken. De binnenplaats raakte steeds voller en de Snor voerde het tempo op. Zouden ze dit ook doen als het regende, vroeg ik me af. Ik zwaaide met mijn armen langs mijn lichaam en probeerde niemand te raken. De heupen moesten draaien.

Weet je nog dat moeder ook elke morgen ochtendgymnastiek deed met die man op tv? Dan zei ze dat ze het zo heerlijk vond, want het hield haar slank en ze vergat al haar zorgen. Welke zorgen begreep ik nooit, jij wel? Ze zorgde voor niemand, alleen voor zichzelf. Toch, Tommy?

Meneer Kon liep langs. Iedereen bleef staan in de positie waarin die verkeerde, en met de handen in de lucht wenste de hele groep hem, weer met één stem, goedemorgen, althans, dat vermoedde ik. Hij liep door zonder een spier te vertrekken. De kreten van de Snor werden nog feller, hysterisch bijna. Meneer Kon ging naast hem staan en draaide zich naar ons toe. Hij had een bleek wassen gezicht met kleine ogen die emotieloos onze kant op keken. De Snor wilde dat we nog hoger, nog dieper, nog sneller gingen. Ik voelde de rijstbal en de vis omhoogkomen. Meneer Kon mompelde iets tegen de Snor. Zijn armen zakten, maar wij bleven doodstil op onze tenen staan met de armen hoog in de lucht. De Snor wees naar mij en Aki. We moesten mee. De andere gymden door.

Ik was blij dat ik mocht stoppen en liep net als Aki gehoorzaam achter Meneer Kon aan. Hij ging een piepklein kantoor binnen. Het kantoortje grensde aan de grote keuken achter het aquarium. De grote keuken was leeg, alle koks waren nog op de binnenplaats. Ik keek Meneer Kon vol spanning aan. Eindelijk, de grote meester zou mij gaan vertellen wat ik mocht doen. Maak samen een goed stageplan, had Eric gezegd, zorg dat je veel in zijn keuken bent, heb dag en nacht een notitieboek bij je, deze kans moet je op alle fronten benutten, meesterkoks beschermen hun recepten op leven en dood.

Er was maar één stoel in de kamer, achter het bureau, en daar ging Meneer Kon op zitten. Hij schoof met papieren en opende een la. Wij wachtten. Aan de deur naar de keuken hing een schort en een koksmuts. De telefoon ging. Aki nam de hoorn op, luisterde, en met haar hoofd onderdanig gebogen gaf ze de hoorn aan Meneer Kon. De Snor had als een engel geklonken vergeleken bij de tirade die Meneer Kon in de telefoon brulde. Aki stond doodstil en keek uitdrukkingsloos naar de vloer. Ging het over mij? Ik was die nacht mijn bed niet uitgeweest. Ik had niets uit de koelkast gepakt én droeg lichtblauwe kleren net als alle anderen. Meneer Kon maakte snelle aantekeningen met een potlood. Ging het over het feest waar Aki gisteravond was geweest? Meneer Kon legde de telefoon neer en begon tegen Aki te praten. Zijn stem daalde een octaaf. In een van de kasten langs de muur zag ik opeens het cadeau dat ik hem had gegeven. Het was nog steeds ingepakt. Ik keek naar Aki, die nederig knikte. Meneer Kon stopte. Aki werd rood. Meneer Kon keek haar streng aan. Aki werd nog roder en stotterde. Hij draaide het potlood dat hij beethield rond met zijn vingers.

'You – fish?' perste Aki er met een hoge piepstem uit.

Ik keek haar niet-begrijpend aan.

'You – fish – cook?'

'Ja, ik kan vis bereiden maar ik wil graag meer leren van Meneer Kon. Ik heb gehoord dat hij zelfs kwallen kan klaarmaken. Wij hebben veel kwallen in onze zee, maar ik heb nooit gelezen hoe je die moet bereiden.'

Geen van tweeën zei een woord. Aki's ogen schoten heen en weer en Meneer Kon keek strak naar zijn potlood.

'Yes – me – cook – fish,' zei ik langzaam.

Aki hapte opgelucht naar adem en vertaalde het voor Meneer Kon. Hoe ze van die vier woorden er minstens zestig wist te maken begreep ik niet. Meneer Kons blik gleed over de boekenplank naast mij. Hij stak weer van wal. Aki knikte onophoudelijk heel snel haar hoofd. Meneer Kon eindigde met een lange toon en gaf haar een ongeduldig knikje. Ja, Aki, dacht ik, hoe moet je dit nu weer vertalen? Ik zag haar zoeken naar woorden. Ze twijfelde en werd steeds roder. Haar ogen draaiden nog sneller dan daarvoor, ze hapte naar lucht. Meneer Kon tikte met zijn potlood op de tafel. Op de gang hoorde ik mensen passeren en in de grote keuken kwamen de koks binnen, die meteen aan het werk gingen.

'You – fish – cut?' zei ze en keek me trots aan.

Een minutenlang durende stroom volzinnen – drie woorden. 'You – fish – cut' kon van alles betekenen. Vroeg ze me of ik weleens een vis had doorgesneden? Honderden. Ook groenten en vlees, maar vis was mijn specialiteit. Nou ja, specialiteit, ik deed de vissen en Eric het vlees.

'Yes, me cut many fish.'

Meneer Kon stak vragend zijn hand uit met de palm omhoog. Wat stom dat ik daar niet aan had gedacht! De foto's. Eric had voor een culinair tijdschrift waar hij soms voor schreef, mijn forel met Spaanse pepers en zalmsoufflé door een professionele fotograaf laten vastleggen. Meneer Kons opgehouden hand begon ongeduldig te bewegen. Hij wilde geen foto's, hij wilde mijn handen zien. Zien dat ik geen littekens of wonden had. Dat ik schoon en rein was. Ik had gehoord dat uiterlijk en schoonheid in hoog aanzien stonden, vooral waar het eten betrof. Ik stak mijn handen naar hem uit.

'No – you – cut,' zei Aki.

'Ik heb geen wonden. Ik snij nooit in mijn vingers,' zei ik, draaide mijn handen om en toonde hen beide zijden.

'You – cut,' zei ze, nu nog stelliger dan de eerste keer.

'Meneer Kon?' Ik keek Meneer Kon doordringend aan en hoopte dat hij me begreep. 'Uw tolk? Kunnen we uw tolk er niet even bij halen?'

Meneer Kon keek naar Aki.

Aki keek naar mij.

Ik keek naar Meneer Kon. 'Uw tolk. De man met de dikke bril uit Londen.' Ik mimede de bril en trok mijn ogen naar elkaar toe zoals zijn tolk had gedaan.

'Londen?' zei Meneer Kon.

'Ja, in Londen, de man met de bril.'

'You – cut,' zei Aki weer en trok met haar vingers een brede lijn door de lucht.

Een snee had ik weleens gehad als ik eerlijk was maar zo'n jaap als zij nu voordeed, daar bloedde een normaal mens direct van dood.

Meneer Kon pakte de telefoon.

Ja, bel de tolk, dan kan ik hem ook vragen waar ik een plattegrond van de stad kan kopen en hoe je 'draad en naald' zegt. Aki keek beteuterd. Nee, een toekomst als tolk zat er voor haar niet in. Er werd geklopt. Woonde de tolk hier gewoon om de hoek? De Snor kwam binnen met de antieke houten doos waar Meneer Kon de dag ervoor zijn mes in had gelegd. De Snor boog zijn hoofd eerbiedig, zijn ogen gericht op de doos. Hij zette de doos geruisloos neer voor Meneer Kon en stapte onderdanig achteruit om een plek bij de deur in te nemen. Meneer Kon opende de doos, haalde de rode lap met het mes eruit, rolde die open en toonde mij het mes.

'Cut,' zei Aki terwijl ze naar het mes wees. 'You – cut?'

Een mes! Of ik een eigen mes had! Natuurlijk had ik mijn messen bij me! Ik was een kok.

'Yes, me cut,' lachte ik ze toe.

Aki slaakte een zucht van verlichting.

'Ik haal ze wel even.'

En weg was ik. Mijn dure Sollinger-messen, gekregen van Donald toen het nog aan was. Het bijgeloof klopt, geef nooit iemand van wie je houdt een mes, want je krijgt binnen een maand ruzie en dat komt nooit meer goed.

Ik kwam terug met mijn etui met messen, legde die op het bureau en rolde hem open. Meneer Kon wierp een minachtende blik op mijn prachtige verzameling en bromde wat binnensmonds.

Aki vertaalde met een zachte piepstem: 'You – no – cut.'

'Het zijn echte Sollinger-messen!'

Elke andere kok zou een moord doen voor zo'n collectie, maar Meneer Kon vond ze blijkbaar ver beneden zijn stand. Hij pakte een stuk papier van een stapel en begon te lezen. Aki en de Snor bogen hun hoofd en verdwenen.

'Meneer Kon ...' Ik wilde mijn stem niet te slaafs laten klinken maar ook niet te zelfverzekerd. Ik zocht de goede toon. 'Meneer Kon?'

Hij bleef onverstoord doorlezen.

'Meneer Kon,' probeerde ik weer, 'I can buy a new cut?'

Aan de andere kant van de tafel bleef het stil.

Ik pakte mijn messen op en sloeg met mijn hand op het

etui. 'Meneer Kon? I can buy today new cut!'

Meneer Kon pakte een pen, maakte een aantekening, legde die op de rand van de tafel en ging verder met lezen. Ik had toch niet de halve wereld afgereisd, geld geleend, mijn huis onderverhuurd en mijn eerste echte baan opgezegd om na één dag al te worden weggestuurd? Ik pakte kwaad mijn etui met messen en liep naar de deur. De messen in mijn hand waren scherp. Dodelijk scherp. Mijn vleesmes kon met één ferme stoot midden in de hartstreek terechtkomen en mijn uitbeenmes met een simpele handbeweging zijn kop van de romp scheiden. Ik zag de krantenkoppen al: DE GROTE KON ONTHOOFD.

Mevrouw De Wit, je weet wel, Tommy, die buurvrouw van vader en moeder destijds, zou de hele buurt vertellen dat het in onze genen zat. Onze genen! Want de tweede Waterman was te ver gegaan met een mes. Vader en moeder zouden, net als bij jou, blijven zwijgen en ook ik zou vanaf dat moment niet meer voor ze bestaan.

Meneer Kon kuchte.

Ik stond in de deuropening en keek om, hij wees met zijn potlood naar het papier op de rand van de tafel en las verder. Ik pakte het op. Er stonden wat tekens op die ik niet kon ontcijferen. Had ik nou maar dat woordenboek gekocht voor ik wegging. Maar ik had niet geloofd dat echt niemand een woord Engels zou spreken. Ik keek naar de tekens op het papiertje – kunstige krullen en krassen. Net een zwangere vrouw zonder voeten, met een hoed op en twee stippen op haar rug. Als ik het omdraaide kon het ook een hockeystick met drie geknakte grassprieten en een mier zonder voetjes zijn.

De binnenplaats was leeg, het werk van die dag was begonnen. Ik wilde ook werken, daar was ik voor gekomen, maar ik durfde niet naar de keuken te gaan. Ik keek naar de grijze lucht, de grauwe muren en kasten onder de stukken smoezelig plastic. Mijn ogen prikten. Ik knipperde zo hard ik kon. Ik zou niet huilen. Ze zouden niet te zien krijgen dat ik me vernederd voelde. Ik zag eruit als een vogelverschrikker in de te wijde rok, met een touw om mijn middel dat ik had meegenomen voor het geval er geen waslijntje zou zijn.

De werkster kwam de binnenplaats op. Ik liet haar zien dat de rok me veel te groot was, maar ze pakte het vel uit mijn hand en gebaarde dat ik mee moest komen.

Vijf

Hij droeg geen lichtblauwe kleren. Slechts een leren voorschoot en een rafelige broek, verder niets. Het was een donkere ruimte, aan de wanden hingen honderden messen en in een hoek was een vuurplaats met een aambeeld. Hij las het briefje, keek naar de messen aan de wand, pakte er een en gaf dat aan mij. Het was een klein, zwaar mes. Ik kneep erin. Hij pakte het weer af en gaf me een ander, dit was iets lichter. Ik kneep in het heft om te voelen of het mes me paste. Ik kreeg een ander mes. Hij tuurde naar mijn hand en keek hoe ik het mes vasthield. Hij schudde zijn hoofd en pakte een ander, groter mes van de muur. Dit mes lag goed in mijn hand, maar ik kreeg opnieuw een ander mes. Het heft was ditmaal kleiner en het lemmet langer. Op het moment dat het in mijn hand lag begreep ik waarom Meneer Kon niet tevreden was geweest over mijn messen. Dit mes lag ... zat als gegoten. De vorm van mijn hand paste precies om het houten handvat, het gewicht van het lemmet was niet te zwaar en niet te licht. Ik kreeg onbetamelijke zin iets open te snijden. Ik knikte enthousiast. De man pakte mijn hand met het mes en kneep erin als om te voelen of het goed zat. Hij nam het mes uit mijn hand, pakte een stuk schuurpapier en begon het heft te schuren.

'Het is goed. Mijn cut is goed,' zei ik. 'U hoeft er niets meer aan te doen.'

Mijn woorden raakten alleen de zwartgeblakerde wanden.

Hij legde het mes terug in mijn hand. Ik kneep erin. Wie was deze man? Een tovenaar, een magiër? Het mes dat ik in mijn hand hield leek er niet te zijn, alleen door het gewicht wist ik dat ik iets vasthield. Hij knikte. Ik knikte. Hij pakte mijn mes af, haalde het lemmet door het water en begon het te slijpen op een natte wetsteen. Razendsnel duwde hij het met kleine bewegingen van zich af om het na een paar keer nogmaals in het water onder te dompelen. Roesj, roesj, roesj, klonk het. De wetsteen lag op een kleine verhoging boven een betonnen waterbak. Na een tijdje verwisselde hij de steen voor een fijnere. Ik zag de spieren in zijn armen, nek en rug bewegen. Hij was sterk. Zijn haren glommen bij het weinige licht in de schuur. Met de vingers van zijn linkerhand duwde hij het snijvlak op de steen. Roesj, roesj, roesj. Met zijn rechterhand hield hij het mes beet en stuurde de bewegingen. Keer op keer voelde hij of het al scherp genoeg was. Keer op keer was hij niet tevreden. Het lemmet begon steeds meer te glimmen. Roesj, roesj, roesj. Nu pakte hij een nog fijnere steen. Zijn rug werd nat van het zweet. Hij rook naar ijzer. De grond was zwart van de kolen die in de hoek lagen. Het begon te regenen. De regen tikte op het golfplaten dak. Roesj tik roesj tik. Kwam de andere deur uit op de vierbaansweg en had hij hier een zelfstandige werkplaats waar hij geld verdiende of mocht hij alleen voor Meneer Kon messen maken? Hij testte voor de zoveelste keer het mes door het langs de palm van zijn hand te strijken. Nu pakte hij een dik stuk karton. Met één haal trok hij het mes erdoorheen. Het viel in twee stukken uit elkaar. Nog was hij niet tevreden. Achter zijn rug lekte het dak. Roesj tik splasj, roesj tik splasj. Weer ging het door het karton, deze keer was hij tevreden.

'Gaoe,' zei hij met een zware basstem terwijl hij met zijn vuist op zijn borst sloeg en met zijn andere hand naar mij wees. Ik was gecharmeerd van de manier waarop hij zich aan mij voorstelde. Eindelijk iemand die aardig tegen me was! Ik kreeg de neiging met een hoge stem 'You Tarzan? Me Jane' te zeggen. Ik wees op mijn borst.

'Rosa,' zei ik.

'Losa?'

'Nee, Rosa. Met een rrrrr.'

Hij pakte een potlood en tikte ermee op het papier.

'Losa,' hij wees naar het papier.

‘Rosa?’ vroeg ik.

Tarzan knikte. Ik schreef in blokletters mijn naam op het vel. De letters waren saai vergeleken met de sierlijke tekens van Meneer Kon. Hij pakte een beitel en hakte mijn naam in het metaal van het mes.

Daar stond mijn naam gegraveerd in het glimmende lemmet. Hij smeerde het in met olie, wikkelde het in een doek en schreef 175.000 op het papier. Uit mijn portemonnee haalde ik een biljet. Maar daar stond slechts 10.000 op. Ik had al mijn biljetten nodig om tot de 175.000 te komen. Ik probeerde het bedrag om te rekenen maar er waren zoveel nullen dat ik in de war raakte. Tarzan stookte het vuur op. Ik had twintig reischeques bij me, waarmee ik de hele periode moest zien te overleven. De eerste was nu al op. Tarzan leek me niet de man die een deal wilde sluiten en ik had gelezen dat het onbeleefd was om af te dingen. Ik legde dus al mijn geld neer en liep met het mes naar de deur. Tarzan keek niet meer op.

Zes

Wanneer de Snor vertrok ontspanden zich de mensen om mij heen. Aki schoof in de richting van Sprietje, het enige andere meisje, dat zo dun was als een bezemsteel, en ze giechelden zacht met hun hand voor hun mond. De jongens fluisterden. Schuine moppen, althans dat vermoedde ik, want Aki en Sprietje bloosden en keken beschaamd als het ze lukte iets op te vangen. Ik zat ertussenin en had nooit deel aan de fluistergesprekken. Ze vroegen mij nooit iets en keken me nimmer aan, zelfs niet met mijn nieuwe blauwe kleren. Als iemand toevallig mijn kant op keek en ik net mijn blik op hem of haar had gericht, keken ze dwars door me heen. In het begin probeerde ik door een glimlach op mijn gezicht te toveren alsnog hun blik te vangen maar ik ving altijd bot. Ik wist nooit wat er ging gebeuren. Ik lette zo goed mogelijk op wat zij deden en volgde hen zonder vragen te stellen. Soms had ik er genoeg van, dan ging ik in de gang kijken naar de vissen in het aquarium, elke dag krioelden er andere, al naar gelang de gerechten die in de echte keuken werden bereid, of ik probeerde wat zonnestralen op te vangen op de binnenplaats, wanneer het tenminste even niet regende. Meneer Kon had ik niet meer gezien sinds hij mijn nieuwe mes had gekeurd en een zuinig knikje had gegeven, wat ik had geïnterpreteerd als teken dat ik mocht blijven. Ook de werkster was verdwenen. De Snor had de leiding overgenomen en die positie liet hij zich duidelijk niet ontnemen. Hij drilde en schreeuwde. We kregen geen seconde rust. Vooral Pukkel moest het ontgelden. Hij brulde tegen hem alsof het zijn persoonlijke slaaf was. Pukkel kwam dan met zijn kin ingetrokken tussen zijn schouders aanrennen om een doos of plank te verzetten, wat de Snor net zo gemakkelijk zelf had kunnen doen.

Wanneer de anderen boodschappen deden wist ik niet. Maar hun voorraaddozen bevatten elke dag nieuwe dingen en ik deed nu al dagen met het eten dat ik, na de laatste ontmoeting met Meneer Kon, samen met Aki had gekocht. Wel wist ik ondertussen waar ik mocht koken. Aan het eind van de gang naast de koelkastkamer was een elektrische kookplaat naast een gootsteen, alleen was het me niet duidelijk wanneer ik mocht koken – elke keer als ik kwam had iemand anders zijn pan met rijst op de pit staan en moest ik wachten. Telkens als het bijna vrijkwam begon de Snor zijn bevelen te blaffen en moesten wij weer opdraven om vissen schoon te maken, want dat bleek de hoofdtaak van ons leerlingen te zijn. Pukkel deed alleen de kleine visjes – sardines, sprotjes en witvisjes. Oester (hij hield voortdurend zijn dikke lippen op elkaar), Kip (hij had een heel scherpe neus) en Mandarijn (hij was dik en rond als een echte mandarijn) mochten de al iets grotere vissen doen, zoals ponen, makrelen en lipvissen. Vim (zijn naam was echt Vim) en Pieper (zijn horloge gaf elk heel uur twee piepjes) waren de verst gevorderde leerlingen en mochten de grootste vissen doen, de baarzen en de zalm. Tonijnen, platvissen, alen, haaien en andere exotische vissen heb ik die eerste weken niet gezien.

Aki en Sprietje mochten niets snijden. Zij hadden ook geen eigen messen. Hun taak was het om de vissen schoon te spoelen, de graten met een soort theelepel te ontdoen van het achtergebleven vlees en de ingewanden te verdelen in bruikbaar en onbruikbaar. Dat laatste deed Pukkel trouwens ook – maar alleen als de Snor hem daartoe opdracht gaf. Ik mocht en hoefde niets te doen behalve kijken. Als vrouw had ik het aparte mes-status te danken aan de tolk in Londen. Hij had me destijds weifelend gevraagd of ik een mes had. Op die belachelijke vraag had ik enthousiast geantwoord dat ik net de complete etui Sollinger-messen had gekregen. Was Meneer Kon met zijn hoofd in de wolken geweest door de uitgereikte prijs en had hij in mij een exotische aanvulling voor zijn keuken gezien? Hij was het in elk geval vergeten, ik zat al dagen op de vensterbank met het mes ongebruikt naast me.

Moeder had me een voorbedrukte kaart gestuurd met 'Van harte beterschap' en haar stijve handtekening erop gezet. Dat was haar antwoord op mijn brief waarin ik haar had geschreven dat ik goed was aangekomen en de eerste nacht niet zoveel had geslapen door de kapotte centrifuge. Ik besloot haar niet meer te schrijven - ze was alleen geïnteresseerd in de crèmes die ze nodig had om eeuwig jong te blijven.

Ik wilde me douchen, maar buiten de gootsteen in de keukengang en het minuscule fonteintje in de wc had ik geen geschikte plek kunnen ontdekken. De anderen waren altijd schoon en fris - ik snapte niet hoe ze dat voor elkaar kregen. Ik kon me er niet toe zetten mezelf uitgebreid te gaan wassen op de wc en in het keukentje durfde ik het al helemaal niet, dus vulde ik elke avond een emmer koud water op de binnenplaats en waste ik me in mijn kamer als Aki was vertrokken - elke avond ging ze uit.

Op een middag kwam Sprietje aan onze kamerdeur. Ze had een plastic tas bij zich. Aki begon direct ook een tas in te pakken met een handdoek, zeep en wat flesjes. Met handen en voeten stelde ik haar de vraag: waar is de douche? Sprietje en Aki overlegden. Er was duidelijk een probleem. Weer vroeg ik, mimend, waar ik mijn haar en mijn lijf kon wassen, waarbij ik heel dramatisch onder mijn oksels rook.

'You - bad?'

Ik moest lachen om haar verspreking.

Aki wees in haar tas naar een stuk zeep.

Ik knikte zo hard en overdreven dat mijn nek pijn deed. Ik mocht ook een tas inpakken.

We namen een andere uitgang dan die ik tot dan toe had gebruikt - ik had deze zelfs nog nooit gezien - en stapten een smalle achterstraat in. Hier was geen hoogbouw en merkte je niets van het verkeer en de drukte aan de voorkant. Ik volgde de kwebbelende meiden door donkere steegjes. De meeste huizen hadden één verdieping, de iets nieuwere twee. Alles was tegen elkaar aan gebouwd. Stegen leidden naar andere huizen erachter. Alle ramen waren op een of andere manier bedekt, sommige met een soort houten traliewerk, andere met ijzer of lamellen, en het glas was altijd ondoorzichtig. De nauwe sleuven tussen de huizen waren gevuld met wasmachines en fietsen, niemand had een tuin. Voor drooglijnen was geen plek, de kleren hingen aan piepkleine ronde rekjes met knijpers. Wel was bijna elk huis omringd met plastic potten en opengesneden waterflessen met planten en stekjes. Het was stil, je hoorde geen radio of muziek. Zo had ik me een sloppenwijk voorgesteld, maar dat was deze doolhof niet.

De meiden waren de hoek alweer om. Ik snelde achter ze aan. We sloegen verschillende keren links en rechts af en gingen onder een poortje door dat uitkwam op een smalle drukke winkelstraat. Eindelijk had ik ontdekt waar ik boodschappen kon doen.

Ze stopten voor een huis met naast de open voordeur vakken vol schoenen. Aki liet mij een munt van 500 zien en gebaarde dat ik er ook een moest pakken. We deden onze schoenen uit, zetten ze in een van de vakken. Achter een opening in de muur zat een stokoud vrouwtje met een gebloemde hoofddoek en een jampotbril, ze leek zo weggelopen uit een sprookje van Grimm. Ze stak een broodmagere hand uit en Sprietje en Aki legden hun munt erin. Ik wilde de mijne erbij leggen maar ze trok haar hand terug waardoor mijn munt op de grond kletterde. Ik pakte hem op. Aki zei iets. Het vrouwtje stak aarzelend haar hand uit en keek naar mijn munt alsof ze nog nooit een stuk van 500 had gezien. Ik volgde Aki door een gordijn dat uit losse banen bestond die tot kniehoogte vielen en we kwamen in een kleedkamer. Drie houten banken, en weer vakken in de muur, deze keer gevuld met kleren. Er was een spiegel met een sanseveria in een te grote pot. Een naakte vrouw stond haar haren af te drogen. Tot dan toe had Aki zich elke dag als ik thuis was in de wc omgekleed van de lichtblauwe werkkleren in haar pikante avondkleding, maar hier bleken andere regels te gelden. Zonder enige schaamte trokken ze allebei hun kleren uit. Op het moment dat de naakte vrouw de handdoek van haar hoofd haalde en mij zag schrok ze, maar ze herstelde zich en ging door met zich afdrogen terwijl ik niet meer voor haar bestond. De reactie van mensen die mij voor de eerste keer zagen begon te wennen.

Bloot, met ieder een handvol flesjes en zeep, stapten we de volgende ruimte in. Het was er heet en vochtig. Op de witte tegelvloer zaten vrouwen op kleine plastic krukjes zich te wassen bij kranen. Een hok vol naakte, spetterende eenden. Het gekwaak verstomde even, maar ik deed of mijn neus bloedde en al snel ging het klessebessen en badderen door. Ik kopieerde elke handeling van Aki en Sprietje, pakte een krukje en een plastic bak en ging bij een vrije kraan zitten. Ik vulde de bak met water, dat overdadig stoomde. Het heet was heel heet en het koud zeer koud. Ik zeepte me twee keer van onder tot boven in en boende tot mijn huid rood zag. Ook mijn haren moest ik twee keer wassen. Het water stroomde over de grond door een richel naar de afvoer bij mijn voeten. Aki en Sprietje kwetterden aan een stuk door, waarbij ze steeds in de lach schoten. Langzaam ontspande ik me.

In de hoek van de badruimte waren twee diepe baden, ik volgde de meiden als een hondje, maar voor we het rechterbad instapten controleerden ze of er geen zeep op mijn huid was achtergebleven. Het water was warm en ik zonk door mijn knieën tot alleen mijn hoofd er nog uitstak. Ik legde mijn nek tegen een koele buis aan de achterkant van het bad en sloot mijn ogen. Ik luisterde naar de geluiden om me heen. Nu pas merkte ik dat aan de andere kant van de muur mannen zaten. De bovenkant van de badruimte was open en ik hoorde ze praten en hoesten.

Na een paar minuten stapte Aki uit het bad en Sprietje en ik volgden. Het ritueel werd herhaald. We boenden en boenden. Schoongespoeld volgde ik hen naar het linkerbad. Dit water was zo heet dat ik dacht levend te verbranden, heel voorzichtig zakte ik door mijn knieën, tot mijn nek onder water verdween. De damp zoog ik naar binnen door mijn neus.

Ik sloot mijn ogen. Mijn huid begon te tintelen. Ik had geen grip meer op wie of waar ik was. Ik was louter kloppend bloed dat donderend door mijn lichaam stoomde. Ik was er niet. Ik zweefde. De hitte wrong zich steeds dieper in mij. Er bestond geen tijd meer. Geen andere wezens of geluiden. Ik kon niet bewegen, anders verbrandde ik.

Ik weet niet of het minuten of uren heeft geduurd maar na een tijd opende ik mijn ogen en zag dat Aki zich al aan het afspoelen was bij haar kraan. Ik klom langzaam uit het bad en liet het koude water over mijn voeten stromen tot ik mijn bewustzijn hervond.

Zeven

Tijdens de ochtendgymnastiek kwam, na zeker een week afwezigheid, onverwachts Meneer Kon terug. Met hem ook de werkster. De groep brulde het 'goedemorgen, Meneer Kon' en hij liep onverstoorbaar door, de werkster sloffend achter hem aan. Ik vroeg me af of hij een privéleven zou hebben. Kinderen en een vrouw had ik nog niet ontdekt. De stem van Snor werd natuurlijk acuut feller, alsof hij nog niet hard genoeg brulde en schreeuwde, vooral tegen de pupillen uit de kleine keuken. Ik was erachter gekomen dat zij, net als ik, niet werden betaald, erger nog, zij moesten betalen. Ik had geprobeerd de wasmachine te verplaatsen maar die stond klem tussen twee gigantische kasten en *Alle Menschen werden Brüde*' was in de lamp gemonteerd. Het was me gelukt rijst te koken, maar alleen 's nachts als iedereen sliep. Al dagen keek ik vanaf mijn strategische plek bij het raam naar het schoonmaken van de vissen. De keer dat ik een vis had opgepakt had Pieper, de oudste en meest ervarene van ons klasje, zeer geschokt gekeken. Ik had de vis teruggelegd en was naar mijn plek gelopen om de opkomende huilbui weg te slikken.

De enige die sinds mijn komst uit zichzelf tegen mij had gesproken was de lange kok uit de echte keuken. Op een avond was hij stomdronken thuisgekomen terwijl ik mijn pannetje rijst aan het koken was. Hij was naast me komen staan en hijgde in mijn oor: 'You are very beautiful cook. You can smile.'

Meneer Kon kwam de kleine keuken binnen met een kok die zeven barracuda's droeg. Het was de grote barracuda, want de huid was groenig met zwarte strepen en vlekken. Meneer Kon keek naar de vissen en wij gingen stil om hem heen staan. Hij stelde een vraag. Vim en Oester gaven om beurten antwoord. Meneer Kon schudde zuchtend zijn hoofd.

'Barracuda,' zei ik zachtjes maar wel hoorbaar.

Meneer Kon keek mij niet aan maar begon de rest van onze groep uit te foeteren, althans, dat vermoedde ik, want de ruggen kromden zich en de schouders werden omhooggetrokken.

Meneer Kon trok schone witte handschoenen aan en koos de grootste uit. Hij verwijderde de schubben met een schubmes, door middel van korte roterende bewegingen. De schubben vielen er probleemloos af. Ik noteerde de truc van het roteren in mijn schrift. Meneer Kon pakte zijn heilige mes uit de houten doos, die bliksemsnel door de Snor voor hem was neergezet. Hij begon nu niet bij de buik maar zette eerst een lange kerf in de rug. Ik schreef precies op wat hij deed. Elke handeling was nieuw voor mij.

Net als de vorige keer pakte de Snor daarna de volmaakte filets om ze ons op een schaal te tonen. Deze keer vertrok Meneer Kon niet na zijn performance maar gaf hij Pieper een barracuda. Hij hield de staart vast en draaide die in allerlei richtingen terwijl hij met zijn vinger over de huid streek. Wat hij zei begreep ik niet, maar dat het met de vorm van de schubben te maken had kon ik er wel uit opmaken. De volgende vis gaf hij aan Vim. Meneer Kon trok de gevorkte staart uit elkaar en wees op de lijnen in de staart, waarna hij aangaf waar hij de kerf had gezet. Bij de vis die Oester kreeg opende Meneer Kon de bek en liet hij de tanden zien. Hij maakte blijkbaar een schuine opmerking want de jongens lachten en de meiden bloosden. Vooral Sprietje werd knalrood. De volgende twee vissen gaf hij aan Kip en Mandarijn. Bij de een trok hij de kieuw open en stak weer een heel verhaal af. Bij de ander wees hij naar de buikvinnen en klapte die open en dicht.

Pukkel keek vol verwachting naar de laatste vis, maar Meneer Kon legde hem voor mij neer. Er ging een schok van verbazing door de groep. Meneer Kon keek naar Aki, zijn vertaalster, en tilde, terwijl hij sprak, de vis op alsof hij het gewicht schatte.

Ik mocht een vis schoonmaken! Een barracuda!

'Small - fish - good - big - fish - no,' stamelde Aki.

Meneer Kon vervolgde zijn verhaal.

Ik keek naar mijn spiksplinternieuwe mes. Ik mocht het niet verknallen.

'Three,' vertaalde Aki een paar minuten later zijn speech.

Meneer Kon volgde met toegeknepen ogen onze verrichtingen. Een voor een moesten we de barracuda ontdoen van schubben, ingewanden, vel en graten. Ik was als laatste aan de beurt. De jongens hadden veel kritiek en opmerkingen gehad - vooral Kip had hij met de grond gelijkgemaakt. Die was in elkaar gekrompen en had onderdanig iets gestotterd. Ik probeerde me voor te houden dat dit hun manier van leren was, dat ik al een baan had, dat mijn leven er niet van afhing of de Grote Meester mij zou vernederen of vereren en dat ik zijn kleinerende opmerkingen toch niet kon verstaan. Ik had al zo vaak vissen van hun schubben ontdaan. Ik wist dat ik het kon, toch was ik doodzenuwachtig. Toen ik aan de beurt was zei Meneer Kon niets. Je kon een speld horen vallen. Ik legde het schubmes terug op de tafel en keek naar mijn mes. Het smeekte me hem op te pakken. Het straalde kracht uit. Mijn vingers sloten zich om het heft. In een flits zag ik mijn eigen spiegelbeeld. Ik was groot en bol. Ik zoog mijn longen vol lucht en stak het mes in de vis. Het mes deed zijn werk. Ik hoefde alleen maar te sturen. Zo moeiteloos had ik nog nooit een vis schoongemaakt.

Ik legde mijn filets trots naast die van de anderen. Meneer Kon vertrok zonder een woord te zeggen.

Acht

Waarom Aki schaamteloos bloot liep in het badhuis maar zich in haar eigen huis op de wc verkleedde bleef me een raadsel. Ook begreep ik niet waarom ze zich elke avond bedronk. Desondanks begonnen we elkaar geleidelijk iets beter te begrijpen. Mijn woordenschat groeide, net als de hare. Niet dat we een gesprek konden voeren, maar op uiterst simpele vragen lukte het me soms een bevredigend antwoord te krijgen. Bij het woord 'melk' had ze me een winkel gewezen waar inderdaad blikken gepasteuriseerde melk werden verkocht, en na een toneelstuk waarbij ik hoofdpijn uitbeeldde onder het roepen van 'auw, auw, auw' had ze me een buisje aspirine gegeven.

Ik had mezelf de dag na de barracuda een plek toegeëigend naast Pukkel. Ik maakte dus eindelijk de kleine visjes schoon, de aankoop van het mes was niet voor niets geweest en voor het eerst in weken durfde ik te fantaseren over de echte keuken. Ook het hemelse stuk vis dat ik die avond kreeg én de schimpende opmerking van vader dat ik binnen een maand met hangende pootjes terug zou zijn, stimuleerde mijn drang om te blijven. Wel groeide het verlangen naar een eigen kamer, een privéplek waar ik me niet te veel voelde, waar ze niet door me heen konden kijken, waar ik niet bang hoefde te zijn voor ongedierte en ongenode gasten. Ik wist ondertussen dat Sprietje een eigen flat en weinig geld had. Ik wilde haar een voorstel tot woningruil doen, het leek me in alle opzichten voor ons drieën een geschikt plan.

'Where is your house?' vroeg ik Sprietje die haar ooglid besmeerde met Aki's nieuwe blauwe eyeliner.

Het was de eerste keer dat ik haar direct aansprak. Ze keek

me verschrikt aan en wendde haar blik paniekerig naar Aki die als gewoonlijk een zak snoep zat weg te werken.

'Can we change house?' vroeg ik. Deze keer richtte ik me tot Aki.

Ik wist dat het bot klonk maar als ik het met allerlei beleefdheidsrituelen zou inkleden zou ze me niet begrijpen. Na vier keer herhalen, met telkens de nadruk op een andere lettergreep, begreep Aki me. Ze vertaalde het, waar ze zeker vijf minuten voor nodig had. Sprietje keek haar met grote nietbegrijpende ogen aan.

Toen Aki was uitgesproken en Sprietje niet reageerde herhaalde ik mijn vraag en voegde eraan toe: 'You good friends. You make-up. You sweets. You fun.' Ik pakte pen en papier en tekende een huis. Twee lijnen, een puntdak erop en een poppetje erin. Ik had hier nog geen huis met een puntdak gezien maar wist zo snel geen andere manier om het duidelijk te maken. Daarnaast tekende ik nog een huis met twee poppetjes erin. Ik wees naar het huis met de twee figuurtjes en zei: Aki en Rosa. Vervolgens wees ik naar het andere huis en naar Sprietje, want haar echte naam was zo lang en ingewikkeld dat ik hem niet kon onthouden, laat staan uitspreken. Ik tekende een pijl van mij naar het huis van Sprietje en een pijl van Sprietje naar ons huis, wat natuurlijk alleen maar een kamer was.

Aki was sneller van begrip en legde Sprietje mijn voorstel uit. Ik kreeg het idee een zeer gevoelig onderwerp te hebben aangesneden want aan hun gesprek kwam geen eind. Soms moesten ze lachen, vervolgens keken ze zorgelijk naar de vloer, om daarna de indruk te wekken dat ze het over iets heel anders hadden, want ze wezen naar elkaars gezicht alsof de blauwe eyeliner werd besproken.

Op de binnenplaats galmde de stem van de Snor, de makeup moest er vliegensvlug af, het snoep doorgeslikt. Ik wilde weten of ze akkoord gingen. We liepen samen de kamer uit en ik keek Aki vragend aan. Ze wendde haar hoofd af en murmelde iets wat ik niet kon verstaan.

Negen

Dat een naam op een stuk papier zo dwingend kon zijn wist ik niet. Vanaf het lege vel staarden de woorden *Lieve Suzan* me streng aan. Het vel papier voor me werd steeds dwingender en vijandiger. Al dertien keer dacht ik bijna een begin gevonden te hebben, maar deze wereld was zo anders dan die we thuis deelden. Daar wisselden we romantische roddels, sloegen ons in het zweet op de squashbaan en liepen zo veel mogelijk feesten af. Ik besefte dat we nooit over echte gevoelens hadden gesproken. Mijn diepe verdriet kende ze niet. Onze gesprekken bleven hangen in 'ik hou zoveel van hem maar hij luistert nooit' en 'ik zou een ander moeten nemen, dan zou hij eindelijk voelen wat ik voel'. De belofte die we elkaar jaren geleden hadden gedaan, alleen de waarheid vertellen, ging hier niet op. Ze zou me niet begrijpen en me overstelpen met brieven waarin ze van me eiste dat ik mijn mes gewoon in een grote vis moest steken en me niet moest laten koeioneren. Maar ik wist dat ik haar iets moest schrijven.

Beethoven zweeg en de stortbak vulde zich. De wasmachine trilde tegen de muur. Op de gang hoorde ik iemand wegsloffen. Zat Suzan maar naast me, dan zouden we erg hebben kunnen lachen om het geluid van de drol die in de pot viel, de hysterische orders van de Snor en de piepende oude kok bij de ochtendgym. Ik ging mijn derde blikje bier uit de automaat trekken die ik in een van de achterstraatjes had ontdekt. Ik hield niet van bier, maar wijn kon ik nergens vinden.

Ik opende mijn koffer maar die was leeg. Ik wist zeker dat ik niet al mijn kleren in de wasmachine had gedaan. Ik kon niet bloot gaan slapen, ze zouden boos worden. Ik pakte een van Aki's roze kanten bloesje van de hanger boven haar bed en trok het aan. Het was me te klein. Mijn borsten moest ik platduwen om de knoopjes dicht te krijgen. Het kanten kraagje kriebelde in mijn nek. Ik krabde maar het bleef jeuken. Ik krabde harder. Ik opende mijn ogen en zag drie kakkerlakken wegvluchten van mijn hoofdkussen. Mijn pyjama was nat van het zweet.

Ik keek door het enige raam van helder glas dat ik in het gebouw had gevonden. Het was een piepklein raam in de personeelsgang waardoor je in het restaurant kon gluren. Ik keek er vaak even door naar binnen, vurig hopend dat er een buitenlander zat te eten. Iemand aan wie ik kon vragen of hij een kamer voor me wist. Ik was ervan overtuigd dat er op een dag een moest zitten als Kon inderdaad zo beroemd was. Ik keek naar de serveersters, ze hadden een vreemde manier van voortbewegen. Hun lange lichtblauwe voorschoten waren zo strak om hen heen gebonden dat er geen bewegingsruimte voor hun benen overbleef, zo leek het, maar ze bewogen zich razendsnel voort op hun kleine zwarte slofjes. De gasten zaten op heuse stoelen aan lage tafels die van zwart glimmend hout waren gemaakt. De ruimte was niet donker. In het plafond waren dakramen waardoor het licht naar binnen stroomde en niets werd gemaskeerd. In de echte keuken droegen de lichtblauwe koks broeken en rubberlaarzen. Daar bewogen de benen vrij en de handen snel. Iedereen, van hoog tot laag, die voor Meneer Kon werkte had haast.

Er werd veel meer vis klaargemaakt dan in het restaurant werd verkocht. Elke middag kwam er aan de zijdeur een man met een koelauto. Daarin werden klaargemaakte visgerechten geladen die in dunne houten doosjes waren gepakt. Wat voor gerechten het waren en hoe ze werden klaargemaakt wist ik niet – meer kon ik door het aquarium en het ruitje in de gang niet zien.

Er moest in deze stad iemand zijn die me kon uitleggen hoe ik het moest aanpakken. Iemand die gewoon een vraag kon beantwoorden. Iemand die mij zou helpen eigen woonruimte te vinden. Er móest iemand zijn die me kon begrijpen ...

De lange kok! Hij had Engels gesproken! Hij moest me helpen.

Bij de ochtendgym, die tussen de tafels in het restaurant plaatsvond omdat het regende, sprak ik hem aan. Maar zijn ogen schoten panisch alle kanten op terwijl hij onverstaanbare excuses prevelend achteruit naar de keuken liep en verdween.

In de gang sprak ik Aki aan en vroeg of zij iemand kende die goed Engels sprak. Haar ogen tolden net als bij de lange kok van links naar rechts.

Ik herhaalde heel langzaam: 'You – friend – English – speak – good?'

'English – speak – good,' herhaalde ze mijn zin. Ze wachtte tot onze groep binnen was. 'Me – friend – English,' fluisterde ze.

Ik wilde een rondedans maken, wanneer kon ik die vriend ontmoeten? Aki stond naar woorden te zoeken. Ik moest geduldig zijn – de vriend moest eerst worden benaderd met het verzoek, tenminste, dat maakte ik op uit het onbegrijpelijke relaas dat volgde.

Meneer Kon had een slechte bui die ochtend. Had hij eigenlijk ooit een goed humeur? Na de vage glimlach op zijn gezicht tijdens de Londense prijsuitreiking had ik niets meer gezien wat op een lach leek. De lange kok kwam achter hem binnen met in zijn armen een langgerekte, taps toelopende vis. De hoge rugvin liep over het hele lijf en de staart leek op die van een zwaluw. Hij legde hem onderdanig voor Meneer Kon op de werktafel neer. De groep stootte een bewonderende, diepe keelklank uit. Ik had deze vis nog nooit gezien – het aanbod bij Eric was beperkt gebleven tot forel, zalm, rog, goudbrasem en paling, afhankelijk van het seizoen. Deze vis had een kop als een boxer, platgeslagen en stomp. Ik dacht te verstaan dat de vis 'mahi-mahi' heette, want die klanken hoorde ik als hij naar de vis wees. De lange kok stond bij de deur, met een paperclip verwijderde hij het vuil van onder zijn nagels. Ik wilde het hem vragen, maar toen ik aanstalten maakte zijn kant op te komen, liep hij naar Meneer Kon en ging pal achter hem staan. Ik moest Suzan schrijven en vragen of ze me mijn *Groot Vissenboek* wilde opsturen.

Behendig fileerde Meneer Kon de vis, alleen sneed hij deze keer de filet niet overlangs in tweeën maar hakte hij hem in moten, die de lange kok slaafs naar de echte keuken bracht. De geheimen van Meneer Kon bleven verborgen.

Na de Snors gebruikelijke ritueel van het mes in de doos en de blaffende orders aan Pukkel over het uitspoelen van de handschoenen verliet ook hij de keuken. Voordat Aki de kans kreeg met Sprietje te gaan giechelen, sprak ik haar aan en vroeg of ze haar Engelse vriend niet wilde vergeten. Ze knikte korzelig en verdween met Sprietje naar onze kamer, waar de volgende zak snoep erdoorheen zou gaan. Ik bleef alleen achter in de kleine keuken. Ik keek naar de visresten in de vuilnisbak.

Veel tijd om iets van de stad te zien had ik nog niet gehad. Ik nam me voor een tweedehands fiets te kopen, zodat ik meer bewegingsvrijheid zou hebben en de omgeving kon gaan verkennen. Elke dag begon, na een ontbijt van vis en rijst op de vloer van de koelkastkamer, met de gymnastiek en de morgengroet. De vis die we kregen kwam inderdaad uit de echte keuken en werd volgens een ingewikkeld hiërarchisch systeem verdeeld na sluiting van het restaurant en het schoonmaken van de keukens. Ik moest maar afwachten of ik aan de beurt kwam en als ik vis kreeg, probeerde ik vast te stellen welke vis het was en hoe hij was bereid – maar de smaken waren zo ongewoon en uitzonderlijk dat het bij gissen bleef. Na de gym commandeerde de Snor ons naar de kleine keuken om de dagelijkse lading vissen schoon te maken. Sinds Meneer Kon ons een keer lang had toegesproken werd er tijdens het werk niet meer gefluisterd. Ik was er nooit achter gekomen wat hij in die donderpreek had verteld. Het enige wat Aki ervan had gemaakt was 'dead – fish – life'.

Altijd om precies twaalf uur kwam de Snor binnen. Hij wees dan iemand aan die als eerste moest gaan lunchen. We mochten precies een halfuur wegblijven. Om daarna tot zes uur vissen schoon te maken. Ik deed mee alsof ik een van hen was maar ik werd nooit aangewezen en kreeg nooit orders. Ik ging lunchen als iedereen was geweest. Net zoals ik me ongevraagd had aangesloten bij Pukkel. Ik wist dat zelfs hij vond dat ik voor spek en bonen meedeed.

Na het werk ging ik met Aki naar het badhuis. Zij vertrok altijd eerder. Ik had ook zin om me te vermaken en haar een keer gevraagd waar ze naartoe ging, maar daar had ze zo afwijzend op gereageerd dat ik het niet nog een keer durfde vragen. Ik bleef me erover verbazen dat ze geld genoeg had om iedere avond te feesten en was tot de overtuiging gekomen dat ze een rijke vriend moest hebben – misschien wel degene die Engels sprak. Ik probeerde haar te verleiden tot een uitspraak over haar geheimzinnig liefdesleven maar ze was zeer beslist: ze had geen vriend en ging alleen uit. Dus bleef ik 's avonds achter met de kakkerlakken, die uit steeds nieuwe hoeken en gaten opdoken, luisterend naar Beethoven en de trillende wasmachine. Aki's taak in het schoonmaaksysteem was het vullen en aanzetten van de wasmachine aan het eind van de werkdag en nogmaals als ze 's nachts, zeer beschonken, thuiskwam, waarna ik nog uren wakker lag.

In de buurt rond Kons restaurant had ik geen kroeg of café gevonden waar ik kon zitten, en zomaar wat rondlopen had geen zin – het had tot dan toe bijna iedere avond geregend. Dus trok ik meestal twee blikjes uit de bierautomaat, ging terug naar onze kamer, waar ik mijn aantekeningen herlas of naar de figuren op het plafond staarde. Ik snakte naar een eigen plek. Ik was alleen gelukkig tijdens de korte momenten waarop Meneer Kon tijd voor ons uittrok en iets van zijn meesterschap liet zien. Dan wist ik weer waarom ik hier was – elke keer als hij een vis aanraakte leerde ik iets nieuws. Bij de ene vis moest je de kop draaien om de schubben er gemakkelijker af te krijgen, bij de andere vis kon je beter eerst de ruggengraat breken voordat je hem opensneed of bleken de randen van de binnenkieuw een delicatesse te zijn. Mijn schrift vulde zich gestaag. Ondertussen had ik de woorden voor kieuw, rug, kop en staart geleerd, maar daar kon ik geen eigen kamer mee vinden of een tweedehands fiets van kopen.

'English - friend - okay,' zei Aki een week nadat ik haar ernaar had gevraagd. Ik was al gaan betwijfelen of die vriend überhaupt bestond en wilde direct weten wanneer ik hem kon spreken, maar verder dan deze mededeling kwam ik niet.

Meneer Kon en de Snor waren die ochtend afwezig. Iedereen leek zich ineens anders te gedragen. Er werd gepraat en gegiecheld. Zelfs de koks uit de echte keuken babbelden en lachten tijdens de gym, die door een van hen werd geleid. Niemand stond hoog op zijn tenen. Na afloop verdeelde een oude kok de taken. Hij wist niet dat ik Pukkel met de kleine visjes hielp en toen hij mijn mes zag kreeg ik, net als Vim en Pieper, een stapel grote vissen. Een uur later kwam de Snor binnen. Het werd doodstil. Hij liep langs mij en de grote vissen. Ik was dolgelukkig met mijn nieuwe verovering. Tot ik hoorde hoe hij op de gang de oude kok uitschold. Ik wist dat het over mij ging. Iedereen in de keuken hield zich muisstil. Vim en Pieper bewogen zenuwachtig met hun voeten toen ik weer een grote vis pakte, dus legde ik hem terug, liep naar de tafel van Pukkel en begon een van de kleine visjes schoon te maken. Niemand zei iets.

Tien

We moesten drie kwartier met de metro. Het was avondspits en de wagons waren afgeladen met natte zakenmannen, aktetassen en paraplu's. Aan de wanden tussen de schuifdeuren had men een lange bank aangebracht en aan het plafond waren eindeloos veel lussen, waar mensen slapend aan hingen. Aki deed de hele weg of ze me niet kende en stapte telkens onaangekondigd uit. Ik slaagde er iedere keer in me net op tijd naar buiten te wringen. We persten ons in een volgende metro. Aki was, als elke avond, gekleed voor haar avond uit en ik begon nieuwsgierig te worden of de Engelse vriend dezelfde was als de rijke weldoener met wie ze uitging. Ik had me leuk aangekleed in de hoop te worden meegevraagd.

Boven de grond kwam ik in een volslagen nieuwe wereld. Aan alle gevels hingen uithangborden in felle kleuren te knipperen. Mannen met spreektoeters in hun hand prezen waren aan en langs de stoepranden stonden karren met snacks en fruit. De stoepen waren breed en de mensen gingen chic gekleed. Aki trippelde een koffiebar binnen en keek rond of ze haar vriend al zag. Hij was er nog niet en we namen een tafeltje naast een intiem pratend stel – de man was minstens drie keer zo oud als het meisje, dat duidelijk erg dol op hem was en bij elke zin die hij zei een kirrend geluid liet horen. Na een paar minuten kwam er een bijzonder mooi meisje op ons af. Aki en zij begroetten elkaar. Het meisje gaf mij een slap handje. Ik besefte opeens dat het de eerste keer was sinds mijn aankomst dat iemand mij aanraakte en ik waardeerde haar hand zeer. Nina bleek ze te heten en haar Engels was inderdaad beter dan dat van Aki, maar of het voldoende was om mijn vragen duidelijk te maken wist ik niet, vooral toen bleek dat ze maar een kwartier tijd had.

'I'm searching an apartment,' zei ik. 'But I don't know how. Can you help me?'

Nina en Aki gingen in overleg. Ik zag de minuten verstrijken tot ze eindelijk mijn kant op keken.

'Very difficult,' zei ze.

'But do you know how?' hield ik aan.

Ze overlegden en de tijd verstreek.

'You need money letter.'

Het bleek dat ik alleen kon huren als er iemand garant voor me zou staan. Ik zou hier later wel een oplossing voor zoeken en vroeg waar en hoe ik iets kon huren. Ik wilde graag een betaalbare eenkamerwoning niet ver van Kons restaurant. Weer overlegden de meiden. Het kwartier was allang om, maar ik was zo blij dat ik eindelijk met iemand kon communiceren dat ik niet van plan was haar erop attent te maken. Blijkbaar had ze mijn blik op mijn horloge gezien want ze slaakte een kreet van schrik. Aki en zij trokken paniekerig hun jassen aan en grepen naar hun handtas op zoek naar geld voor de koffie.

'I'll pay, don't worry,' zei ik, want ik zag aan de schrik op hun gezichten dat ze echt te laat waren.

'Tomorrow,' zei Nina. 'Tomorrow I will tell you more.'

Ze snelde de deur uit. Aki trippelde op haar hakken achter haar aan. Voor niets had ik me leuk aangekleed.

Ik had geen idee waar ik was. Als een dom paard was ik Aki gevolgd. Ik wist dat de buurt waar ik woonde Lonlon heette, maar hoe je het schreef en welk metrostation er lag wist ik niet. We waren twee keer overgestapt en hadden bij een van die overstappen een enorm station doorkruist. Ik liep terug langs de karren en mannen met spreektoeters naar de uitgang van de metro. Ik was kwaad op Aki. Ze had me zomaar in de steek gelaten. Ze wist dat ik niets snapte of kon lezen. Het papier met het adres van Kons restaurant lag in mijn paspoort onder mijn matras en het telefoonnummer had ik nooit gevraagd omdat de enige telefoon die er was zich in het kantoor van Meneer Kon bevond – en daar belde alleen hij. Ik zag een vlotte jongen die eruitzag als een student. Hij had een grappige hoed op en een lange kleurige sjaal. Ik sprak hem aan, maar net als alle anderen draaide hij, na mijn vraag of hij Engels sprak, paniekerig met zijn ogen en dook zonder een woord te zeggen weg in de massa die naar buiten stroomde.

Naast me stond een meisje te lezen. Haar haren waren verstopt onder een grote pet en ze droeg een uilenbrilletje, zij had bij nader inzien meer weg van een studente dan de jongen van daarnet. Ze moest gezien hebben wat er net was gebeurd.

Ik draaide me naar haar toe. 'Do you speak English?'

Ze keek me even vreemd angstig aan, als was ze een hond die ik geslagen had, sloeg een bladzijde om en las verder.

Beneden aan de trap was een plattegrond van alle metrolijnen. Honderden lijnen in allerlei kleuren liepen kriskras door elkaar, rode, groene, gele, paarse ... Welke ging naar Lonlon? Ik volgde de lijnen met mijn vinger en stelde me voor dat de kleur van de desbetreffende lijn elke keer als je de metro in stapte bij je kleur werd opgeteld. Bij overstappen van geel naar blauw werd je groen. Van groen naar paars werd je bruin. Van bruin naar roze werd je grauw. Bij elke overstap zou je grauwer worden. Net zo grauw als de mensen die langs me snelden.

Iets verderop was een loket, waarnaast een man in uniform en met witte handschoenen stond. Hij moest me helpen. Hij hoorde bij de metro.

'Lonlon?' zei ik, het was makkelijk te onthouden omdat het zo op 'Londen' leek.

Hij staarde me wezenloos aan. Ik herhaalde de naam en hoopte dat ik het goed uitsprak. Ik legde de klemtoon anders, eerst voor en toen achter in het woord maar hij bleef me verdwaasd aankijken. Ik denk dat hij, als ik op mijn hoofd was gaan staan, een dansje had gedaan of al mijn kleren had uitgetrokken, net zo was blijven kijken.

Aan de wand naast het loket hing een billboard met een foto van een vrolijk gezin, een echtpaar met een zoon en dochter onder een paraplu. Ze bleven allemaal droog.

Weet je nog hoe vader niet met een van ons onder een paraplu kon lopen? Je werd dan juist natter – met zijn rechterhand hield hij je vast, met de linker hield hij de paraplu alleen boven zijn eigen hoofd en het regenwater liep precies in je nek.

Bij de metro-uitgang zag ik een politieman.

Omdat jij altijd zei dat ik ver uit de buurt van agenten moet blijven liep ik door. Over taxichauffeurs zei je: 'Het enige wat ze doen is je belazeren en bestelen.'

Ik had de dag ervoor twee reischeques omgewisseld omdat ik eindelijk een fietsenwinkel had gevonden waar ik een tweedehands fiets kon kopen. Ik zat dus goed bij kas, en ik moest terug, dus hield ik een taxi aan en stapte in. Ook de taxichauffeur droeg smetteloze, witte handschoenen.

'Lonlon?' zei ik zo nonchalant mogelijk.

De man keek me even verbaasd aan en herhaalde wat ik zei maar legde de klemtoon op het tweede 'lon'. Dat moest ik onthouden. Ik knikte, hij draaide de auto en reed de straat uit. Ik was trots op mezelf. Ik zakte achterover in de bank, het was drie kwartier met de metro geweest, dus de rit kon nog wel even duren.

Ik keek naar de eindeloze stroom mensen die zich over de stoepen voortbewoog langs de verlichte etalages en kramen met bloemen en tijdschriften. Mannen in grijze en donkerblauwe pakken en vrouwen met grote handtassen. De taxi reed een snelweg op die hoog boven de huizen was gebouwd. Ik keek naar de wolkenkrabbers in de verte, de lichten van de stad onder mij, een weke maan tussen de wolken. Wat een stad, er kwam geen eind aan. Hier móest iemand zijn die goed Engels sprak. Ik kreeg een verlangen op ontdekkingstocht te gaan. Er moest zoveel te zien zijn en te proeven. Als ik mijn tweedehands fiets had zou ik eropuit gaan. Eric had me een artikel meegegeven over een man die een restaurant had waar je het vlees van pareloesters kon eten, volgens kenners het beste oestervlees dat er bestaat.

De meter tikte snel, veel sneller dan ik had verwacht. Ik

probeerde me te herinneren hoeveel geld ik precies bij me had terwijl we de snelweg af reden en de chauffeur mij iets vroeg. Hij wilde natuurlijk weten waar in Lonlon hij moest zijn.

'Kon Kon,' zei ik want zo heette het restaurant.

Meneer Kon was niet zo beroemd als ik had gehoopt. Hij herhaalde zijn vraag en ik mijn antwoord, waarbij ik met gebaren probeerde uit te leggen dat het een restaurant was.

We reden door straten die ik niet herkende en hij stopte voor een soort wegrestaurant.

'No, Kon Kon restaurant.'

'Kon Kon,' herhaalde hij met een toon alsof hij me begreep.

We reden verder, straat in, straat uit. Niets kwam me bekend voor en de meter draaide. Ik zag de cijfertjes wegvallen, waarna er een steeds hoger getal verscheen. Het moest nu niet veel langer duren, anders had ik een nieuw probleem. Het was duidelijk dat de man net zo min als ik wist waar hij heen moest. Waarom vroeg hij het niet aan iemand? Iemand die hier woonde. Als wij hem in Europa kenden, moest iemand in zijn eigen stad Kons restaurant toch ook kennen? Maar de straten, die dag in dag uit vol waren, waren nu leeg. Ik zag dat de meter bijna het bedrag van mijn twee reischeques had bereikt. Twee hele reischeques had ik in nog geen uur erdoorheen gejaagd! De man moest stoppen. Ik moest gaan lopen. Ik boog me over de leuning naar hem toe en sommeerde hem te stoppen. Maar hij reed door en de meter tikte verder. De cijfers volgden elkaar steeds sneller op. Hij had met de meter geknoeid. Ik wist het zeker. Zo snel kon het bedrag niet groeien. Dit was onmogelijk. Elke paar seconden viel er een nieuw cijfer over de vorige. Ik haatte Aki. Ik haatte Meneer Kon. Ik haatte iedereen. Ik haatte de taxichauffeur, die maar bleef rijden. Maar ik haatte mezelf nog het meest.

'Stóp, stóp!' gilde ik en trok aan zijn stoel.

Hij stopte. Ik trok mijn portemonnee tevoorschijn en wilde betalen. Hij legde me uit dat hier geen restaurant was, dat had ik zelf ook wel gezien. Ik hoopte dat hij genoegen zou nemen met alles wat ik had en telde mijn biljetten toen er een agent langs liep. De chauffeur opende zijn raam en sprak hem aan. Ik hoorde dat hij de naam van het restaurant noemde. De agent antwoordde hem en wees. Ik had niet genoeg geld bij me en ik wist dat taxichauffeurs misschien niet slim maar wel heel vervelend kunnen zijn als je niet genoeg geld bij je hebt. De chauffeur begon weer te rijden, als hij inderdaad wist waar ik heen moest, leek het me beter even af te wachten. Ik zou moeten kijken of er nog iemand wakker was en proberen geld te lenen. Een minuut later reden we de vierbaansweg op. Ik zag het restaurant liggen. Het was donker. De keuken was blijkbaar al schoon en het personeel vertrokken. We stopten voor de deur en ik gaf hem al mijn geld. Hij telde en wees op de meter. Ik zei dat ik niet meer had. Zijn stralend witte handschoen bleef op de meter wijzen. Net zulke perfect schone handschoenen als die van Meneer Kon voordat ze rood werden van het bloed. Ik mimede dat ik binnen geld ging halen. Hij draaide zich om en nam een wachtende houding aan.

Tot dan toe had ik altijd mensen zien rondscharrelen die de vloer veegden of in het keukentje rijst stonden te koken, maar nu was er niemand. Ik klopte aan deuren en ramen maar het bleef stil. Tot ik licht zag branden in het kantoor van Meneer Kon. Ik klopte aan en wachtte op zijn grom. Het bleef stil. Weer klopte ik, vaag hoorde ik een knor en opende de deur. Hij zat alleen en was aantekeningen aan het maken in een dik boek. Naast hem stond een schaal met saus. Hij keek even op en schreef verder. Ik wilde gaan gillen. Kon die man niet één keer aardig doen? Hij moest begrijpen dat ik niet zomaar aan zijn deur kwam! Ik keek om me heen, wist niet hoe ik het moest uitleggen en zag dat mijn cadeau nog steeds onuitgepakt op een plank stond. Het liefst had ik het pakketje gepakt en met een knal voor hem neergezet. Buiten hoorde ik driftig claxonneren. Zou ik het woord 'taxi' en 'money' langzaam en duidelijk zeggen of er een lange volzin van maken? Ik koos voor het eerste, maakte een buiging, die hij niet kon zien omdat hij nog steeds aan het schrijven was. Mijn stem klonk slaafser dan ik wilde. Na het uitspreken van de laatste letter pakte ik een leeg papier dat op het bureau lag en schreef ter verduidelijking het bedrag op. Ik had het nog niet opgeschreven of hij trok zijn portemonnee en legde precies het bedrag voor mij neer. Ik had verwacht een heel toneelspel te moeten opvoeren. Verstond hij toch Engels en speelde hij een spelletje met mij? Buiten klonk opnieuw de claxon van de taxi. Ik bedankte Meneer Kon op de meest beleefde manier die ik kon bedenken, boog dieper dan ik me had voorgenomen ooit te doen, en rende naar buiten.

De chauffeur telde zorgvuldig het resterende geld en reed weg. Ik liep terug langs het kantoortje, het licht was uit en Meneer Kon en de schaal met saus waren verdwenen. Ik wilde slapen voor Aki terugkwam. Ik verlangde naar mijn eigen bed. Ik verlangde naar keihard ballen tegen muren slaan met Suzan. Ik verlangde naar natafelen met Eric terwijl we de fooien telden. Ik verlangde naar een fles wijn.

Elf

Ze stootte tegen mijn bed en ik knalde uit mijn vel. Kon ze dan niet één keer stil onze kamer binnenkomen? Al mijn gif spoot recht in haar gezicht. Aki keek beduusd naar haar roze schoenen, alsof die er de oorzaak van waren. Hoe kon ik haar duidelijk maken dat ik door haar schuld veel geld was kwijtgeraakt en in het krijt stond bij Meneer Kon, dat zij me niet zomaar had mogen achterlaten zonder te zeggen waar ik naartoe moest? Ze wíst dat ik zou verdwalen. Wat deed zij hier eigenlijk? Vijf keer per dag de wasmachine aan- en uitzetten en eindeloos graten schoonkrabben. Ze moest ook stoppen met links en rechts snoep te laten slingeren want dat trok volgens mij de kakkerlakken aan, ik riep dat ik ook wilde feesten en dansen en zuipen en keten en flirten en lachen om grappen die ik kon begrijpen.

Aki keek me aan als een dooie vis, haar mond open, haar ogen wezenloos starend zonder te knipperen. ‘Friend – you – house – yes,’ zei ze.

Twaalf

Dat Kip die dag doorschoof naar de grote vissen en Pieper naar de echte keuken had ik bijna niet door. Ik was zo opgewonden die avond met Nina over mijn nieuwe huis te kunnen praten dat alles langs me heen ging. Ik wilde de minuten vooruitduwen, maar die lieten zich niet duwen. Meneer Kon kwam langs en sprak op de gang alleen met Kip. Waarom wij er niet bij mochten zijn begreep ik niet, tot dan toe had Meneer Kon ons steeds gezamenlijk toegesproken, zodat ook wij leerden over vissen die we nog niet mochten fileren. Hoe zou Meneer Kon het vinden dat ik ging verhuizen, vroeg ik me af, maar aan de andere kant kon het me eigenlijk bar weinig schelen, zolang hij mij geen deelgenoot maakte van zijn keukengeheimen was ik niet geïnteresseerd in wat hij van me dacht.

Die dag ging ik in het badhuis niet in het hete bad, ik had haast en jutte Aki op. Ik wilde niet weer de weg kwijtraken en was van plan bij elk station de borden over te tekenen. Maar bij het station pakte Aki een gratis plattegrond en omcirkelde de stations.

We waren veel te vroeg in de koffiebar. En toen Nina eindelijk kwam was het te laat en moesten ze à la minute weg. Komende zondagmorgen om tien uur, zei ze, dan had ze tijd. Ze zou iemand meenemen die een huis voor me had.

De meiden vertrokken om te gaan feesten. Ik vroeg of ik mee mocht, maar ze deden of ze me niet hoorden.

Dertien

Ik moest het feit dat ik een huis zou krijgen vieren en trok een blikje bier uit de automaat, en voor de zekerheid nog een, dat scheelde straks lopen. Op de binnenplaats liep ik tegen de werkster op. Ze had een brief bij zich voor mij, een brief van Eric, die schreef over wat een prutser zijn nieuwe assistent was, dat hij niet eens wist hoe hij gestoofde paling met verse citroensaus moest maken. Hij hoopte dat ik snel terug zou komen, maar had uit mijn brief begrepen dat ik het zo naar mijn zin had bij de grote Kon dat hij de klungel had ontslagen en 'een betere kluns', ene Abraham, in dienst had genomen. Ik wist niet meer precies wat ik hem had geschreven maar het idee dat ik nu bijna een eigen huis had maakte dat ik een brief terugschreef waarin ik mijn situatie nog rooskleuriger afschilderde dan de vorige keer. Ik deed de brief, na nog een blikje bier te hebben gehaald, in een brievenbus – waar ik onmiddellijk spijt van had.

De zon scheen en ik vond in mijn eentje probleemloos de koffiebar zonder een keer fout te lopen – alle voortekenen waren gunstig. Nina had een jongeman bij zich, die haar neef bleek te zijn. Bijna had ik haar niet herkend – ze zag er in jeans, op gympies en zonder make-up volkomen anders uit. De neef sprak natuurlijk geen woord Engels – Nina zou vertalen. Ik probeerde mijn vragen zo kort en simpel mogelijk te stellen, want elke nuancering zorgde voor verwarring. Nina had lang nodig om te vertalen, de neef nog langer om de vragen te beantwoorden en uiteindelijk kreeg ik er een van drie woorden. Toen ik vroeg of ze echt alles voor mij vertaalde, reageerde ze geïrriteerd. Ik hield verder mijn mond, staarde naar mijn koffie en nam een hap van het plakje cake.

De neef had een vriend die makelaar was en bij grote uitzondering weleens een appartement aan een buitenlander verhuurde. Hij kon een goed woordje voor me doen als ik ervoor zorgde dat ik de geldbrief had. Ik vroeg hoeveel de huur was. Het bleek twee keer zoveel als de huur thuis. Ik had gehoopt voor hetzelfde bedrag of, nog beter, voor minder een huis te vinden, zodat ik er wat aan zou kunnen overhouden. Of hij niet iets goedkopers wist, vroeg ik. Nina was verbaasd, iets goedkopers? Dit wás goedkoop, het was gemeubileerd en met de metro maar twintig minuten van Kons restaurant. Met de reischeques die ik nog had zou ik het wel uitzingen en ik besloot het te doen. Nina zei dat ik geluk had want zijn vriend de makelaar zou voor mij de gewone huurregels hanteren – dat hield in dat ik de eerste maand zes keer de volledige huur moest betalen en niet zoals gebruikelijk voor buitenlanders twaalf keer. Ik zag mijn spaarpot in duizend stukken uiteenspatten. De cheques dwarrelende in kleine snippers de deur uit. Ik slikte en probeerde net zo'n pokerface te trekken als zij deden. In mijn hoofd tolden de getallen en bedragen door elkaar. Twee maanden moest ik betalen als borg, een maand was voor de opknapkosten, een maand voor de toekomstige slijtage, een maand voor het gebruik van de brievenbus, de vuilnisbak en het pad en een omdat de eigenaar zo goedwillend was zijn huis aan mij te verhuren. De moed zonk me in de schoenen.

Ik was zo dichtbij en zo ver weg. Nina en haar neef werden ongeduldig en smiespelden met elkaar. Ik vroeg of ik het appartement mocht zien. Alleen als ik écht geïnteresseerd was, zeiden ze, want ze konden de eigenaar niet te veel last bezorgen. Volgens mij had ík een last en niet de eigenaar. Het liefst zou ik er een nacht over slapen, mijn situatie heroverwegen, mijn geld opnieuw berekenen en de brievenbus openbreken in de hoop dat de brief aan Eric er nog in lag, maar de neef stond al op met rinkelende autosleutels in zijn hand. Ik stapte bij hen in de auto en we reden naar het appartement.

Er stond een grote, oude esdoorn schuin tegenover het huis, ik had tot dan toe in de hele stad nog geen enkele echt grote boom gezien. De eigenaresse bleek een oude dame die zo kromgegroeid was dat haar kin ter hoogte van mijn kruis kwam. Ze gaf ons de sleutel en zei dat we zelf maar moesten gaan kijken. We kwamen binnen in een minuscule keuken, waarnaast een wc'tje was. De kamer zelf was twee keer zo groot als het hok dat ik met Aki deelde. Hij was lichter - aan een kant was een groot raam. Natuurlijk wel van melkglas, maar ik zag dat er geen muren tegenaan gebouwd waren. Ik schoof het raam open, er zaten tralies voor maar ik zag de boom. Ik hoorde vogels fluiten en rook frisse lucht. Onder de boom speelden wat kinderen en op de vensterbank stond een vergeten plantje in een potje. Dat plantje heeft water nodig, zei ik, anders gaat hij dood. De neef werd ongeduldig. Helemaal toen ik het plantje, dat nog het meest op een begonia leek, onder de kraan hield. Nina vond ook dat ik nu moest beslissen, zij hadden de auto geleend en die moest op tijd terug zijn.

'I don't have the money letter,' zei ik.

De neef begon te preken tegen Nina. Ik voelde me bezwaard, zij had zo veel voor me gedaan en nu kreeg ze om mij een conflict met haar neef.

Ik zette het plantje terug op de vensterbank, als zij hier kon wonen, dan kon ik het ook. 'Tomorrow I'll have the money letter,' zei ik.

Nina keek blij. De neef lachte. Ik had 'ja' gezegd!

Aki begreep niets van me. Hoe kon ik denken dat Meneer Kon zomaar garant voor mij zou staan? Ik vond dat hij niet van mij kon verwachten dat ik in dat vieze hok van hem bleef wonen en elke avond uren moest wachten voordat ik mijn eten kon koken. Aki kromp in elkaar bij mijn beledigende opmerkingen aan het adres van Meneer Kon. Ik begreep niet waarom zij hem verdedigde. Begrepen we elkaar überhaupt wel? 'I - money - letter - Kon' werd door haar beantwoord met 'Kon - master - fish', waarop ik weer 'Kon - dictator' zei, en zij 'Kon – master'. Ik had haar niet verteld dat ik al eerder geld van hem had geleend, dat ik de volgende middag na de lunchpauze had terugbetaald. Hij moest mij helpen, al was ik mijn eigen graf aan het graven, maar ik wilde gewoon geen nacht langer in dit hok slapen – Meneer Kon was mijn enige mogelijkheid.

Meneer Kon was op zijn kantoor, de deuren stonden open. Met zijn potlood zat hij aantekeningen te maken in zijn dikke boek. Ik had het huurcontract in mijn hand maar wist niet hoe ik het moest inleiden. Ik klopte aan de open deur. Het potlood kraste onafgebroken door. Nina had me gezegd dat ik haar vóór acht uur moest terugbellen. Ik klopte nogmaals, nu iets harder. Het potlood stopte een seconde, ik legde dat uit in mijn voordeel en stapte naar binnen. Meneer Kon sloeg een bladzijde om en schreef door.

Achter mij op de gang hoorde ik Vim en Kip praten. Sinds Kip was gepromoveerd tot schoonmaker grote vis deed hij ineens buitengewoon gewichtig, was zijn stem gedaald en keek hij neer op Oester en Mandarijn, die, net als hij een paar dagen geleden, de tussenmaat-vissen moesten doen. Ik wist zeker dat Pieper hetzelfde onderging sinds hij was overgeplaatst naar de echte keuken, waar hij weer helemaal onderaan stond en dus, net als Pukkel bij ons, het vervelendste werk zou moeten doen. Ook was Kip anders gaan lopen sinds hij was gepromoveerd. Zolang je onderaan stond liep je met kleine snelle passen, hield je je hoofd als een 'hogere' sprak onderdanig schuin en moest je hele lijf 'ik heb haast', 'ik werk hard' uitdrukken. Hoe sneller de pasjes, hoe beter. Hoe hoger je kwam des te meer moest je je voeten naar buiten draaien en brede stappen maken. Die stappen vertelden 'ik heb mensen onder me die voor me werken', 'ik ben belangrijk'. Ook een stem daalde steeds dieper naar gelang de importantie van de persoon, en het hoofd maakte dan korte knikjes met een korzelige blik. Ik liep niet snel, hield mijn hoofd niet schuin en als ik sprak, sprak ik gewoon. Ik vroeg me af of ik de echte keuken ooit zou halen of dat mijn promotiekansen waren gestopt bij de kleine visjes.

Zijn potlood kraste voort. Ik had geen jaren de tijd. Ik wilde best harder werken, ook de avonden, als hij mij maar inzicht zou geven in zijn recepten van zeesterren, kwallen en tonijnen – de tonijn was een van zijn grootste specialiteiten. Mijn gedachten schoten alle kanten op. Ik smeekte in stilte dat ik het in het hok zou volhouden als ik maar wat van hem mocht leren, als ik maar eens mocht koken, als ik maar niet alleen kleine visjes mocht schoonmaken, als hij me maar eens serieus nam, me voor vol ging aanzien, gewoon eens een keer aardig en vriendelijk was. Dat ik dan zelfs zijn kakkerlakken, Beethoven en wasmachine zou accepteren. Ik kuchte. Meneer Kon keek op, niet naar mij maar naar het papier in mijn hand. Hij stak zijn hand uit. Ik gaf hem het huurcontract. Hij wierp een blik op het ingevulde formulier. Zonder iets te zeggen tekende hij het en gaf het aan mij terug.

Daar stond ik met het papier in mijn hand. Zijn hoofd was alweer gebogen over zijn dikke boek. Ik zag hoe hij de figuren tekende. De punt van het potlood was vlijmscherp. Het krassen ging steeds feller en sneller. Ik keek naar het huurcontract in mijn hand en hoorde het venijnige krassen. Ik hoefde het contract alleen maar voor zijn ogen te verscheuren, dan zou hij me vast bevorderen tot de tussenmaat-vissen. Mijn ogen gleden over de plank achter hem. Mijn cadeautje stond niet meer waar het had gestaan. Ik deed het huurcontract terug in de envelop, bedankte hem met een diepe buiging en liep achteruit de kamer uit.

Veertien

Op de hoek bij het stoplicht had ik een telefooncel gezien. Ik had nog niemand gebeld sinds ik hier was. Bellen naar huis zou een godsvermogen kosten. Wie moest ik trouwens bellen? Mijn geliefde had me verlaten, mijn beste vriendin had veel te veel tijd nodig om een verhaal te vertellen, mijn baas had net een ander aangenomen en vader en moeder hoorden alleen zichzelf, dat weet jij net zo goed als ik.

In de telefooncel hingen kleine fotootjes van meisjes. Netjes naast elkaar, met plakband tegen het glas. Bij sommigen was het gezicht omringd door een hartje, anderen hadden bloemen om zich heen of engeltjes, en op elke foto stond een telefoonnummer vermeld. Een van de hoertjes leek op mijn vriendin Suzan, net zo'n grote krul op haar voorhoofd. Zou ik Suzan bellen en vragen of ze mijn vissenboek al had opgestuurd? Zou ze mijn fiets nog hebben binnengezet, zoals ik haar vroeg op het vliegveld, met wie zou ze nu squashen? Ik draaide het nummer van Nina, die direct opnam. Mijn blik gleed over de fotootjes. Het meisje in het roze hart was sprekend Nina wanneer ze opgemaakt was. Nina zei me dat ik de volgende avond naar de koffieshop moest komen. Ik moest de huur en alle papieren meenemen, dan zou ze het goed regelen. Ik trok het plaatje van het roze-hartenmeisje los van het glas – het was een ander telefoonnummer dan dat van Nina – en deed het in mijn schrift.

Aki was niet meegekomen en ik zat alleen te wachten aan hetzelfde tafeltje bij het raam als de vorige keer. Buiten stroomden de mensen langs, binnen zaten moe gewinkelde vrouwen koffie te drinken.

De deur ging voor de zevende keer open en Nina kwam binnen. Als elke keer kwam ze later dan afgesproken en deze keer was ze nog extremer opgemaakt dan voorheen. Ze trok het contract uit de envelop en las zorgvuldig of ik alles juist had ingevuld. Ik opende mijn aantekenboek en zag het fototje. Het meisje leek inderdaad precies op Nina. Dezelfde neus, dezelfde mond, hetzelfde hoge voorhoofd. Zelfs het pukkeltje op haar kin was gelijk. Geschrokken deed ik mijn schrift dicht, bang dat ze zou zien waar ik naar keek. Nina sloeg een bladzijde om en ik opende voorzichtig mijn notitieboek. Ik had gelijk. Het was Nina. Ik rook haar zoete geur, zag de dunne poederlaag op haar gezicht, het zwart op haar wimpers, het rood op haar mond, haar haren die in lokken langs haar gezicht waren gegroepeerd, haar lange puntig gevijlde nagels, vlijmscherpe roodgelakte punten, die als klauwen mijn contract beethielden. Opeens betwijfelde ik of het huis en het contract wel echt waren. En die neef, was hij wel haar neef, of was dat haar pooier? Ze probeerden mij m'n geld afhandig te maken! Ik liep met open ogen in hun val! Zat Meneer Kon ook in het complot ... Ik kneep mijn tas vast tussen mijn knieën. Ik moest ervoor zorgen dat ze mijn geld niet te pakken kreeg. Nina keek me lachend aan. Haar blik ging naar het boek in mijn handen. Ik trok het fotootje eruit, legde het naast haar koffiekopje.

Nina staarde lang naar het fotootje tot ze zei: 'My old job.'

Ga me niets wijsmaken, del, dacht ik, je oude baan! Ik mag dan soms naïef zijn maar ik ben niet achterlijk. Ik wees naar haar kleren en vroeg of ze zo moest werken. Ze beaamde dat. Ik zei dat ik het geld voor het appartement liever zelf naar de eigenaresse wilde brengen. Ze bloosde heftig.

'No problem,' zei Nina, 'I just want to help.'

Ik trok het huurcontract onder haar handen vandaan. 'Give me the address.'

Ze schreef het adres op in letters, tekende een plattegrond hoe ik van het station naar het huis moest lopen en zei dat de eigenaresse morgenmiddag om drie uur het geld verwachtte, waarna ik de sleutel zou krijgen. Morgenmiddag moest ik werken bij Meneer Kon. Nina zei dat ze me daarom had willen helpen. Ik schudde mijn hoofd. Ik zou vragen of ik die dag eerder weg mocht. Nina legde geld neer voor de koffie en liep op haar extreem hoge hakken de deur uit.

Vijftien

Meneer Kon was die dag al vroeg weggegaan en de Snor begreep mijn vraag niet. Aangezien ik nooit orders kreeg, snapte hij niet dat ik toestemming vroeg om eerder weg te mogen. Ik had 's ochtends, ruim voor het ontbijt, mijn koffer gepakt. Aki had net gedaan of ze sliep. Ik realiseerde me dat zij ook een hoer was en dat ze waarschijnlijk in hetzelfde bordeel werkte als Nina. Ik begreep niet waarom Aki 's avonds met haar eigen vlees geld verdiende dat ze vervolgens aan Kon betaalde om in zijn kleine keuken de visgraten te mogen schoonkrabben. Tijdens de lunch had ik de werkster mijn sleutel teruggegeven. Ook zij had niets gezegd, maar dat deed ze nooit. Ik was voornamelijk blij niet meer dag en nacht tussen die bewegingloze gezichten te hoeven leven.

Hoewel ik nog naar vis moet hebben geroken ben ik niet meer naar het badhuis gegaan. Ik wilde naar mijn nieuwe huis.

Kruizenruikertje controleerde al de papieren, telde het geld twee keer na en gaf mij een sleutel en een reservesleutel.

Het appartement was veel minder mooi dan ik me herinnerde. Buiten regende het en binnen was het koud, donker en bruin. Er was geen verwarming en maar één lamp, dezelfde ronde tl-buis met een touwtje in het midden van de kamer. In de kast lag een zwarte paraplu. Ik ging op het bed liggen, het enige meubelstuk in de kamer, en had spijt dat ik dat de vorige keer niet had gedaan want het bed was nog slechter dan dat bij Kon. Ik kon de buren letterlijk ruzie horen maken en als reactie ging ik zingen, een kerstlied – het was bijna kerst, ook al merkte je er hier niets van. Of ze hoorden het niet of het interesseerde ze niet, de ruzie ging door en werd alleen maar heftiger. Even dacht ik dat hij haar zou vermoorden. Zou ik aankloppen? Ik hield op met zingen en pakte mijn koffer en tassen uit. In de plastic tas die ik meenam naar het badhuis zat een zak snoep. Aki! Ze had me een afscheidscadeau gegeven! Ik voelde een warme gloed door mijn borst omhoog naar mijn gezicht trekken. Aki was in feite op dat moment mijn enige 'vriendin'. Ze wist dat ik bang was voor kakkerlakken, dat ik Beethoven haatte, dat ik Kon een arrogante kwast vond. Ik had niet weg moeten gaan. Nu was ik echt alleen. Ik kon haar niets meer vragen. Ik kon niet meer tegen haar praten, zelfs al wist ik dat ze er niets van begreep. Ik opende mijn mond en zei: 'Welkom, Rosa, in je nieuwe huis.' Mijn stem klonk hol in de kale kamer. Ik pakte de zak snoep en at hem in één keer leeg.

Ik maakte me zorgen. Ik had gezegd dat ik naar het Mekka van de vis ging om de geheime recepten van Meneer Kon te ontfutselen. Mijn vriendinnen waren jaloers geweest op het grote avontuur. Ik was ervan overtuigd dat het uiteindelijk makkelijker zou worden, maar ik had een nieuw probleem. Ik had nog maar één reischeque, net genoeg om, als ik heel zuinig zou zijn, een maand te kunnen eten. Ik moest op een of andere manier aan geld zien te komen. Een bijbaan vinden voor de avonduren, m'n kiezen op elkaar zetten, minder eten en niet opgeven.

In de wc hing een kleine spiegel. Ik zag dat onder mijn blauwe ogen donkere lijnen liepen die er eerder niet waren geweest. Mijn wilde haardos was strak om mijn hoofd gebonden, zoals ik op de kokschool had geleerd.

'Kun je niet eens wat vaker lachen?' sprak ik mezelf streng toe. 'Trek je mondhoeken omhoog en recht je rug. Je gaat steeds meer op je moeder lijken. Dezelfde chagrijnige kop.' Mijn stem klonk dof. Als ik niet mijn spiegelbeeld had zien spreken had ik niet geloofd dat ik het was.

De buren waren vertrokken en het was eindelijk stil geworden. Ik had, na een grondige kakkerlakkeninspectie, het aftandse matras op de grond gelegd. Het ijzeren bedframe klapte ik in, zette het tegen de muur en drapeerde mijn kleren erover. Mijn roze trui trok ik over het kussen en legde het op het matras.

Ik gaf het halfdode plantje water en zette het naast het matras op de vloer. 'Ik zal zorgen dat jij geen dorst meer zult hebben.'

Het plantje leek zich naar me op te richten.

'Wil je nog een scheutje?' Ik schonk nog wat water in het potje. Even had ik het idee dat wij de enige twee levende wezens op aarde waren. Ik kleedde me uit en waste me bij de kraan in de keuken. Het water was lekker warm. Ik spetterde en plensde. Me afdrogend kreeg ik ongelooflijk zin in een goed glas rode wijn. Een stevige Bourgogne, zoals Eric schonk, in een mooi groot glas. Ik moest vieren dat ik in een peperduur 'gemeubileerd' appartement zat en begon aan de zoektocht naar een bierautomaat.

Aan het eind van de straat was een buurtwinkel die nog open was. Honger had ik ook gekregen – de misselijkheid als gevolg van de leeggevroten zak snoep was verdwenen. Net als de meeste koks kook ik niet graag voor mezelf, maar door de verhuizing waren de heerlijke stukken gratis vis verleden tijd. Tussen de stellingen vol pakken, potten, blikken en flessen zat de eigenaar een krant te lezen. Hij droeg een rode wollen muts en een sjaal. Boven zijn hoofd hing een zilveren slinger met twee glimmende ballen. Hij leek op de kerstman. Zijn ogen volgden mij argwanend zonder me aan te kijken. Van de meeste pakken en potten begreep ik niet wat erin zat, maar op een van de onderste planken zag ik een fles die ik kende. Een fles Rioja, in een jutezak! Ik haalde hem uit het rek. Wijn! Ik had een fles wijn gevonden! Op de plank erboven lag iets wat eruitzag als spaghetti, en er waren tomaten. Zout en peper kon ik niet vinden. Het idee zoutloos te moeten eten dempte mijn vreugde. Ik probeerde de verschillende scenario's die de afgelopen tijd hadden gewerkt als ik iets wilde uitleggen, maar hij bleef me aanstaren en verroerde zich niet. Geen spier. Dan maar zonder zout. Ik legde mijn boodschappen naast de kassa. De rode muts kwam in beweging. Hij pakte de spaghetti op, die hij langdurig bestudeerde. Uiteindelijk vond hij wat hij zocht en schreef een bedrag op een stuk papier. De kassa stond er werkeloos naast. Hij woog de tomaten, noteerde het bedrag. Als laatste pakte hij de fles. Hij telde alle bedragen bij elkaar op en liet mij het bedrag zien. Ik legde wat geld neer en wachtte op mijn wisselgeld, maar in plaats daarvan dook hij weg achter een kast en rommelde tussen zijn spullen. Dozen en potten werden verzet en verschoven. Kwamen hier zo weinig klanten dat hij zijn wisselgeld verborg? Ik werd ongeduldig. De jutezak lonkte naar mij. Roodkapje kwam met zijn muts scheef op zijn hoofd weer boven. Hij had een bord in een kartonnen verpakking in zijn hand en begon dat met veel bombarie schoon te maken. Ik had niet om een bord gevraagd. Maar in mijn gemeubileerde appartement zonder meubels had ik misschien ook geen serviesgoed. Dus wachtte ik geduldig tot hij het bord, daarna de fles, het pak spaghetti en de tomaten eerst met een plumeau en vervolgens met de witte lap van boven tot onder had schoongemaakt. Op het bord danste een Spaanse danseres met castagnetten. Hij wees van de danseres naar de fles en weer terug, waarbij hij iets lispelde. Eindelijk opende hij de kassa en gaf me mijn wisselgeld terug. Buigend liet hij me uit. Ik kreeg het idee dat ik zijn eerste klant was die dag. Of misschien wel die maand.

In het kastje onder het piepkleine aanrecht vond ik een kom met een gouden rand, een jampot en limonadeglas met een versleten vlinderopdruk. Ik pakte het glas, ontkurkte de wijn met m'n zakmes.

Tijdens mijn vijfde en laatste glas bedacht ik dat ik, mocht ik ooit mijn huissleutel verliezen, niet bij de reservesleutel kon, omdat die in de keukenla naast de lepel en de vork lag. Hoewel het keukenraam van enkel glas was, leek het mij veel te groot om te kunnen inslaan als ik ooit voor een gesloten deur zou komen te staan. Ik pakte de ijzeren reservesleutel uit de la, uit de vuilnisbak de lege snoepzak, deed daar de sleutel in en knoopte hem dicht. Het regende nu eens niet, maar denkend aan de straten vol plassen moest er meer bescherming om heen volgens mij. Er was alleen de lege jampot. Ik duwde de plastic prop in de pot en schroefde hem dicht. Als de deksel zou gaan roesten zou ik, als ik de sleutel nodig had, hem er misschien niet meer uit krijgen. Dus schroefde ik de pot weer open, haalde de plastic prop er uit en de sleutel uit de snoepzak. De sleutel ging vervolgens in de jampot, waarna ik de jampot in de snoepzak pakte, die ik dichtknoopte. Uit de la nam ik de lepel en ging op zoek naar een plek waar ik het noodpakket kon begraven.

De grond om de boom was keihard en ingeklonken, de lepel boog al bij de eerste poging. Iets verderop hield een kapotte lantaarnpaal een oude schutting overeind. Er was een strook aarde zichtbaar tussen de schutting en bestrating. Ik keek om me heen of de straat leeg was en ging nonchalant tegen de schutting zitten, alsof ik moe was en de plek had uitgekozen om te rusten. Achter mijn rug was net genoeg plek om te kunnen graven en de aarde zacht genoeg om de lepel niet verder te buigen. Ik groef een gat, stopte mijn pakketje erin en vulde het met aarde. Je kon niet zien dat daar iets zat. Ik mat de afstand tot de paal en liep terug naar mijn huis. Voor de deur ontdekte ik dat mijn huissleutel nog binnen lag. Ik liep terug naar de schutting.

Zestien

Ik was koud en verstijfd. De enige deken in het appartement was tot op de draad versleten en ik was de hele nacht om de paar minuten wakker geworden. Het liefst wilde ik de ochtendgymnastiek laten schieten om naar een badhuis te gaan om op temperatuur te komen.

Het plantje, dat naast mijn matras op de grond stond, had een heel klein nieuw blaadje gekregen.

'Ik wist het wel,' fluisterde ik haar toe, 'je kan het.'

Het leek wel of ze 'ja, ik kan het' terug fluisterde. Ik gaf haar nog een scheutje, trok mijn kleren aan en rende, onder mijn nieuwe zwarte paraplu, door de regen, samen met alle andere zwarte paraplu's, naar de metro. Bij het kruispunt voor het station kwamen alle straten samen. Met duizenden andere paraplu's snelde ik naar de ingang. De ontelbare druipende zwarte vlekken bewogen geruisloos langs, onder en boven elkaar. Nooit raakte de een de ander. Het bewoog feilloos door elkaar, om precies op tijd in elkaar te vouwen als de ingang was bereikt.

De metro was net voor me weggereden en het perron was leeg, aan de wand hing het billboard van het vrolijke gezin onder de paraplu.

Kun jij je nog voor de geest halen de keer dat we samen als gezin voor de regen moesten schuilen? Het was een wolkbreuk, we schuilden onder de luifel van een restaurant en toen we honger kregen was er binnen alleen plek voor vader en moeder. Wij aten onze patat met ketchup onder de lekkende luifel en moesten nog uren wachten tot zij klaar waren met hun lunch, want moeder wilde alleen maar losse voorgerechten.

Binnen een paar tellen stroomde het perron weer vol met natte mensen en druipende paraplu's. Niemand praatte. Drie minuten later gleed de volgende trein binnen en bewoog de massa zich als één lichaam naar de openschuivende deuren. Mensen buitelden eruit en anderen vochten zich naar binnen.

Voor mij stond een vrouw in een mantelpak op hoge laarsjes. Ze schraapte met de punt van haar laarsje over de vloer, zoals een stier doet met zijn hoef voor hij aanvalt. Zij stortte zich in de kluwen jassen, hoofden en paraplu's en werd de trein binnengezogen. Ik nam een hap lucht en volgde haar. Dat vol zo vol kon zijn had ik niet gedacht. Aan alle kanten werd ik ingesloten. Ik werd links in mijn zij gestoken door het handvat van een paraplu en rechts stak een aktetas in mijn buik. Het waarschuwingssignaal klonk, de deuren gingen sluiten en de massa kromp samen. Ik kreeg geen lucht meer, zelfs niet met mijn lengte. De vochtige meute ontspande op het moment dat de deuren dicht waren, sloot zijn ogen en hobbelde slapend voort. Er steeg een vochtige, dikke damp uit op.

Bij het volgende station opende een deel van de mensen de ogen en begon zich naar de uitgang te vechten. Op het moment dat de deur openschoof werd ik eruit geblazen, om er meteen weer in teruggeduwd te worden door een nieuwe lading passagiers. 'Maar twintig minuten met de metro,' had Nina gezegd. Ik raakte de tel kwijt van het aantal stations en kon onmogelijk bij mijn tas om mijn plattegrond te pakken. Ik was volkomen ingeklemd tussen stille natte jassen – omvallen was onmogelijk. Het was een hele klus om, als de deuren weer opengingen, binnen te blijven en niet vertrapt te worden door de zwarte herenschoenen, die zich als stormrammen naar buiten beukten. Ik wrong me verder de wagon in, weg van de gevaarlijke deuren, maar stokte omdat ik met mijn borsten klem kwam te zitten tegen het gezicht van de vrouw met het mantelpak. Zij deed net of ik er niet was, dus deed ik ook of zo intiem tegen elkaar aangeklemd staan normaal was. Vlak voor elk nieuw station brulden de speakers.

Ik meende dat ik mijn halte hoorde afroepen, boog me voorover en vroeg 'Lonlon?' met de klemtoon op het tweede 'lon'. De vrouw piepte iets wat klonk als 'ja', dus begon ik aan mijn gevecht naar de uitgang. Lucht in mijn longen had ik niet meer, ik stootte me voort met een dierlijke kracht waarvan ik niet wist dat ik die in me had. Ik was bijna bij de deur toen de massa die erin wilde zich naar binnendrong. Ik verzamelde alle kracht die mij restte en met een kreet perste ik me naar buiten.

Ik viel voorover tegen een dikke man van wie ik direct wist dat hij er nooit in zou passen. Maar de man duwde me ruw opzij en terwijl ik verse lucht naar binnen zoog zag ik hoe hij zich maaiend met z'n armen een plek veroverde in de trein. Ik was buiten, en mijn paraplu was verdwenen. Nooit, nooit wilde ik daarin terug. De kamer met de kakkerlakken was opeens een paradijs, genegeerd worden in de kleine keuken een walhalla.

Het verlangen naar het walhalla was van korte duur. Ik rende door de regen en op het moment dat ik binnenstapte begon de gym. Ik was uitgeput van het metrogevecht en de korte, koude nacht, maar de Snor kende geen genade. Hoger moesten de armen. Hoger en hoger. Dieper door de knieën en sneller.

Zeventien

Ik stond alleen naast Aki in de kleine keuken. Sprietje en de jongens waren niet bij de gym geweest. De ijsbakken, die normaal vol vis lagen, waren leeg. Op mijn vraag waar Sprietje was, waarbij ik probeerde haar echte naam zo goed mogelijk uit te spreken, antwoordde Aki dat ze ziek was.

'And the boys?' vroeg ik haar. Hadden ze gisteravond rotte vis te eten gekregen?

Aki trok aan een touw dat aan de lege visbak zat en zei niets.

Ik herhaalde mijn vraag.

'Kon – out,' antwoordde ze me.

'Kon and boys out together?' vroeg ik.

Ze vlocht het touw door het handvat van de bak. De jongens kregen ergens buiten het gebouw les en wij mochten niet mee. Ze haalde haar schouders op. Ik kreeg zin om mijn mes in een stuk vlees te steken – en dat was geen visvlees. Was het omdat ik de dag ervoor vroeger was weggegaan of hadden ze het bewust voor me verzwegen? Ik keek naar haar terwijl ze met het touw stond te spelen. Ik had helemaal niet in die drukke trein hoeven zitten. Ik had duizend dingen kunnen gaan doen, al wist ik zo snel niet welke duizend. Aki trok het touw los van de doos en knoopte het weer vast. Zoals ze daar gedachteloos in haar lichtblauwe jurk stond, was ze eigenlijk nog maar een klein meisje – ze leek in niets op een hoer. Ik kon me moeilijk voorstellen dat die bruten in hun donkere pakken en witte overhemden die me daarnet probeerden te vertrappen zich leegden in dit meisje. Haar borsten waren niet groot en haar heupen niet rond. Ze trok opnieuw verveeld het touw los en sloeg ermee tegen de doos. Het gaf een knal. Onschuldige lijkende meisjes kunnen zeer ervaren meesteressen zijn. Was ze een expert of heel onervaren? Hield ze haar ogen dicht en kreunde ze alleen maar in de hoop dat het zo snel mogelijk voorbij zou zijn?

'You like sex?' De vraag was eruit voor ik er erg in had.

Aki keek me geschokt aan. 'Me – no – sex,' stotterde ze.

Ik begon te lachen. 'You – work – men?'

Ze knikte.

'Your – job – oldest – job – in – world,' lachte ik haar toe.

Haar gezicht was een groot vraagteken.

'You – work – sex?'

'No – sex,' zei ze nu stellig.

'No – sex? So what do you do? You strip?'

'No – strip. No – sex.'

Ik zuchtte, ze hoefde niet schijnheilig te gaan doen.

'No – sex,' herhaalde ze nogmaals. 'Me – talk.'

Ik gierde het uit. 'You – talk?'

Aki keek me verbaasd aan. 'Yes – me – talk – men. Me – no – sex – men.'

Dat was het grootste aantal woorden dat er ooit in een keer uit haar mond was gekomen. Ze keek me aan, wat ze anders nooit deed. Ik kon me haar goed voorstellen met een zweep en een strak leren outfit terwijl voor haar een man op z'n knieën amechtig omhoogkeek.

'You – work?' vroeg ik.

'Yes,' murmelde ze.

'You – work – men?'

Ik kon haar gefluisterde 'ja' nauwelijks horen.

'You – work – man – night?'

Met haar ogen op de grond gericht knikte ze.

Ik begon weer te lachen. 'So? What do you do?'

'Me – work – mama,' klonk er binnensmonds.

'Your mother has sex with them?'

Aki keek geschokt, ze opende haar mond maar de deur vloog open en de jongens kwamen binnen. Ze liepen rechtop, ze hadden allemaal hun lap met hun mes bij zich en leken op bronstige krijgers na een geslaagde jacht. Ik probeerde erachter te komen waar ze waren geweest maar ze keken me niet-begrijpend aan en praatten verder met elkaar. Ook Aki had geen aandacht meer voor mij. De Snor was binnengekomen met een bak dooie vis. Het touw viel op de grond. Het gewone dagritme was begonnen.

De telefooncel bij mijn appartement was ook behangen met foto's van jonge meiden. In een flits begreep ik wat Aki me had proberen uit te leggen. Zij werkte voor een sekslijn. Ze geilde mannen op met haar gegiechel. Ze verdiende haar geld door met een groep meiden in een huiskamer te hijgen en kreunen. Maar wat deed haar moeder daar dan bij en waarom kleedde ze zich zo uitdagend? In mijn boek zat nog steeds het fotootje van Nina, zou ik dat nummer bellen en vragen of ik Nina kon spreken? Of zou ik haar privénummer bellen? Ik draaide haar thuisnummer, er werd meteen opgenomen. Ik wilde de hoorn erop gooien. Haar stem vroeg voor de tweede keer vriendelijk wie er aan de lijn was. Ik zei zacht mijn naam. Ze was zo te horen niet kwaad op me. Na het gebruikelijke 'hoe gaat het, met mij gaat het goed, het nieuwe huis is heel mooi en de buurt prachtig' vroeg ik of ik haar iets persoonlijks mocht vragen. Ze giechelde. De vraag of zij hetzelfde werk deed als Aki kwam er plompverloren uit en haar gelach verdween. Ik legde uit dat ik het niet snapte, dat Aki me had verteld dat ze alleen met mannen praatte maar dat ze geen seks met ze had. Nina klonk net zo geschokt als Aki was geweest die ochtend.

'No, we have no sex. We only talk to comfort.'

Er begon een relaas over mannen en werk. Over veeleisende bazen en eeuwige werkdruk. Over lange dagen en nooit vakantie. Over luisteren en aandacht geven. Over samen drinken en ontspannen. Ik wilde zelf drinken en ontspannen. Ik wilde dat er mensen tegen mij praatten om mij op te vrolijken. Ik was moe. Moe van alles. Ik was bijna platzak en dacht aan het restje zoutloze spaghetti in mijn eigen keuken. Ik bedankte haar, hing op en vergat haar te vragen wat het woord voor zout was.

Achttien

De dagelijkse hel van de metro was de druppel geweest. Ik liep met grote passen naar het restaurant en zou Meneer Kon die dag vragen wat hij van me verwachtte. Ik moest weten waar ik aan toe was. Ik had wekenlang gratis vis voor hem schoongemaakt, mijn geld was zo goed als op en ik was nog steeds niet uitgenodigd om in de echte keuken te komen. Ondertussen was er wel een nieuwe jongen bij gekomen, hij heette Gé en deed samen met mij de kleine vissen. Pukkel was gepromoveerd naar de tussenmaat.

Na de gym op de binnenplaats liep ik naar zijn kantoor. Door het raam in de gang zag ik dat het restaurant al vol mensen was. Het was nog vroeg en ik keek nog een keer. Ik kon mijn ogen niet geloven. Blonde mensen! Ik was vergeten hoe ze eruitzagen. Deze vrouwen lachten zonder hun mond te verbergen, bewogen hun gezicht en spraken met hun handen. Ze stootten elkaar aan om hun verhalen kracht bij te zetten. Ze lachten hard. Ik wilde het restaurant in vliegen maar voor ik het zelf kon doen deed Meneer Kon de deur open en werd ik uitgenodigd binnen te komen. Ik kon hem wel om de hals vliegen, ik liep, rende, naar de dames toe, ik zou ze vragen wat er in de wereld gebeurde, want ik had daar behalve wat ik had gezien op krantenfoto's – kapotte huizen en dikke presidenten die elkaar de hand schudden – geen idee van. Ik stak mijn hand uit naar de eerste de beste dame en stelde me voor.

Ik kon haar niet verstaan. Ze bleken iets Scandinavisch te spreken, Fins leek me. Er moest toch minstens één dame bij zijn die Engels sprak? Nee. Finnen spreken alleen Fins, zelfs de tolk die ze bij zich hadden sprak geen Engels. Dus keek ik naar hun gebaren en luisterde naar het gekwetter. Alles aan hen deed me aan thuis denken. Een bewoog haar wenkbrauwen net als Suzan, wanneer ze verliest met squash. Een ander had hetzelfde kapsel als de moeder van Eric. Er was er een die een bril had zoals mijn vriendin Iris, met wie ik naar huilfilms ga.

Meneer Kon kreeg een microfoon aangereikt door Pieper, die was ook ingeschakeld voor het festijn. De stem van Meneer Kon werd zacht en daalde, zoals steeds als hij iets belangrijks deed. De tolk, die ook zacht sprak, moest zich redden zonder versterking. Meneer Kon toonde mij aan zijn gasten, ik vermoedde dat hij mijn aanwezigheid gebruikte om zijn eigen status op te vijzelen, mijn tegenwoordigheid bewees dat hij internationaal was, dat leerlingen uit de hele wereld naar hem toe kwamen, dat hij beroemd was, dat hij de beste was. De dames keken na de vertaling van Meneer Kons woorden vol bewondering van hem naar mij. Hij vertelde vast niet dat ik alleen maar visjes mocht schoonmaken.

De werkster kwam binnen en deelde lichtblauwe schorten uit. 'Zij wel, zij wel,' flitste het door mijn hoofd, zij komen één ochtend kijken en krijgen kookles van de meester. Onrechtvaardiger kon het in de wereld niet verdeeld zijn. Veel van de dames hadden een opschrijfboekje en maakten driftig aantekeningen. Wat had ik het slecht aangepakt! Zij wisten nu al meer van Kons geheimen dan ik. Ik had hem nog nooit zien koken want de koks in de echte keuken benamen me het zicht als ik door het aquarium naar binnen gluurde.

Op een gegeven moment liep Meneer Kon naar de deur. De dames, nu met lichtblauwe schorten, volgden kwebbelend. We passeerden de echte keuken. Waar bracht hij ze heen, toch niet naar onze keuken? En zeker niet naar de binnenplaats – die zag er te armoedig uit. Tegenover de echte keuken, vlak bij het aquarium, was een deur. Ik had Meneer Kon daar vaak uit zien komen en vermoedde dat daarachter zijn privédomein lag. Ik volgde het kwekkende gezelschap door een nauw, slecht verlichte gang die uitkwam in een tuin. Een prachtige tuin met een vijver in het midden en bomen die ik nog nooit had gezien. Geen grote, maar wel heel mooie bomen. Ik dacht aan mijn kleine plantje thuis, dat eindelijk haar derde blaadje had gekregen. Op aanwijzingen van de tolk ging de groep om de vijver staan, die vol zat met allerlei vissen. Meneer Kon sprak, de tolk vertaalde, de dames raakten steeds opgewondener. Meneer Kon stelde een vraag die betrekking had op de vissen, want ze riepen allemaal en wezen naar het water. Eén dame hing zelfs zo ver voorover dat ik dacht dat ze erin zou vallen, maar een van de anderen greep haar bij haar vest en trok haar achteruit.

De dame met het kapsel van Erics moeder riep iets en wees in de vijver.

Iedereen volgde haar vinger. De tolk vertaalde het. Meneer Kon keek naar de vis die de vrouw aanwees, een gevlekte lipvis. Ik had een dergelijke vis al een paar keer in het aquarium gezien. Meneer Kon liep om de vijver heen en knielde naast een kleine, dikke boom aan de rand. De wortels waren zichtbaar en groeiden in grillige bogen het water in. Hij rolde zijn mouw op en bracht zijn hand vlak boven het water. Iedereen was stil. Een van de dames begon zenuwachtig te lachen, de anderen sisten haar toe stil te zijn. Meneer Kon duwde langzaam zijn hand in het water en tuurde voor zich uit. Geheel onverwachts tilde hij de vis uit de vijver. De vis leek niet te beseffen dat hij uit het water was en vergat te spartelen. De dames barstten in een spontaan applaus uit. De vis schrok en begon te flapperen met zijn staart. Meneer Kon liet voorzichtig de vis in een schepnet glijden dat Pieper voor hem ophield. De naar lucht happende vis werd aan het publiek getoond en naar binnen gedragen. De hele groep volgde.

Ik keek naar de tuin. Ik zag een vlinder fladderen en hoorde een vogel zingen. Ik wilde dat ik eerder van deze tuin had geweten, maar de werkster stond met de deurknop in haar hand op me te wachten tot ook ik zou vertrekken.

Ik dacht dat het feest voorbij was, maar in het restaurant waren de stoelen ondertussen zo neergezet dat alle gasten de marmeren tafel met de kraan, links van de deur, konden zien. Meneer Kon trok nieuwe hagelwitte handschoenen aan en pakte de vis uit het schepnet. Hij duwde het nog altijd druk bewegende beest plat op het koude steen. De vis werd rustig. Het mes lag al klaar naast de doos. Meneer Kon pakte het op en keek naar de rug van de vis. Razendsnel gleed het mes, dat hij plat hield, vanaf de staart langs de ruggengraat naar de kop. Er klonk een gilletje. Meneer Kon ging onverstoorbaar verder. Met de punt sneed hij langs de kieuwen het vlees los van de graat. De vis bloedde. De staart klapperde en de mond hapte. Iets zei me dat dit anders zou worden dan het schouwspel tijdens mijn eerste dag, twee maanden eerder. Ik zag het aan zijn volgorde van handelingen, hij liet de ingewanden zitten. Hij zou zijn absolute superioriteit in de viswereld laten zien. De vis bleef maar bewegen. Meer dames protesteerden. Meneer Kon zette de kraan vol open. Het kletterende water leidde even af terwijl hij het witte visvlees schoonspoelde. Hij draaide de vis om en sneed de andere kant los. Het beest bleef maar happen en bewegen. Een vis doden en direct bakken had ik vaak gedaan, maar Meneer Kon probeerde deze vis zo lang mogelijk te laten leven. Ik had er ooit over gelezen, het verhoogde de smaak en dat was het enige waarin Meneer Kon was geïnteresseerd. Er klonken verwijtende kreten maar stoïcijns spoelde hij het tweede losgesneden stuk visvlees schoon. Voor hem op het witte marmer lagen de happende vissenkop, de kronkelende graat en de flapperende staart in een plas bloed. Heel snel sneed Meneer Kon nu de ingewanden los, pakte het visvlees en trok met een beweging het vel los van het vlees.

Een van de dames vloekte, zo klonk het althans.

De Snor, die stil was binnengeslopen, legde de twee stukken visvlees en de happende graat op een grote schaal en verdween naar de keuken. De dames waren lijkbleek. Er werd druk gepraat. Ze waren woedend en de tolk probeerde hen te kalmeren.

In de keuken werd de vis klaargemaakt. Ik had voor het eerst geen behoefte om te gaan kijken, ik wilde weten hoe Meneer Kon met de nijdige dames om zou gaan. Hij deed zijn bebloede handschoenen uit, legde die precies naast elkaar op de rand van de tafel en waste zijn handen. Ik zag een twinkeling van verbazing in zijn ogen.

Een dienstertje kwam binnenslipperen. Ze hield een schaal vast. Daar lag de nog aldoor happende, maar nu schone graat, omringd door kleine stukken visvlees. Een ander dienstertje deelde kleine borden en prikkers uit, maar geen van de dames nam die aan. Meneer Kon verliet met een kleine buiging het restaurant. Maar zijn iets te grote stappen en de flits in zijn ogen zeiden me dat hij razend was.

De tolk nam uit beleefdheid toch maar een stukje van de vis en beet erin. De dames keken vol walging naar hem. Het gezicht van de tolk veranderde. Zijn afgepaste uitdrukking maakte plaats voor extase. Hoewel de groep hem nog steeds vol afschuw aanstaarde kon hij de verleiding niet weerstaan en nam nog een stukje. Met volle mond begon hij te praten. Het was duidelijk een lofzang op Kons bekwaamheid. Mevrouw 'Erics moeder' kwam naar de schaal, ze keek van de happende kop naar de tolk, die nog een stukje nam en gelukzalig kauwde. Ze pakte een schone zakdoek uit haar handtas, legde die eerbieding over de kop van de vis en pakte een prikker. Ze nam een hap. Ze sloot haar ogen en proefde. De zakdoek op de schaal bewoog lichtjes. Ze opende haar ogen en keek met een hemelse blik naar de schaal. Tien seconden later bestormden de dames de schaal. Ze vergaten de prikkers, de worstelende graat onder de zakdoek en verslonden de vis. De tolk keek teleurgesteld – hij had vast nog een stuk gewild.

De groep was met veel lawaai vertrokken. Meneer Kon was niet meer verschenen. Ik wist niet of hij van de laatste ontwikkelingen op de hoogte was gesteld. In het lege restaurant lag hier en daar een snel uitgetrokken lichtblauw schort over een stoel, maar de meeste dames waren in alle consternatie vergeten ze af te doen. Ik begon de schorten te verzamelen, want op een of andere manier voelde ik me schuldig voor het gedrag van de Finse dames. De dienstertjes op hun slofjes waren sneller. Straks zou Aki ze weer in de wasmachine doen en zou de muur weer bonken. Ik liep naar de kleine keuken, waar mijn lichtblauwe collega's in stilte aan het werk waren. Ik pakte een sardine uit de bak met ijs. In al de tijd dat ik er was geweest had ik nooit een glimp van emotie bij hem gezien, maar wat niemand scheen te lukken was de Finse dames gelukt.

Mijn mes deed zijn werk automatisch. Het buikje open, de ingewanden eruit, de kop eraf en met de kop de graat meetrekken, de achtergebleven graten eruit en het visvlees in de bak met ijs werpen. Bij elk kopje dat ik die middag afsneed werd ook mijn eigen hoofd een stukje afgesneden. Ik begon ervan overtuigd te raken dat Meneer Kon mij zou gaan straffen als vergelding voor het gedrag van de Finse dames. Ik had voor hem op moeten komen. Zou hij voor die straf de tijd nemen of zou het snel gaan? Buikje open, ingewanden eruit, kop eraf, graat mee.

Herinner je je Paultje Kassel nog, die achter mij zat op de lagere school? Die langzaam, dag na dag, week na week, maand na maand, mijn leven had verzuurd? Als juffrouw Bakker even niet keek zei hij zachtjes in mijn oor dat ik stonk. Op een gegeven moment was ik echt gaan stinken. Van angst, want ook de andere kinderen begonnen het te zeggen, terwijl ik me iedere ochtend en avond waste met veel zeep, moeders goede zeep! Hoe hard ik ook boende, Paultje Kassel bleef zeggen dat ik stonk. Jij, Tommy, jij bent het geweest die voor me opkwam. Alleen jij. Je gaf Paultje, op een dag na school, zo'n harde stomp in zijn gezicht dat hij bloedend naar huis strompelde en tegen niemand durfde zeggen wie het had gedaan. Jij hebt me mijn hele verdere lagereschooltijd beschermd. Maar bij Kon was er niemand die me beschermde.

De straat is nat. Met mijn blote voeten stap ik door de plassen. Over de plassen. Ik voel de wonden aan mijn voeten niet meer. Jij zet grote stappen. Je kijkt strak voor je uit. Je bent niets veranderd. Je bent nog steeds mijn broer en ik loop naast je met snelle pasjes.

Ik pakte een nieuwe vis. Buikje open, ingewanden eruit, kop eraf, graat mee. Ik moest Meneer Kon laten weten dat ik niet zo was als die Finse dames.

De Snor kwam onze keuken in. Zijn luide stem knetterde tegen de tegelwanden, Pukkel kreeg een glimlach op zijn gezicht en Sprietje slaakte een kreet. Op het moment dat de deur achter hem dicht viel, werd het werk vergeten en begon iedereen opgewonden door elkaar te praten. Automatisch zocht ik Aki, maar zij was die ochtend niet verschenen. Ik vroeg in het algemeen wat het nieuws was, maar natuurlijk reageerde niemand.

Oester, die nooit wat zei, stond vlak naast me. Ik draaide me naar hem om en keek hem vragend aan. Hij werd rood en keek weg. Ik ging voor hem staan terwijl ik mijn vraag zo langzaam mogelijk herhaalde.

Hij hapte naar lucht terwijl zijn ogen kriskras de vloer, wanden en plafond afzochten naar woorden die er niet stonden, zijn ademhaling ging steeds sneller, zijn lippen waren niet meer stevig op elkaar, en bij toverslag glipte het woord 'party' eruit.

'Party. We – have – party?' vroeg ik hem.

Zijn ogen zochten de anderen, die druk kletsend om ons heen stonden zonder naar ons te kijken.

'Party?' Ik keek hem smekend aan.

Hij gaf een knikje terwijl hij naar de neuzen van zijn schoenen tuurde.

'When – party?'

Ik wist niet dat iemand zoveel kleuren rood kon produceren, zeker twaalf verschillende kleuren verschenen op zijn gezicht en toen hij bijna paars was stotterde hij: 'Party – today.'

Vandaag een feest! Waar was het feest, hoe laat en waarom was er een feest? Was er iemand jarig, was het een jubileum?

Ik wees op mijn borst, mijn hoofd schuin om mijn vraag te ondersteunen: 'Me – too – party?'

Het paars trok zijn nek in en zijn ogen tolden in zijn kassen, maar hij knikte.

'Party – here?' Ik wees naar de grond waarop we stonden.

Hij schudde zijn hoofd en fluisterde: 'Toto.'

Toto? Wie was Toto? Was het een van de koks, een van de meiden uit de bediening, was het de voornaam van Meneer Kon? Ik pakte de metroplattegrond uit mijn tas, vouwde die voor hem open en wees vragend op de kaart terwijl ik de woorden 'party' en 'toto' herhaalde. Oester zette zijn vinger op een station minstens een uur reizen van mijn huis. Ik wees naar mijn horloge. Hij pakte een pen en schreef op de rand van de kaart een acht. Vanavond aan de andere kant van het centrum was dus om acht uur een feest. Ik kende het gebied niet. Met mijn wijsvinger op het station en, nog steeds met een vragend gezicht, zei ik: 'Toto?' De vlekken in zijn nek veranderden van kleur, snel keek hij om zich heen, maar er was niemand die hem zou helpen – hij voelde zich net zo hulpeloos als ik. Aarzelend, alsof hij niet wilde dat de anderen het zagen, wees hij op zijn borst. Vervolgens wees hij op het cijfer acht op mijn kaart, weer op zijn borst, op de acht en ten slotte op het station. Ik moest heel voorzichtig laveren. Ik voelde dat Oester, als hij zou denken dat ik hem niet begreep, niet meer met me zou durven praten. Ik herhaalde dus langzaam wat hij had gedaan, om te zeggen dat ik hem begrepen had en om acht uur op het station zou zijn. Hij herhaalde nogmaals zijn tekens. Er verscheen zowaar een glimlach op zijn gezicht. Ik lachte terug. Mijn eerste afspraakje. Ik zou vanavond niet alleen thuis zitten met een fles wijn.

Negentien

Om halfacht was ik al op het station, in mijn feestelijkste kleren. Ik had me gehaast – ik mocht hem niet mislopen. Maar toen ik aankwam zag ik dat het station een gigantisch complex was met tientallen uitgangen en zeker twintig verschillende perrons. Ik liep verloren tussen de duizenden mensen die de trappen op en af renden. Ze leken precies te weten waarheen. Ik ging op zoek naar iets wat op een ontmoetingsplek leek, maar bij elke uitgang zag ik mensen wachten en Oester stond er niet tussen. Ik nam me voor terug te gaan naar het perron waar ik was aangekomen. Misschien kwam ik zo een van de anderen tegen die ook uit de richting van Lonlon kwamen.

Elke twee minuten arriveerde er een nieuwe trein, die razendsnel mensen uitspuwde, om onmiddellijk zichzelf weer te vullen met de duizenden die weg wilden. Een man met een baard en een kapotte jas struikelde bij het uitstappen en viel op het perron vlak voor de geopende deur. De mensen hielpen hem niet overeind maar stapten over hem heen. Hoe ze zo precies wisten waar ze hun voeten moesten zetten begreep ik niet, want niemand keek omlaag naar de man, die doodstil bleef liggen. Ook van de nieuwe passagiers maakte niemand aanstalten de man overeind te helpen en hij verdween uit het zicht tussen de honderden voeten die de metro in wilden. Nadat de trein was weggereden klom hij overeind, veegde zijn jas schoon en strompelde weg.

Ik keek op mijn horloge, het was kwart over acht. Ik liep op het enige paar hoge hakken dat ik bij me had, en probeerde nog groter te lijken door op mijn tenen te gaan staan, misschien dat Oester me dan zou zien, maar in mijn nette zwarte colbert zag ik er precies zo uit als de krioelende zwarte massa om mij heen. Ik dacht aan Roodmutsje, die straks als gebruikelijk een bord zou opduiken voor bij de Rioja. Ik zweette, terwijl het niet warm was, ik rook de geur die Paultje Kassel me verweten had. De geur die ik krijg als ik bang ben. Ik was alleen in de onafgebroken stroom mensen die voortsnelde. Een kolkende massa die geen einde of begin had. Het bewoog voort als golven in de zee, soms snel, soms iets langzamer, het werd naar beneden gezogen het trapgat in om er aan de andere kant weer uit te spuiten, het werd de treinen uitgebraakt en vocht zich naar binnen, het dijde uit en kromp ineen. Het gleed langs me. Het raakte me aan en stond een weeïge geur af. Het wilde dat ik in haar dook. Dat ik deel werd van de zwarte bewegende zuchtende brij. Er werd op mijn schouder getikt.

Oester! Het was Oester, in een knalgroene bloes! De tranen sprongen in m'n ogen. Hij keek naar de grond en mompelde iets. Ik liep achter hem aan door de zee van mensen. Hij was mijn schip. Mijn baken. De zwarte golven weken voor hem uiteen. Zijn groene rug was mijn boei waar ik achteraan zwom.

In het station was het druk geweest, maar buiten bleken ook hele volksstammen in beweging te zijn. Ik zag groepen giechelende schoolmeisjes met witte kniekousen en blauwe jasjes, dronken zakenmannen die nog meer vertier zochten, kantoormeisjes die met hun handtassen netjes voor hun kruis voorthuppelden naast hun verloofdes, een man met een koffer die hij bijna niet kon tillen, een vrouw met een bak paraplu's die ze aan de man probeerde te brengen. Iedere straat die we passeerden was zo vol mensen dat het leek alsof er zojuist negen voetbalstadions waren leeggeschud, precies op de plek waar wij liepen, alleen waren er geen hooligans die hun teleurstelling botvierden op alles wat ze tegenkwamen. De gebouwen waren, extremer nog dan in de buurt van de koffiebar, versierd met bewegende lichtreclames en banieren die de aandacht probeerden te trekken van de voortkuierende mensenmassa.

Oester liep een smal, hoog gebouw in, stapte in de klaarstaande lift en drukte op de knop van de vierde verdieping. Naast de knop was een sticker geplakt met een gifgroene, vuurspuwende draak erop.

Ik wees naar de draak. 'Toto?'

Oester bloosde.

Zo te zien was er op elke verdieping wel een bar of restaurant. Het was verwarrend intiem met z'n tweeën in de piepkleine lift. Oester tuurde naar zijn schoenen.

De lift stopte. Oester duwde de deur open en we stapten een modern restaurant binnen. Aan een grote tafel in het midden van de zaak zat het voltallige personeel van Kon Kon achter pullen bier. Ik zag de meiden en de jongens van onze keuken, Meneer Kon, de Snor, de koks uit de echte keuken, Pieper, de Lange, de Oude kok en de serveersters. Zelfs de werkster en Tarzan waren er. We werden met grote grijnzen ontvangen. Ik geloof dat er zelfs insinuerende opmerkingen werden gemaakt over het feit dat we met z'n tweeën aankwamen, want iedereen lachte. Oesters nekvlekken kleurden op en hij bleef naar de grond staren. Maar voor mij was hij de held.

Ik kwam tussen de Lange en Pieper te zitten. Zij schoven opzij, zodat er plek kwam op de bank. De Lange zei dat ik hem Bo kon noemen – zijn volledige naam zou ik toch niet kunnen onthouden. Bo had er zin in – hij klokte zijn bier naar binnen. Zodra je je lege pul neerzette, werd die vervangen door een volle. Alle monden die overdag zo gesloten waren spraken. De mannen met lage en de vrouwen met hoge stemmen. Het was feest. Aki, die schuin tegenover me zat, dronk net als de andere vrouwen met getuite lippen haar pul leeg en zette hem met een klap op tafel. Ze vroeg wat ik wilde eten. Haar Engels klonk ineens veel beter. Ik zei dat ze maar iets moesten bestellen wat lekker was. Meneer Kon keek voldaan naar zijn mensen. Niemand droeg lichtblauw, en voor het eerst kon ik ieders gezicht goed bestuderen. De werkster zag er chic uit in haar laag uitgesneden jurk met parelsnoeren in de hals. Bo wilde weten of ik vlees at. Ik zei dat ik alles lustte. Hij en Aki bogen zich over de menukaart en discussieerden over wat ik wel en niet moest eten. Achter me wachtte geduldig de ober.

Pieper zette een pul bier voor me neer. 'You – beer?'

Ook hij sprak Engels! De tafel was overladen met allerlei bakjes en schaaltjes en iedereen pakte waar hij zin in had. Ook toen de gerechten kwamen die oorspronkelijk voor mij waren besteld, at de hele tafel ervan mee. En steeds werd er bijbesteld. Ik was onderdeel van de groep. Ik had mijn tweede pul voor de helft leeg en een derde werd er alweer naast gezet. Om me heen werden de gezichten steeds roder en de stemmen luider. Er werd hardop gelachen.

'You – restaurant?' bralde Pieper.

'Yes, I work in a restaurant,' antwoordde ik hem.

'What – restaurant?'

'A fish and meat restaurant.'

'Good – restaurant?'

'Very good restaurant.'

'Big – restaurant?'

'No, not big, but very good.'

Het gespreksniveau steeg niet veel, maar de kans om te praten was een verademing.

Bo vond het onderwerp blijkbaar ook saai. 'You – children?' rolde er diep uit zijn keel terwijl zijn sigaret half op zijn lip hing en hij zijn wenkbrauw optrok als Humphrey Bogart.

Ik volgde de code en giechelde onnatuurlijk hoog. 'Not yet, maybe soon.'

'You – married?' vroeg Bogart.

De grote vraag was eruit. Om mij heen verstomden de gesprekken en spitsten zich de oren. Verwachtingsvol werd er naar mij gekeken. Donald had het uitgemaakt, maar ik wist opeens zeker dat hij net zo naar mij verlangde als ik naar hem.

Uit de mond van Bogart kringelde rook omhoog.

'Me boyfriend,' zei ik.

Aki wilde zijn foto zien, maar ik kon moeilijk zeggen dat ik alle foto's de week voor mijn vertrek had verscheurd. Voor ik kon vragen of Bogart zelf al bezet was werd er om stilte gevraagd. Meneer Kon stond op, ook hij was rood aangelopen. Zijn blik gleed de tafel rond en bleef iets langer bij mij dan bij de anderen hangen. Hij kuchte en begon te spreken. Ik herkende woorden als Londen, Engeland en Frankrijk. Vertelde hij dat ik in Londen naar hem toe was gekomen met de vraag zijn leerling te mogen zijn maar dat hij na de ontmoeting met de Finse dames tot de conclusie was gekomen dat er geen plaats was voor buitenlanders? Ik lachte mijn zorgen weg en bedacht dat hij waarschijnlijk zei dat hij trots op ze was en dat hij ze eens goed wilde bedanken. Aki, die zeer geëmotioneerd was, draaide snel haar blik weg toen ze zag dat ik naar haar keek. Ik probeerde nogmaals haar blik te vangen, maar ze bleef strak naar Meneer Kon kijken. Ik keek om me heen. Oester zat ook naar hem te kijken. Hij reageerde precies hetzelfde als Aki. Ik zocht contact maar alle ogen waren op Meneer Kon gericht, die met lange halen sprak en woorden liet narollen op zijn tong. Iedereen ging staan, ik ook en staarde naar mijn anderhalve bierpul. Ik durfde niet meer op te kijken. Ik begreep opeens hoe iemand zich voelt die onschuldig voor de rechtbank staat en overgeleverd is aan de grillen van de jury. De hele groep werd stil. Ik rook de penetrante geur die in golven uit mij omhoogkwam. Ik dacht aan jou, ik mocht niet opgeven. Ik moest mijn hoofd optillen. Ik zag dat de hele tafel met gesloten ogen en gebogen hoofd stond. Zelfs Meneer Kon. De groep begon te kreunen. Een diep, aards gekreun, een soort gebed, dat klonk zoals ik me voorstel dat een vulkaan klinkt die op uitbarsten staat. Steeds harder en onheilspellender gromden ze. We waren in een openbare gelegenheid. De obers liepen gewoon rond terwijl het gekreun zich samenbalde tot één klank en opeens, als uit een mond, klonk een oorverdovende kreet, de ogen openden zich, de glazen gingen omhoog en er werd geklonken. Alle gezichten straalden. Bogart boog zich naar me toe. Hij wilde met me klinken.

'Why?' vroeg ik.

'We – best.' Hij sloeg trots met z'n vlakke hand op zijn

borst terwijl hij zijn wenkbrauw optrok. 'We – won – big – price. Biggest – price – me – country.'

Ik keek naar Meneer Kon, die waardig met zijn glas in zijn hand stond en mij toeknikte. In zijn andere hand schommelde een medaille.

Van de rest van de avond herinner ik mij niet veel meer, want het bier en daarna de sterke drank vloeiden rijkelijk door onze kelen. Ik weet nog dat Bogart me in mijn oor spetterde dat ik een slechte vriend had dat hij mij zo maar alleen liet gaan, dat Pieper twee flessen met daartussen een rauw ei op elkaar kon zetten, dat ik Meneer Kon had gevraagd of ik door mocht schuiven naar de grotere vissen of naar de echte keuken, dat de werkster hem op een gegeven moment zijn jas had gegeven en hem naar buiten begeleidde, dat ik had geroepen dat hij een affaire met haar zou krijgen, dat Bogart brulde dat zij al jaren mevróuw Kon was, dat Sprietje tegen de Snor had gezegd dat de oefening van op je tenen staan haar zo'n pijn deed, dat de Snor haar beloofde dat zij dat niet meer hoefde te doen, dat Pukkel het Russische volkslied kende, dat Tarzan zonder zijn handen te gebruiken zijn tong in zijn neus kon steken, dat Aki totaal bezopen tegen me aanleunde en zei dat ze met het werk bij mama meer verdiende dan ze ooit als kok zou doen, dat ik had gevraagd of ik ook voor haar moeder mocht werken omdat ik in geldnood zat, dat zij had gegierd dat het niet haar moeder maar de moeder van de club was en beloofde het te vragen, dat zij vervolgens huilend had opgebiecht jaloers op mij te zijn omdat zij nooit een mes zou mogen kopen, dat ik had beloofd haar een van mijn messen te geven, dat iedereen Engels bleek te kunnen spreken en dat Oester me in een gescheurd groen overhemd had teruggebracht naar het perron waar hij me die avond had gevonden.

Hoe ik ben thuisgekomen weet ik niet, maar de volgende ochtend miste ik een van mijn schoenen. Een kater had ik niet. Integendeel, het ijs was eindelijk gebroken! Ik had met hen gesproken, gelachen en gedronken. Ik wist dat ik hun nu om hulp kon vragen bij mijn zoektocht naar een baantje. Ik zag dat mijn plantje een vijfde blaadje had gekregen. Het tij was aan het keren. Ik koos een van mijn Sollinger-messen voor Aki uit, pakte mijn tas en jas – een paraplu was niet nodig, het regende al bijna een week niet meer en het begon kouder te worden – en snelde naar beneden.

In mijn brievenbus lag een brief, van Suzan! Heerlijk, ik zou hem vanavond bij kaarslicht en een glas rode wijn, o nee, een kop thee, openen en holde net als iedereen naar de metro. Ik zag twee meisjes die giechelend van achter hun witte zakdoeken naar me keken. Ik lachte terug. Ze probeerden zich proestend achter elkaar te verstoppen. Het gevecht om binnen te komen was ook makkelijker zonder de puntige paraplu's en natte jassen. Ik dobberde mee in de massa, soms deinde ik mee naar rechts, dan weer naar links. Ik moest alleen opletten niet te vroeg in de richting van de deur te worden geduwd. Het was net als drijven in water – hoe minder je deed des te beter ging het. Zoals elke morgen sliepen de meeste mensen aan een lus. Een man, die op de bank zat en met zijn brillantine kapsel tegen het raam leunde, trok een vette streep op de ruit achter hem. Ik luisterde naar het afroepen van mijn station. Ik was benieuwd of Meneer Kon inderdaad zou hebben nagedacht. Wat zou het fantastisch zijn als ik eindelijk in de echte keuken zou mogen werken en zijn recepten en technieken zou leren! Ik zag het restaurant met de olijfgroene gevel in de verte liggen, het enige lage oude gebouw aan de vierbaansweg, en kreeg zin om hard te zingen. De zon scheen, zijn stralen raakten alles aan, uit de ramen van de flats hing was te drogen, een vogel zat te fluiten op een elektriciteitsdraad, een vrouw klopte een kleed uit tegen een lantaarnpaal, een jongen rende naast zijn vriendje op een fiets, een vaas met knalrode bloemen stond in een open raam, bij een vuilnisbak lag een kapotte paraplu, de groenteman zette een krat glanzende appels buiten, vanuit een auto hoorde ik vrolijke muziek, een vrouw stopte een speen in de mond van haar baby.

De medaille hing in de prijzenkast naast de ingang. Ik had,

toen ik 'm voor 't eerst zag, om die kast moeten lachen, in de veronderstelling dat Meneer Kon een fanatiek golfer of schaker was. Ik had het opschepperig gevonden om je prijzen bij de ingang van je zaak te hangen maar nu begreep ik dat het zijn visitekaartje was. Naast de nieuwe medaille stond een klein vaasje met een bloemetje. Wie zou dat hebben neergezet, mevrouw Kon, die dus helemaal geen werkster bleek te zijn? Ik opende de deur en liep naar de binnenplaats.

'Hallo!' zei ik luid en in het algemeen, want ik wilde echt de hele groep groeten.

Ik hoorde wat gemompel. Verder bleef het stil. Iedereen keek strak voor zich uit. Bogart kwam binnen. Ik groette, maar werd niet teruggegroet. Ik was opnieuw omringd door dezelfde uitdrukkingsloze lichtblauwe wezens die onderdanig stonden te wachten tot de orders zouden worden afgeroepen.

De Snor stapte de binnenplaats op en brulde de eerste oefening. Alle handen gingen omhoog en alle voeten op hun tenen. Ook Sprietje.

Hoewel ik bijna geen geld meer had, én me had voorgenomen in m'n eentje geen wijn meer te drinken – de borden met Spaanse danseressen waren tot een stapel uitgegroeid – was het eerste wat ik deed naar Roodmutsje gaan. Ik zette de fles naast de kassa en hij pakte een bord. Eindeloos duurde het schoonmaken en het uitrekenen van het bedrag. Ik pakte mijn portemonnee en 'ontdekte' dat die leeg was. Ik maakte geen aanstalten om naar huis te snellen om geld te halen of de fles terug te zetten. Ik keek hem aan. Roodmutsje wist niet wat hij moest doen. Ik wachtte. Hij wachtte. Buiten blafte een hond. Ik zag dat de zilveren slinger nog steeds aan het plafond hing, terwijl kerst allang voorbij was. Ik had niets gemerkt van kerst, het was een gewone dag geweest als alle andere. Roodmutsje keek naar de fles. Ik hoorde een auto langsrijden die verderop stopte. Het portier ging open en werd weer gesloten. De auto reed verder. De hond begon harder te blaffen. Ergens ging een deur open en dicht. Ik voelde me opgelaten maar had zo'n trek in een glas wijn dat ik bleef staan. Onbeweeglijk, net als hij. Ik moest nu niet opgeven, al voelde ik een golf van schaamte opkomen. Ik vond dat ik recht had op een glas wijn. Ik had het nodig. Ik had een rotdag gehad. Aki had mijn mes achteloos in haar tas gestopt. Ik had net als alle voorgaande dagen tussen wezenloze gezichten kleine visjes moeten schoonmaken. Alle hoop die ik 'die ochtend had gekoesterd was verdwenen.

Ik wachtte geduldig. Ik hoorde in mijn hoofd al het geluid van de kurk die uit de fles plopt. Ik moest die fles hebben. Roodmutsje schoof met zijn voeten. De hond was opgehouden met blaffen. Roodmutsje verzette een voet. Hij boog zich voorover, pakte een oud schrift uit een la onder de toonbank, opende het, pakte een pen en schreef. Ik lachte zachtjes in mezelf. Trots zei ik mijn naam en adres. Met mijn naam had hij meer moeite dan met het adres. Op het moment dat ik wegliep bedacht ik dat ik ook eten had moeten kopen, maar ik durfde niet meer terug te gaan.

Naast me lag Suzans brief en de lege fles. De kaars brandde nog. Ik wilde huilen maar hoe hard ik ook perste, er kwamen geen tranen. Ik trok aan mijn haren. Donald had een nieuwe vriendin, Eric scheen in de zevende hemel met zijn nieuwe assistent Abraham, Suzan was gaan squashen met Iris, mijn vissenboek kon ze niet vinden en mijn fiets was gejat. Ik pakte het jutezakje van de vloer en probeerde het uit elkaar te scheuren. Er moest iets kapot. Ik zette mijn tanden erin. Overspel en verraad. Het droge jute was smerig en mijn mond kwam vol haren te zitten. Ik spuugde op de grond. Ik duwde mijn vinger in de klodder speeksel en schreef KLOO. Ik spuugde een tweede keer en schreef TZA. Met de laatste kwak schreef ik KKEN. Dat waren ze. Allemaal. Stuk voor stuk. Met één beweging van mijn hand veegde ik de vloer droog. Ik rilde, bang dat ik net zo makkelijk van de aardbodem zou kunnen verdwijnen als deze klodder spuug. Ik vervloekte mezelf dat ik haar zo'n vrolijke brief had geschreven, waarin ik Meneer Kon als een vreemde maar fantastische leraar had afgeschilderd, mijn werk als opwindend, mijn nieuwe huis als een paradijs en de metro als een avontuur. Ik had de waarheid moeten schrijven, zoals we hadden afgesproken. Ik had geen vragen moeten stellen over Donald en Eric. Ik had in de waan willen blijven dat thuis een veilige haven was waar ik moeiteloos naar terug kon keren. Maar ik was totaal vervangen, al mijn posities waren door anderen ingenomen. Ik werd niet gemist. Niemand had mij nodig. Nergens. Ik was alleen.

Twintig

Ik zag hem op het moment dat ik de metro instapte. Hij stond helemaal aan de andere kant en ik kon onmogelijk naar hem toe, maar zijn blonde lokken straalden mij toe. Ik wilde met hem praten. De mensen om me heen staarden star en bewegingloos voor zich uit. Bij elk station vocht ik me iets meer zijn richting op. Ik moest nog zes meter maar bij de vorige halte waren zoveel mensen ingestapt dat ik mij niet meer kon verplaatsen. Ik overwoog hem te roepen en bij de volgende halte schoof ik weer een meter op. Hij praatte met niemand, net als de rest. Er was er maar één die sprak, de stem uit de speakers. Ik wilde hem gaan vragen wat hij hier deed en of hij een goedkope leraar wist die mij de taal kon leren. Ik zou hem vragen of hij hier gelukkig was en of hij vis lustte. Ik zou hem uitnodigen bij Kon en vragen of hij een bijbaantje voor me wist of hoe ik het moest aanpakken. Ik zou hem vragen of ik even met hem mocht praten, gewoon onzin, voor de gezelligheid. Ik zou hem vragen– Ik schoof een meter op. Bijna twee. Hij had lang haar. Langer dan de meeste mannen hier. Zou hij een muzikant zijn? De trein stopte en de deuren schoven open. Hij stapte uit. Ik mocht hem niet kwijtraken. Ik vocht en duwde. De nieuwe passagiers boksten zichzelf een weg naar binnen. De sluitingspiep klonk. Ik zette me af tegen iemand die vocht om binnen te komen. Ik was er bijna. De deuren schoven al dicht. Uit volle kracht drukte ik ze opzij. De spleet werd wijder. Ik perste mijn lichaam naar buiten. Mijn linkerarm zat klem tussen de rubberen strippen. Ik trok. Het rubber liet een zwarte streep na op mijn arm. Mijn vingers glipten eruit. Ik stond op het perron. De trein begon te rijden. Aan het einde van het perron zag ik zijn blonde lokken op de roltrap, het plafond in verdwijnen. Ik rende, duwde mensen opzij en negeerde de boze kreten. Ik stapte op de roltrap maar die was net zo vol als de trein. Ik moest me laten meevoeren in het trage tempo van het trapmechaniek. De lokken verdwenen.

Eindelijk was ik boven, maar mijn blonde man was verdwenen. Ik keek naar links en naar rechts. Er waren zeker zes uitgangen. Ik gokte en rende een trap op naar de straat. Daar liep hij, aan de overkant! Hij droeg een lange zwarte jas en cowboylaarzen en had zijn handen in zijn zakken. Het voetgangerslicht sprong op rood en de auto's begonnen te rijden. Ik wierp mij tussen de auto's, die mij kwaad toeterend nog net konden ontwijken. Hij liep snel. Ik sprong op de stoep en rende achter hem aan. Hij was de hoek omgeslagen. Zijn hakken klikten op de stenen. Hoe moest ik beginnen? Welke taal zou hij spreken? Als hij maar geen Fin was. Ik ging langzamer lopen. Ik wilde eerst op adem komen. Ik zou hem de weg vragen. Ik klopte op zijn schouder. Hij draaide zich om.

Ik zag het meteen. Hij had zijn haar geblondeerd.

Na mijn vijfde visje vertrok de Snor. Ik legde mijn mes neer en liep naar Aki. Zij stond driftig een zware snijplank te schrobben die niet gebruikt was. Ik vroeg zachtjes of ik haar wat mocht vragen. Ze keek me aan met een blik van 'neevraag-mij-alsjeblieft-niets', maar ze zei ja. Zonder toevoeging of beleefheidsfrase – die snapte ze toch niet, vroeg ik of buitenlanders ook voor haar 'moeder' konden werken. De snijplank viel met een klap in de roestvrijstalen bak. De jongens draaiden hun hoofden naar ons. Ze raapte de plank op en draaide de kraan helemaal open.

'Aki?' fluisterde ik.

De borstel schrobde als een bezetene over het schone hout. Het water spetterde alle kanten op. Ik dacht aan Pukkel, die dat, toen ik hem de eerste dag had aangesproken, ook had gedaan.

'Aki?'

Haar handen knepen in de borstel en gingen razendsnel op

en neer. Ik legde mijn hand op de plank. De borstel kwam tot stilstand tegen mijn duim. Het steenkoude water stroomde over mijn hand. Ik boog me voorover en probeerde haar blik te vangen. Haar ogen schoten in paniek alle kanten op.

'Help me!' fluisterde ik.

Ik had het gezegd.

'You – club?' zei ze zo goed als onhoorbaar, terwijl ze schichtig om zich heen spiedde.

Ik had nog terug gekund, maar ik kon niet op de pof blijven eten van Roodmutsje, ik moest mijn kamer betalen en de metro, ik wilde het niet opgeven. Dus knikte ik vol overtuiging.

Ze fluisterde: 'Mama – hard.'

Ik moest geld hebben. Beter vandaag dan morgen.

'Ask Mama?'

Ik trok mijn verkleumde hand weg van onder de ijzige straal, liep terug naar mijn stapel vissen, pakte de grootste die er was, hakte zijn kop eraf en trok hem leeg.

Ik wist dat ik geduld moest hebben. Bij Aki ging nooit iets snel. Maar lang hoefde ik deze keer niet te wachten. De volgende ochtend na de gym fluisterde ze in mijn oor: 'Mama – you – meet.'

'When?'

'Tomorrow.'

Ze drukte me op het hart me 'very – beautiful' aan te kleden. Ik nam me voor een keer te gaan kijken en dan pas te beslissen. Ik was niet van plan naast onbetaald visschoonmaker ook nog onbedoeld hoer te worden. Maar er moest geld op de plank komen en snel.

Eenentwintig

Aki was zenuwachtig. Ik nam me voor me net zo bescheiden en ingetogen te gedragen als zij. Niet te lachen of alleen achter mijn hand en geen vragen te stellen. Nadat ik in het badhuis mijn feesttenue weer had aangedaan, zei ze dat ik me net zo op moest maken als zij. Haar ogen waren zwaar aangezet en haar lippen rood omlijnd. Ik smeerde me vol.

Ik stond bij de deur te wachten. Aki zag me en trok bleek weg. Ze was al wit van al haar make-up maar nu werd ze grauw. Ik begreep niet wat ik fout deed, ik had aan al haar verzoeken voldaan. Haar ontsteltenis bleek betrekking te hebben op mijn schoenen. Ze bleef ontsteld wijzen naar mijn flatjes. Waar waren mijn hakken? Ik probeerde haar duidelijk te maken dat ik die de nacht van het feest verloren had en dat ik maar één paar hakken bij me had gehad. Ik moest hoge hakken aan, dat was duidelijk.

Aki had opeens haast – we holden naar de metro.

In de metro stond een man mij schaamteloos te begluren in de weerspiegeling van de ruit. Toen we uitstapten kneep hij in mijn billen. Voor ik me kon omdraaien waren de deuren alweer dicht. Ik keek hem woest aan. Hij staarde met een uitgestreken smoel voor zich uit.

We liepen naar de uitgang, die ik ondertussen kon dromen. Opeens zag ik mezelf de trap op lopen in de sexy jurk met de te rode lippen. Ik wilde niet meer. Aki stond al bij de stoeprand, ik was een kop groter, wat kon me gebeuren, het was geen harem, als ik weg wilde kon ik weg, ik wist hoe ik thuis moest komen.

Aki wenkte en duwde me een schoenenzaak in.

Ik paste geen van de schoenen, ze waren allemaal te klein.

De eigenaar verdween en kwam terug met een stoffige doos met een paar zwarte schoenen met heel erg hoge hakken. De eigenaar straalde en deed de schoen aan mijn voet, alsof ik Assepoester was en hij de prins. Mijn voet gleed in de schoen. Hij paste me perfect. De prins lachte naar mij en ik naar de prins. Ik stond op en probeerde te lopen. Maar dat was levensgevaarlijk. Aki betaalde en ik beloofde het snel aan haar terug te geven, maar toen ik zag hoe duur de schoenen waren wilde ik ze niet meer. Aki kreeg een 'doe-me-dit-niet-aan-ik-doe-het-voor-jou'-blik in haar ogen. Ik dacht aan Roodmutsje, mijn lege koelkast, de koks in de echte keuken, en stemde toe. Ik zwalkte achter haar aan. We passeerden de koffiebar waar ik aan Nina was voorgesteld en sloegen rechts af een zijstraat in. De straten waren hier smaller en minder druk. Aan elke gevel hingen tien of meer verlichte uithangborden in een smalle rij precies boven elkaar. Er liepen allerlei vrouwen op hoge hakken in avond- en cocktailjurken. Ik werd een animeermeisje, een snol op een barkruk, wat bleef er over van de beroemde visconnaisseur die ik wilde worden en mijn verlangen de geheime recepten van Kon te bemachtigen.

Aki liep een smal, hoog, wit gebouw zonder ramen en met een grote koperen voordeur binnen. We kwamen in een kleine hal met drie liften, ook met koperen deuren, en stapten in de middelste. Ze drukte op een van de knoppen en we gingen naar de zesde verdieping. De lift was aan alle zijden bekleed met donkere spiegels. Ik keek naar het plafond om ons spiegelbeeld te ontwijken. De deur schoof geruisloos open en we betraden een gang met hoogpolig vloerkleed. Hier waren vier deuren, stuk voor stuk voorzien van een zilveren of gouden plakkaat met een naam erop. Aki opende de meest linkse.

Binnen stond een ober achter een zilverglimmende bar glazen te poetsen. Hij lachte naar Aki, maar niet naar mij. Uit het feit dat hij niet schrok maakte ik op dat mijn komst was aangekondigd. De club was extreem klein, tweeënhalf keer mijn kamer en propvol. Alles was effen grijs of zilver. Een hoek werd in beslag genomen door de bar, langs de wand was een lage, doorlopende velours bank waaraan drie zitjes waren gezet. De bank werd onderbroken door een smalle deur. Voor de vloer en wanden was een grijs laagpolig tapijt gebruikt, dat waarschijnlijk elk geluid dempte en voorkwam dat we de buren konden horen. De meubelen zagen er comfortabel uit, maar bleken klein en krap. Boven de glimmende tafeltjes hingen miniatuur kroonluchters. Alleen de glazen die de ober aan het oppoetsen was leken een normaal formaat te hebben. De hele entourage deed me ergens aan denken, ergens waar ik eerder was geweest, maar waar en wanneer kon ik me niet herinneren, het stemde me onverwacht verdrietig.

Aki vroeg iets aan de ober, en hij wees naar de smalle deur. Ze klopte aan. Het duurde even voor er een antwoord klonk.

In een piepkleine kamer, ter grootte van een ouderwetse bezemkast, zat aan een minuscuul bureau, een vrouw van een jaar of veertig. Haar haar was opgestoken in een kunstig ineengedraaide knot. Aan haar oren bungelden glimmende stenen, van hetzelfde helblauw als die aan de ringen aan haar vingers. Wij bleven op de drempel staan – binnen was geen plek. Ik moest bukken, anders kon ik haar niet zien. Haar ogen gleden keurend van mijn gezicht langs mijn borsten, buik en benen naar mijn schoenen en terug omhoog. Op de hakken was ik te groot voor de kamer. Ik paste hier niet. Opeens wist ik waar de club me aan deed denken – het mortuarium in de Schoolstraat.

'You – drink?'

Mama sprak Engels, dat had ik niet verwacht. Voor ik kon antwoorden, gaf Aki een uitgebreid antwoord, waarmee ze tevreden leek te zijn.

'Name?'

'Rosa,' zei ik voor Aki het kon zeggen, ervan uitgaande dat ze niet geïnteresseerd zou zijn in mijn achternaam.

'Rosíta,' zei ze stellig.

Ze wendde zich naar Aki en begon te praten zonder mij verder nog een blik waardig te gunnen.

Ik wachtte.

Aki's hoofd bleef knikken tot Mama alles had gezegd. Ze gaf Aki een kaartje, die het weer aan mij gaf, en sloot de deur.

Het was haar visitekaartje. Ik stopte het in mijn portemonnee.

'You – more – make-up.'

Mijn wimpers waren al loodzwaar, maar Aki maande me tot spoed. Vanuit mijn ooghoeken zag ik de ober die zich aan mij had voorgesteld als James naar me gluren terwijl ik naar een piepkleine wc naast de ingang van de club werd geleid. Ik smeerde nog een laag zwart en blauw op mijn ogen en deed meer lippenstift op.

Aki lachte. Ik ging naast haar op de bank zitten, andere banken dan in het mortuarium, luxer en zachter, en probeerde de opkomende triestheid te verdringen toen de buitendeur openging en Nina binnenstapte op haar hakken. Ze groette, stak een sigaret op, ging naast me zitten, keek naar mijn schoenen en jurk en vroeg of Mama tevreden met me was en hoe mijn appartement beviel. Voor ik haar kon vertellen dat de buren elke nacht ruzie maakten en elkaar met servies bekogelden, de wc niet goed doortrok, er geen kachel was en de deken te dun, deze club me somber maakte, ging de deur alweer open en kwam er een vrouw binnen in een lichtblauwe cocktailjurk. Ik schatte haar een paar jaar ouder dan wij. Aki en Nina praatten over de jurk, waar ze zo te zien allebei van onder de indruk waren. Ik kon de kleur lichtblauw niet meer zien zonder aan vis te denken. Haar naam was Cinthy en Aki bleek Suzy te heten.

Terwijl Cinthy met James praatte en Aki en Nina rookten en babbelden, vroeg ik me af wat er zou gaan gebeuren. Niemand legde me uit wat ik moest gaan doen. Ik vroeg het Nina maar die wuifde mijn zorgen weg met een 'Talk – be – nice'. Maar waar moest ik over praten? Ik wachtte en keek naar de begrafenisboeketjes in de vazen op de bar, de zilveren asbakken, de zijden kussentjes in de zachte fauteuils, de verchroomde lijsten met verkleinde Monets aan de wand.

Er klonk een bel. De sigaretten werden vliegensvlug uitgemaakt, de asbak verwisseld en vluchtig werd er een stofdoek over de tafel gehaald. James zette een tape met muzak op en draaide het licht lager. Wij moesten gaan staan en ons verdelen over de ruimte. Drie mannen van rond de veertig in pak en stropdas kwamen luid lachend binnen. Cinthy nam de leiding. Haar stem was bij bliksemslag veranderd in een hoog piepstem, met getuite lippen begroette ze de mannen als oude bekenden en heette hen uitbundig welkom. Ik werd voorgesteld als de 'New Rosita'. Ik wist niet of dat betekende dat er ook een oude of eerdere Rosita was of dat ik een nieuweling was.

Cinthy gaf me een wenkje, ik moest gaan zitten naast een man met een grote moedervlek op zijn wang. James dribbelde heen en weer en vulde het tafeltje met een karaf whisky, een zilver emmertje met ijsblokjes, schaaltjes met snacks en voor ieder van ons een glas. De andere meiden praatten nu ook met onnatuurlijk hoge stemmetjes en tuitten hun mond net zo 'onschuldig' als Cinthy. Nina vertelde me dat de man met de moedervlek een vertegenwoordiger in plastic pijpen was die op vakantie in Amerika was geweest.

'Wauw,' zei ik.

Hij lachte verlegen. 'You – like – me – town?'

Ik hield een monoloog over dat ik erg onder de indruk was en dat ik het leuk vond dat elk huis bloempotten buiten had staan. Dat gaf de stad zoveel sfeer, zeker omdat de meeste straten geen bomen hadden. De man zat me ademloos aan te staren, op zijn gezicht verscheen een lach.

'You – good – looker.'

Ik nam een grote slok whisky. Nina seinde me dat ik met mijn hand de onderkant van mijn glas moest bedekken. Als dit het was, ging ik een goeie tijd tegemoet. Babbelen, gratis whisky on the rocks drinken en nog betaald krijgen ook. Nina vulde het glas van de man naast haar en gebaarde mij hetzelfde te doen voor Vlek wat me een waarderende blik van Cinthy opleverde. Aki zat naast een dikke man en had zo te zien vreselijke lol met hem.

'You – like – food?'

Ik kende alleen de vis van Kon en beschreef hem de goddelijke smaken. Aki had me verteld niemand te zeggen waar we overdag werkten, dus toen hij me vroeg: 'Name – restaurant', zei ik dat het voor alle restaurants gold. Ik hemelde de badhuizen op en prees de gratis metroplattegronden. Vlek lachte en ik schonk onze glazen nogmaals vol.

'You – like – me – country. Me – like – you.'

Vlek had rode blossen op zijn wangen gekregen en deed zijn stropdas losser. Ik sloeg mijn benen over elkaar en wiebelde met mijn voet. Ik zag hem kijken naar de stelthakken. Het glimmend zwarte leer weerspiegelde het licht van de minikroonluchters. Ik wilde de schoenen uitgooien en mijn nylon voeten onder mij op de bank trekken, bijna vergat ik dat dit werk was en hoe belangrijk die schoenen waren. Ik vroeg wat hij van Amerika had gevonden.

Hij maakte de bovenste knoop van zijn shirt los, leunde nog verder achterover, nam een grote slok en een hap lucht. 'Beautiful – country – America – big – people – very – big – people – big – car – big – house – big – food – big – street – big – bed – big – coffee – big – bread – America – very – big.' Hij keek me ondeugend aan terwijl hij doorging: 'But – America – small – heart.' Hij bulderde om zijn grap.

Ik lachte uitbundig met hem mee. Het was heerlijk iemand te zien lachen.

Hij bleef zich maar op zijn knieën slaan van plezier terwijl hij met duim en wijsvinger keer op keer de grootte aangaf en 'very – small – very – small' bulderde.

Nina maakte kirrende geluidjes tegen de man naast haar. Aki giechelde nog steeds om de grappen van de dikke man. De drank vloeide en iedereen in de club was tevreden.

Nieuwe mannen kwam binnen, hun dassen al los. Ik had geen bel gehoord, maar misschien kwam dat door de muziek en het gepraat. Ze waren slechts met z'n tweeën, maar de club was opeens vol. Cinthy 'verzette' Nina en mij naar het nieuwe groepje, dat met net zoveel egards en enthousiasme werd ontvangen als de eerste. Een nieuwe karaf whisky, de emmer ijs, de hapjes en nieuwe glazen. Deze mannen spraken geen Engels, Nina vertaalde. Ze wilden weten waar ik vandaan kwam, over de verschillen, over wat ik van hun eten vond en of er iets was wat ik echt niet lustte. Ik lachte en vertelde over de zoutloze spaghetti. Nina was zeker vijf minuten aan het vertalen en ik droomde weg toen de mannen vreselijk moesten lachen en ik al vergeten was waarover het ging. Ze wilden weten wat ik van de metro vond. Bij het woord 'terrible' trok ik zo'n vies gezicht dat Nina het niet hoefde te vertalen en we met z'n allen schaterden.

Het was rond tien uur toen de kleine deur naast de bar openging. Mama maakte haar entree. Ik had me al verwonderd dat ze maar in die kast bleef zitten en zich niet bij ons voegde. De mannen schoten rechter op en kregen amechtige blikken. Lieflijk groette ze onze tafel, maar ze streek neer bij de groep van drie. Onze mannen zakten teleurgesteld weer weg in de piepkleine fauteuils. Dit was dus het werk, wij moesten ze afleiden, weer aan het lachen maken, amuseren. Ik kon niets verzinnen maar Nina, die hieraan gewend was, sloeg haar benen over elkaar, waardoor die beter te zien waren en vertelde een grap die hen amuseerde. Ze vergat te vertalen, maar ik grinnikte mee en schonk de glazen voller. Aan de andere tafel entertainde Mama haar gasten. Ze streelde even de knie van de Dikke naast Aki, gaf een aai over de arm van Vlek en lachte lief naar de man naast Cinthy. De mannen smolten. Toen ze even later bij ons tafeltje kwam veerden onze mannen op en overspoelden haar met complimenten, die ze met vanzelfsprekendheid in ontvangst nam. Nina zei dat de mannen mij leuk en aardig vonden en dus kreeg ik een beminnelijk knikje van Mama.

Mama verdween weer naar haar kast. We kregen schaaltjes met nieuwe hapjes en meer whisky. De Dikke pakte een microfoon die op de bar lag, het licht veranderde, net als de muziek. Vol overgave begon hij te zingen, de andere mannen zongen met hem mee. Ik luisterde naar de vreemde klanken en dronk mijn whisky. Ik sloot mijn ogen, even dacht ik dat ik terug was in het restaurant bij Eric.

Het perron was gevuld met hooggehakte meiden die stonden te wankelen en groepjes luidruchtige mannen met losgeknoopte stropdassen. Ook ik stond niet meer stevig op mijn voeten maar ik had geld verdiend. Niet dat ik een cent van Mama had gekregen, zij betaalde niet vooruit – aan het eind van de maand en niet eerder. Zelfs nadat de mannen zeer tevreden waren geweest, was ze niet van plan voor mij een uitzondering te maken, had Nina nadrukkelijk vertaald. Ik had van mijn laatste geld een retourtje gekocht en zei haar dat ik dus morgen niet kon komen. Weer was Nina mijn reddende engel geweest. Ik bedankte haar met buigingen en Engelse volzinnen, die ze wegwuifde. Ik had zin om te zingen. Over bollende zeilen op een woeste zee, over wolken als witte watten, over glooiende velden met gele, ruisende tarwe, over een verloren gewaande geliefde die teruggevonden werd. Ik wilde zingen over geluk. Naast me begon een man te kokhalzen. Ik kon nog net op tijd wegspringen voor hij het perron onderkotste.

Tweeëntwintig

Pijnlijk precies trok ik de lijn. Ik volgde niet de randen, maar maakte hem mooier dan hij in werkelijkheid was. Het doffe roze van mijn lippen verdween onder een glimmende laag. Ik tuitte ze en stuurde mezelf een luchtkusje. Mijn lippen vormden een vochtige rode cirkel die opende en sloot. Opende en sloot. Onverzadigbaar bleef ik kleine hapjes lucht nemen. Ik wist dat Aki op me stond te wachten, maar mijn happende mond in de spiegel fascineerde me.

Mama keek me bij binnenkomst streng aan en siste iets tegen Aki. Ik had mijn schoenen nog niet aan en was veel kleiner, maar dat bleek niet het probleem, het ging om mijn tepels: die waren te zien door mijn dunne bloesje. Ik kreeg een rol plakband en moest ze in de wc gaan afplakken. Bij de daaropvolgende inspectie was het enige wat ze zei dat ik meer make-up op moest – wat ik gehoorzaam deed, ook al zag ik zelf geen verschil. De bel ging. De sigaretten werden gedoofd, de asbakken verschoond, het licht ging laag en de muziek aan. De eerste mannen stapten het grijze paradijs binnen.

Het was een grote groep, zeven mannen die duidelijk al fors hadden gedronken want de boorden waren open en de dassen af. Cinthy, in een hemelsblauwe cocktailjurk deze keer, ontving ze met haar gebruikelijke enthousiasme. De karaffen whisky, het ijs en de hapjes werden neergezet.

Ik moest tussen twee jongemannen in gaan zitten. De een staarde gebiologeerd naar mijn borsten en liet een boer, de ander rookte de ene na de andere sigaret en keek steeds op zijn horloge. Ik schonk hun glazen vol en toastte met ze. Ik vertelde dat mijn naam Rosita was. Boer keek me schaapachtig aan. Ik was er niet zeker van of ze me begrepen en herhaalde mijn naam. Hij opende langzaam zijn mond, likte zijn lippen en zei: 'Me – like – big – breasts.' Ik wilde opstaan en ergens anders gaan zitten, maar Cinthy wierp me een strenge blik toe en nam het gesprek over. Boer begon klagerig tegen haar te praten en zij slaakte verrukte kreetjes. Ik probeerde een gesprek met het Horloge aan te knopen, bood hem een vuurtje aan en vroeg hoe hij heette. Hij draaide zich van mij weg. Cinthy boog zich naar hem over en fluisterde hem iets in zijn oor. Hij giechelde. De Boer wilde de grap ook horen. Net als overdag zat ik er voor spek en bonen bij. De mannen gromden behaaglijk en Cinthy kirde.

Aki en Nina hadden hun handen vol aan de andere vijf. Uit hun monden klonken kreetjes van verrukking en opwinding. Ik schonk de glazen die nog vol waren voller. Ik wist van Aki dat er ergens in de wand een kijkgaatje was waardoor Mama ons kon zien. Ik zag haar ertoe in staat me, als ik het niet goed deed, niet voor die dag te betalen. Dus lachte en kirde ik met alles en iedereen mee.

Mama kwam binnen en de mannen snoven. Zelfs met haar veertig jaar wilden de mannen, zonder uitzondering, het liefst haar aandacht. Terwijl ze haar ronde deed, gaf ze ons ongemerkt tekens en veranderde de hele setting. Ze had gezien dat ik niet functioneerde. Ik moest tussen twee oudere mannen gaan zitten en zat nu dichter bij Nina, die me alarmerend seinde dat ik mijn hand onder mijn glas niet moest vergeten, iets waar ik maar niet aan kon wennen. De man rechts van mij was de oudste en de baas van het gezelschap. Ik informeerde naar zijn gezondheid, maar hij had juist gehoord dat hij een maagzweer had. Nina zei snel dat er steeds betere medicijnen waren. Mama keek me streng aan. Ik probeerde het opnieuw en vroeg of hij hobby's had, maar aan golfen deed hij niet, voetbal vond hij saai, zwemmen kon hij niet en fietsen was met al die auto's veel te gevaarlijk. Ik vulde de glazen en mijn eigen glas het volst.

'You – sing,' zei de Baas, eerder een bevel dan een vraag.

Dat ik het badkamerniveau nooit was ontstegen interesseerde me op dat moment niet. Alles was beter dan een hele avond voor Jan Joker te zitten en de afkeurende blikken van Mama verdragen. James kwam aansnellen met een lijst. Omdat ik de taal niet kon spreken, laat staan lezen, nam de Baas de lijst zuchtend van me over.

'Yes-ter-day-She-lo-ves-you-Sum-mer-time-New-York-Sugar-Ba-by-Lo-ve-My-Way-Bil-lie-Je-an-Wa-ke-me-up-be-fore-you-Go-Go-Ve-nus-Dan-cing-Queen-Wo-man-in-Love-Dir-ty-Old-Man—'

Stop! Dat wilde ik wel zingen. Ik leegde m'n glas in een teug en kreeg van achter de bar de microfoon. James gaf me een knikje en de muziek begon.

Waren het de hoge hakken, mijn afgeplakte tepels, de geile blikken of de vijf glazen whisky? Ik gooide me vol overgave in het lied, draaide met mijn borsten en mijn kont, wierp uitdagende blikken op de mannen, die onderuitgezakt op de sofa en fauteuiltjes zich lieten opvrijen. Het kon me niets meer schelen, ik zong uit volle borst. Het was heerlijk mijn eigen stem, na al die weken fluisteren, zwijgen en stilte, keihard te horen galmen door de speaker.

Bij mijn laatste uithaal barstte het 'publiek' uit in applaus. Toen de mannen nóg een nummer wilden horen trok Mama zich terug in haar hok – er waren belangrijkere zaken te doen.

Drieëntwintig

Nina was er niet, wel een nieuw meisje. Lola noemde ze zichzelf. Lola had veel ervaring met mannen maar sprak geen Engels. Ook zij scheen een expliciete voorkeur voor lichtblauwe jurken te hebben en dus rook ze voor mij naar vis. Aki keek me met haar bekende 'ik-vertaal-niet-ik-doe-overdag-al-genoeg'-blik aan. Ik was dus afhankelijk van de mannen die zouden komen. Net op het moment dat we dachten dat er die avond geen klanten zouden komen en Mama's humeur op springen stond, ging de bel. De Vlek en zijn collega's kwamen binnen. Hij zonk naast me neer op de bank en ik vulde zijn glas. Opdringeriger dan de vorige keer draaide hij zich naar me toe. Zijn knie duwde tegen mijn dij en ik rook zijn adem. Ik wist nooit wanneer Mama ons begluurde, dus had ik een stralende glimlach ondanks de putlucht die hij me in het gezicht blies. Hij vertrouwde me toe dat zijn vrouw zwanger was en hij, voordat hij vader zou worden, nog een keer op vakantie naar Amerika wilde.

Ik grapte: 'America small hearts.'

Hij keek me niet-begrijpend aan. Ik liet het maar – ik had de grap de vorige keer zelf ook niet begrepen. Zijn glas moest om de haverklap gevuld, want de emoties op het komend vaderschap waren hem te veel en hij dronk meer dan goed voor hem was. Hij had zijn hand op mijn knie gelegd. Zijn duim, verborgen in een plooi, drukte in mijn vlees. Het lukte me de hand een paar keer speels te verwijderen maar zijn vingers kropen volhardend in de richting van mijn kruis en met zurige adem piepte hij in mijn oor dat ik de mooiste vrouw was die hij ooit had gezien. Boos worden of uit jezelf naar een andere plaats gaan was ten strengste verboden, dus stelde ik voor dat ik wat zou zingen. Maar omdat de microfoon kapot was moest ik blijven draaien en zachte afwijzingen geven tot hij weg zou gaan.

Hij ging niet weg. Hij had het uitstekend naar zijn zin en vroeg of ik alleen met hem uit wilde.

Het streven van alle meiden in de club was de favoriet van een klant te worden, zodat hij je mee uit eten zou nemen. Wanneer je hem dan mee bracht naar de club moest Mama je een bonus betalen en tegelijkertijd had je de kans hem dure cadeaus afhandig te maken. Het ging erom zo lang mogelijk een man aan het lijntje te houden en zo veel mogelijk geld uit hem te pompen – tot je wel met hem naar bed moest of je hem dumpte. Maar Vleks slechte adem, opdringerige vingers, penetrerende knie en het idee dat zijn vrouw zwanger thuis zat maakten dat ik op geen van zijn voorstellen inging, en toen er twee onbekende rokende mannen binnenkwamen, liet ik me probleemloos verplaatsen. Ik had de hele dag eindeloos visjes onthoofd en kon de koppen van de mannen om mij heen alleen nog maar zien als holle vaten die in dit mortuarium gevuld moesten worden met whisky tot ze zo beneveld waren en hun beuzelarijen vergaten.

Ik was moe.

Ik was leeg.

Ik was somber.

Ik wilde slapen – maar thuis zouden de buren weer door de muur klinken tot ze moe gevochten waren.

Vierentwintig

Het was stil toen ik mijn deur opende. Ik kleedde me uit, gaf het plantje, dat inmiddels flink haar best deed en al over negen blaadjes beschikte, water en waste mezelf bij de kraan. Ik voelde de hebberige vingers nakleven op mijn dijen. Ik tilde mijn been op het aanrecht en boende. Ik hoorde iemand fluiten zoals alleen bouwvakkers doen. Ik kon niet naar buiten kijken, maar buiten kon mij zien, mijn naakte lijf bood, door het witte matglas met de enkele lamp achter me in de kamer, een haarscherp schaduwspel. Ik had me al weken zo gewassen. Ik liet me op de vloer vallen en kroop naar mijn kleren. Er klonk gelach buiten en ik hoorde ze weglopen. Waarom had dit verdomde huis geen gordijnen of luiken en maar één dekentje? Ik moest de problemen met de eigenaresse bespreken, maar wist bij voorbaat al dat ze me met een onbeweeglijk gezicht zou aankijken en ik onverrichter zake weer zou weggaan.

Er werd geklopt. Ik deed open. Buiten stond een magere vrouw. Vel over been. Ze stak bedelend haar hand uit. Ik had in de koelkast een stuk taart staan. Een heerlijk stuk taart. Het eerste stuk taart sinds lange tijd. Ik was er speciaal voor in de pauze naar een winkel gerend en had het voorzichtig vervoerd, zodat het niet zou beschadigen. Verder had ik niets. Ik wilde die taart niet geven, maar de vrouw begon heel hoog te piepen. Ik dacht dat ik haar een glas water moest geven, zodat haar stembanden niet aan elkaar bleven plakken. Ze rook naar rottend vlees. Achter me, bij het raam, hoorde ik nog een stem. Ik keek om. In het open raam, achter de tralies, stond een man met een hand vol messen. Hij riep dat ik de vrouw niets moest geven, dat ze een moordenares was, dat ze hun zoon de kop had afgesneden met zijn beste mes. De vrouw sprak als een slang. Ze zei dat ze wist dat ik een stuk taart in de koelkast had. Ik ontkende en zei dat ik al weken leefde van bijna niets en zeker geen taart had. Ze siste dat ik niet moest liegen. De man riep dat ik moest oppassen: er lag een mes op het aanrecht, als ze dat zou zien, zou ze het grijpen. De vrouw hoorde het en zag het mes liggen. Ze probeerde het onder mijn arm door weg te graaien. Ik duwde haar naar buiten. De man riep dat ik haar niet moest aanraken – dan zou ik ziek worden. Ik keek naar mijn handen. Die begonnen zwart te kleuren. De man riep dat ze het mes bijna had. Ik griste het mes weg net voordat zij het kon pakken en legde het op een plank boven het aanrecht. De man riep dat ik snel moest gaan liggen. Ik viel neer op de vloer. De vrouw ging op mij staan om bij het mes te kunnen. De man wierp zijn eerste mes. Het suisde door de lucht en boorde zich in de keukenkast. Het ene na het andere mes suisde door de lucht. De vrouw viel boven op me. Ik wist niet dat zo'n mager iemand zoveel bloed kon bevatten. Ik schrok wakker en hoorde de buren gillen.

Ik was drijfnat van het zweet en had het koud. Ik stond op en klopte op de muur. Ik kon er niet meer tegen. Ze moesten stoppen, het was vier uur in de nacht en ik moest slapen. Ze gilden gewoon door. Ik ging naar buiten en belde aan bij hun deur. Het gillen hield op. Ik hoorde ze kwaad overleggen. Ik belde nogmaals, nu langer. Het licht werd uitgedaan. Ik hoorde gemorrel aan de andere kant van de deur. Ik wist dat zij mij konden zien door het kijkgaatje. Ik zakte snel door mijn knieën en sloop terug naar mijn deur. Heel zachtjes sloot ik die en probeerde weer te slapen.

Omdat dat niet meer lukte deed ik mijn jas aan en ging muisstil naar buiten – aan het eind van de straat was een bierautomaat.

Vijfentwintig

De wekker was uitgerinkeld maar ik had hem niet gehoord, terwijl ik hem op een bord met een Spaanse danseres had neergezet. Het had geen zin me te haasten, ik was te laat voor de ochtendgym en de vissen zouden allang op de tafel liggen. Ik liep rustig naar het station. Bij een kiosk kocht ik een krant met foto's op de voorpagina.

De ochtendspits was voorbij – er was zowaar plek op de bank, alleen de plaatsen aan de uiteinden van de banken waren bezet. Om mij heen zaten voornamelijk huisvrouwen met lege boodschappentassen. Tegenover mij zat een jongen in zwarte kleren die gebiologeerd naar zijn eigen spiegelbeeld keek. Hij plukte en trok aan zijn haar. Hij had gele puisten – ik gruwde bij het idee dat hij ze straks zou gaan uitknijpen. Ik opende de krant en keek naar een foto van een soldaat. De soldaat keek mij angstig aan, naast hem op de grond lag een afgehakt hoofd. Achter hem stond een andere soldaat die hem probeerde mee te trekken. Waar waren die soldaten? Waar vochten ze voor of tegen? Ik was vergeten dat de wereld groter was dan deze stad. Was het een nieuwe oorlog of een oude die nog woedde? Ik verlangde opeens heftig in een oorlog te mogen vechten. Een ideaal te hebben dat ik kon delen met anderen. Ik sneed zoveel koppen af per dag, maar zonder een gemeenschappelijk doel. De soldaat was bang. Ik ook. Zijn angst werd begrepen. Mijn angst kon ik met niemand delen. De jongen pakte een kam en toupeerde zijn haren. Schilfers roos vielen als poedersneeuw op zijn schouders. Het kunstlicht in de metro was te zacht, en de afstand te groot, om ook dat in de weerspiegeling te kunnen zien. De soldaat had zijn haren niet gekamd, al wist ik dat niet zeker want hij had een helm op. Het hoofd op de grond niet. De jongen stond op en sloeg de roos van zijn schouders. We kwamen bij een halte en de deuren schoven open. De enige vrije plaatsen die er in onze wagon nog waren, waren de twee naast mij en de twee naast hem. De jongen ging wijdbeens zitten. Een vrouw die binnenkwam zag waaruit ze moest kiezen. Ze ging naast de jongen zitten. Ik sloot mijn ogen.

Meneer Kon kwam de echte keuken uit en knoopte zijn schort los. Hij stond stil bij het aquarium en tuurde naar zijn vissen. Ik deed een stapje dichterbij. Hij hoorde mij niet. Ik keek naar zijn mond. Het was me niet eerder opgevallen maar zijn lippen leken op die van een karper. Hij hapte naar een roodbaars achter het glas. De baars hapte terug naar hem. Het waren net twee oude keuvelende mannen.

Dit was mijn kans. Ik besloot geen seconde te wachten. Ik kuchte. Meneer Kon draaide zijn hoofd naar mij toe.

'Vraag het, vraag het nu!' riep een stem in mijn hoofd.

Mijn handen begonnen te mimen. Ze deden zoals vissers doen als ze opscheppen over de maat van de door hen gevangen vis. Alleen ging ik van een maat van vijftien centimeter naar veertig om daarna op mijn eigen borst te wijzen en weer terug te gaan naar de veertig centimeter. 'Me – bigger – fish?'

Hij draaide zich weer naar de vissen, en gaf een onbeduidend knikje. Was dit een 'ja' naar mij of naar de vissen? Verward herhaalde ik mijn toneelstuk, ditmaal nadrukkelijker, begeleid door alle beleefdheidsuitdrukkingen die ik kende. Hij keek me onverschillig aan, knikte nogmaals en liep verder terwijl hij de koksmuts van z'n hoofd trok.

Ik rende naar de kleine keuken. Het maakte me niet uit dat hij uitdrukkingsloos had geknikt, hij hád geknikt, ik mocht door naar de middelgrote vissen. Ik was zo opgewonden dat ik de deur te hard opensloeg waardoor de anderen verschrikt opkeken. Ze moeten de triomfantelijke lach op mijn gezicht hebben gezien. Ik pakte mijn mes en liep naar de tafel van Pukkel, Oester en Mandarijn. Hun bak was gevuld met makrelen. Het waren er niet veel maar dat vond ik niet erg. Ik stoorde me er niet aan dat het geen exotische lipvissen of prehistorisch schorpioenvissen waren, zoals zij de week ervoor hadden mogen doen. Ik was een stap hoger en af van het gepiel met sardientjes, sprotjes en witvisjes. Het nutteloze gevoel van de afgelopen weken verdween als sneeuw voor de zon. Ik had nooit naar die tolk moeten luisteren. Misschien had die man me gewoon een verhaal op de mouw gespeld. Ik pakte een makreel en keek hem trots aan.

'Ja, lekker makreeltje, ik ga jou eens fijn van je koppie ontdoen.'

De dode vis keek me glazig aan. Zijn witte buik glom en snakte ernaar door mijn mes te worden geopend. Ik herinnerde me goed hoe Meneer Kon de makreel had schoongemaakt. Het mes ging er via de buik in, opensnijden naar de kop, dan tot de ruggengraat openklappen en de vis op de huid platdrukken, anders kreeg je de graat er niet goed uit.

Ik wilde mijn mes in de buik zetten maar voelde dat iemand naar mij keek. Ik tilde mijn hoofd op en zag dat ze me allemaal met open mond aanstaarden.

'Mr. Kon gave me permission,' zei ik.

Ze bogen hun hoofden en keken naar hun eigen vissen. Het bleef doodstil. Niemand bewoog.

'Mr. Kon – yes,' herhaalde ik.

Ze gingen niet door met hun werk, behalve Gé, die voorzichtig een sardientje pakte, de buik opensneed, de ingewanden eruit haalde, de kop afsneed en de graat meetrok. Ik keek naar de bak makrelen, dat waren er niet veel voor vier mensen. Wij zouden zo klaar zijn en Gé had zeker werk tot laat in de middag. Ik wilde niet terug naar zijn tafel. Gé pakte de volgende sardien, net zo liefdevol als de vorige, en sneed de buik open. De anderen bewogen nog steeds niet.

Paultje Kassel had, na de harde stomp die jij hem in zijn gezicht had gegeven, nooit meer gezegd dat ik stonk. Hij heeft nooit meer iets gezegd. Hij heeft nooit meer tegen me gesproken. Ik wist niet wat erger was: dat stilzwijgen of het pesten en ik heb het zelfs niet tegen jou durven zeggen.

Ik keek de anderen aan met de makreel in mijn hand en

zette het mes in de buik van de vis. Het vel was veel harder dan dat van een sardien. Ik moest kracht zetten. Mijn mes gleed naar beneden, maar het stokte. Ik kneep harder in de vis, zette meer kracht terwijl ik naar de gezichten die me star aangaapten keek. Ik zou ze laten zien dat ik recht had op deze plek. Ik drukte het mes met kracht verder. Onverwachts gleed het mes door de vis. Ik keek naar de makreel in mijn hand, hij kleurde rood. Ik wist niet dat makrelen konden bloeden. Steeds roder werden de tafel en de vis. De jongens staarden naar mijn makreel. Op de achtergrond hoorde ik Gé doorgaan. Buik open, ingewanden eruit, kop eraf en de graat meetrekken. Oester sperde zijn mond open. Er kwam geen geluid uit. Ik zag zijn tanden en kiezen, zijn beslagen tong ertussenin. Ik zag hem zijn longen volzuigen. Zijn borstkas zwol. Vanuit het zwarte gat kwam een oorverdovende schreeuw. Ik had van de hele groep een negatieve reactie kunnen begrijpen, maar van hém? Hij was de enige van wie ik dacht dat hij me steunde, in stilte weliswaar, maar toch. En nu was juist hij het die zich verzette tegen mijn promotie.

Opeens was iedereen aan het roepen en wijzen. De deur vloog open en de Snor kwam binnen. Met grote stappen liep hij op me af. Ik stamelde dat Meneer Kon het goed had gevonden, dat ik het gevraagd had, dat iedereen op een dag mocht doorschuiven, dus waarom ik niet, dat ik de les van Meneer Kon niet was vergeten, dat ik wist hoe je makreel moest schoonmaken, dat— de Snor strekte zijn hand uit naar de vis. Ik had niets verkeerds gedaan. Ik schreeuwde.

De Snor pakte mijn hand. Ik trok mijn hand bruusk terug. Hij deed me pijn. Het mócht van Kon! Hij moest van me afblijven. Ik tilde mijn hand op om me af te weren. De hand bleef midden in de lucht steken. Uit mijn hand gutste bloed.

Zesentwintig

Het was een bedompte kamer. Ik zat er al een uur. Mijn hand was in een lichtblauw schort gewikkeld. Ik wist niet van wie die was. Naast me zat een man met een bloedend oog, waar een vrouw een lap tegenaan duwde. Een jongen bij de deur keek strak voor zich uit en hield zijn ene arm beschermend over de andere. Een dikke vrouw staarde triest naar het kind op haar schoot. Bij het raam zat een kwijlende man. Op de grond vóór hem zat een jongen met een knie in een vies verband. Een vrouw aan de andere kant van mij, piepte en wiegde haar bovenlijf heen en weer.

Bogart had me hier gebracht. De hele rit had hij geen woord gezegd. Hoe ik in die auto was gekomen, wist ik niet. Hij had me afgezet bij een deur en was weggereden. Dokters en zusters renden af en aan langs de overvolle wachtkamer, er was nog niemand geholpen. Ik had dorst en liep naar de gang, waar een jongen op de grond zat met een infuus aan zijn arm. De man die me had binnengelaten zat nog steeds bij de deur, naast hem een telefoon en een heleboel knoppen. Er werd geklopt aan de buitendeur. Hij drukte op een knop en de deur ging open. De kou kwam binnen en daarmee een hinkende grote man, ondersteund door een kleine oude vrouw. Zijn voet stond onder een vreemde hoek ten opzichte van de rest van zijn been. De man van de deur stond op en begeleidde ze naar de wachtkamer. Ik was mijn stoel kwijt.

Hij liep terug naar zijn telefoon. Ik vroeg of ik wat water kon krijgen. Met mijn goede hand mimede ik een glas dat ik naar mijn mond bracht en leeggoot in mijn mond. Hij zei iets maar ik verstond het niet. Ik bracht weer het 'glas' naar mijn mond en probeerde hem duidelijk te maken dat ik dorst had en iets moest drinken. Hij staarde me aan. Langzaam bracht ook hij zijn hand naar zijn mond, net als ik had gedaan. Ook hij kieperde de hand met kleine schokjes voor de mond.

'Bye, bye,' zei hij.

Zijn beweging had meer weg van een onzeker zwaaien.

'Bye, bye,' zei hij nu stelliger en zwaaide naar me.

Hij drukte op de knop, waarop de deur naar buiten openging. Nee! Ik wilde niet weg! Ik zwaaide niet, ik wilde drinken. De grond onder mijn voeten golfde. Over de zwaaiende man voor me trok een zwarte laag mist. De botten in mijn benen schoven in elkaar. Mijn dijbenen zakten moeiteloos door mijn knieën, door mijn scheenbenen naar beneden. Ik vocht om te blijven staan. Maar de loodzware lucht duwde op mij schouders. In mijn oren klonk een hoge aanzwellende toon. Ik wilde mijn arm optillen om steun te vinden maar de lucht om mij heen was veranderd in een dikke stroop. 'Drinken, ik wil drinken,' probeerde ik te zeggen. Mijn tong was zo dik dat hij mijn hele mond vulde. Ik kon geen woorden meer vormen. Het gezicht van de man brak in tweeën en verdween in de zwarte mist. Mijn hoofd stroomde vol met een dikke gelei die zich een weg naar buiten zocht.

Zou iemand mijn makreel verder hebben schoongemaakt of zouden ze hem hebben weggegooid? Ik knalde met mijn hoofd op een harde vloer.

Zevenentwintig

Mama was duidelijk niet in haar sas met mijn vinger in het verband, maar ik deed of ik het niet begreep en moffelde mijn hand zo veel mogelijk weg tussen de plooien van mijn rok. Vandaag was betaaldag en ik had mijn geld nodig. De rekening van het ziekenhuis was veel hoger dan ik had verwacht en morgen moest ik mijn huur betalen. Gelukkig was Nina er weer in haar strakke roze avondjurk. Ze had haar examen gehaald, vertelde ze me. Ik wist niet dat zij studeerde. Ze leerde voor het maken van borstprotheses. Ik voelde het plakband aan mijn tepels trekken.

Het was een rustige avond, godzijdank. De twee mannen die er waren praatten met Aki en Cinthy. James poetste glazen op die al glommen. Nina zat naast mij op de bank en we babbelden wat over de komende uitverkoop en nieuwe jurken. Ik was nog steeds duizelig en probeerde zo min mogelijk te drinken zonder dat het opviel. Mama's inkomsten waren direct gelieerd aan de hoeveelheid geconsumeerde alcohol en het was aan ons de taak de flessen whisky zo snel mogelijk te legen, zodat de klant wel een nieuwe moest bestellen. Ik bracht mijn glas met mijn andere hand naar mijn mond en nam een muizenslokje. De wond aan mijn wijsvinger had zeker nog twee weken nodig om te genezen. Vissen schoonmaken onder stromend water kon ik voorlopig vergeten.

De deur ging open. Er kwam een oudere heer binnen. Hij droeg een hoed die ik alleen kende van de jeugdfoto's van mijn opa. Hij had een fluwelen cape om, die hij met een zwaai afdeed. Nina was opgewonden de man te zien en nam zijn cape en hoed aan, die ze naast de wc weghing in de smalle spleet die dienstdeed als garderobe. Wij moesten met hem aan het tafeltje onder Monet gaan zitten en ik werd aan hem voorgesteld.

'Ik ben blij kennis met u te mogen maken,' zei hij vormelijk.

Ik complimenteerde hem met zijn Engels. Hij glimlachte en vroeg hoe ik in zijn land verzeild was geraakt. Ik kende de regels en hield mijn gebruikelijke onpersoonlijke verhaal over dat ik geïnteresseerd was in de rijke cultuurgeschiedenis.

Hij nam geen genoegen met mijn antwoord. 'Wat doet u zoal overdag?'

Ik keek naar Nina. Ik hoopte dat zij me hieruit zou redden, maar ze keek me aan alsof zij ook wilde weten wat ik de hele dag uitspookte. 'Ik ben hier vooral om uw eetcultuur te onderzoeken.'

Hij glimlachte en zei dat het eten nergens op de wereld zo goed was als hier.

Ik beaamde dat en dacht niet aan de vieze soep die ik een uur geleden bij het station snel naar binnen had gewerkt.

'In welk deel van onze voedingscultuur stelt u het meeste belang?' Hij proefde de woorden voor hij ze uitsprak.

'Vis,' zei ik.

'Vis!' Ik zag hem nadenken. 'Interessant. Is er een speciale vis waarvoor u bent gekomen of is het vis in het algemeen?'

Tot dan toe had ik met niemand een echt gesprek gevoerd. Tenminste niet over wat me werkelijk interesseerde. 'Ik ben gekomen om meer te leren van Meester Kon.' Ik had het gezegd voor ik het besefte maar zag geen afkeuring in Nina's ogen dus ging ik door. 'Hij staat bekend als een van de grootste visspecialisten van de wereld.'

'En?' Hij hield zijn hoofd schuin.

Ik staarde naar mijn hand in het verband.

'Als ik uw linkerhand zo zie, kunt u voorlopig niet in zijn keuken werken.'

Ik keek naar het dikke verband.

'Een vis,' ging hij door, 'is een mysterieus schepsel. Ze passen zich veel gemakkelijker en sneller aan aan veranderingen in de natuur dan de wezens op het land. Ze verspillen hun wijsheid niet met vluchtige woorden zoals wij.'

Ik lachte.

'Begrijpt u de vissen al?' vroeg hij.

'Hoe bedoelt u?'

'Zoals ik het zeg. Begrijpt u de vis al of wordt ze een steeds groter raadsel voor u?'

Ik begreep niet wat er aan een vis te begrijpen viel. Een vis is een vis. De ene is dik, de andere dun. Je hebt er met veel of weinig graat. Je hebt zoetwater- en zeevissen.

'Zo te horen heeft Meester Kon u nog niet in zijn keuken toegelaten,' zei hij met een glimlach.

Hij kende Meneer Kon, hij kende het restaurant, wist hij van de ondoorgrondelijke leermethode en keukenhiërarchie? Voor ik verder kon vragen, kwam Mama aan onze tafel zitten. Ik had haar niet horen binnenkomen. Ze nam als gebruikelijk het gesprek direct over en informeerde naar zijn welzijn. Terwijl ze spraken keek ik naar de man. Zijn huid was goed verzorgd en zijn tanden waren wit en gaaf, in tegenstelling tot de meeste mannen die ik in de club ontmoette. Zijn handen lagen naast elkaar in zijn schoot. Mama keek me even goedkeurend aan. Had de man mij gecomplimenteerd? Ik hoopte het, dan zou ze me misschien mijn verbonden vinger vergeven. Af en toe dacht ik een woord op te vangen dat ik herkende, maar uiteindelijk snapte ik niets van wat ze bespraken. Ik schonk zijn glas vol. Hij bedankte me met een zacht knikje.

De mannen naast ons aan de andere tafel hadden zin om te zingen en de gerepareerde installatie werd tevoorschijn gehaald. Er werd naar mij gekeken terwijl ze de microfoon vragend ophielden.

Mama stond op, hij ook.

Nee, ga niet weg, riep ik in stilte, *ik wil u nog van alles vragen.*

Hij gaf me een hand en bedankte me voor het gesprek. Mama bracht hem naar de deur en liet hem uit. Ik wilde weten wie hij was, of hij vaker kwam, maar Nina was in beslag genomen door een van de andere mannen en Mama gaf me een seintje dat ik moest gaan zingen.

De mannen hadden zang en vertier gewild. Na hun vertrek kregen we onze enveloppen en moesten rennen om de laatste trein te halen. Tijd voor een vraag was er niet meer geweest.

Achtentwintig

Ik was niet van plan mijn envelop in de metro open te maken tussen alle dronken en lallende mannen, ik zou wachten tot ik in mijn appartement was.

De voordeur was nog niet dicht of ik ritste hem open. Ik had geen idee hoeveel het zou moeten zijn, want ik begreep niets van het systeem van bonussen en extra's. Ik telde – de huur, mijn schulden bij Roodmutsje, Aki en Nina, en het ziekenhuis. Het was meer dan ik had verwacht maar nog geen vetpot. Als ik weinig zou eten en de hele maand elke avond zou werken, had ik volgende maand geen schulden meer en zou ik de maand erna het ziekenhuis kunnen betalen. Met een beetje geluk hield ik dan zelfs wat geld over om een deken te kopen. Mijn vinger begon weer te kloppen.

De buren waren thuis. Ik deed het licht uit, waste me zo goed en kwaad als het ging, trok mijn roze trui en zwarte broek aan en kroop onder de deken. Ik staarde naar de lichtvlek op het plafond, die kwam van de lantaarn voor het huis. De rand van de vlek trilde. Ik ook. De kou kwam door mijn kleren en de deken heen. Ik sloot mijn ogen. Rode en gele cirkels zochten dwalend een weg op mijn ooglid. Ik opende mijn ogen deed het licht weer aan, schonk een glas wijn in, sloeg de deken om me heen en pakte een stuk papier. Ik schreef:

Beste Eric, hoe gaat het ermee? Hier is het winter en
ik zou willen dat ik meer truien had meegenomen.
Ik wilde je wat vragen

Nee, dat was niet de goede toon. Ik nam een slok en pakte een nieuw vel.

Beste Eric,ik ben je verjaardag niet vergeten, wel ben ik natuurlijk vergeten hoe oud je wordt.

De prop viel naast de vorige prop.

Beste Eric, hoe gaat het met je en je nieuwe assistent?

Ik schonk nog eens in.

Beste Eric, ben je me al vergeten

Zou Roodmutsje nog open zijn?

Beste Eric, ik moet je wat vragen

Zou ik gaan thee zetten?

Beste Eric, ik hoor dat het goed gaat met je, met mij

Ik moest hem niet schrijven. Ik moest gaan slapen. Ik moest niet opgeven. Maar als iemand me op dat moment eerlijk had gevraagd wat ik de wereld te bieden had zou ik zijn gaan huilen. Ik trok meer kleren aan, legde mijn jas over de deken, deed het licht uit, kroop in bed en had het nog steeds koud.

Jij zet heel grote stappen, hoewel we geen haast hebben. Ik ben blij dat ik naast je loop. Onze voeten komen geruisloos neer op de natte stoep. Het voelt heerlijk koel aan mijn voeten. Jij hebt altijd grotere stappen gezet dan ik. Jij was altijd eerder dan ik. Mij overkwam alles, jij durfde te kiezen.

Ik zat met mijn rug tegen het raam, op precies dezelfde plek als waar ik de eerste weken in de kleine keuken had gezeten. Geen centimeter meer naar links of naar rechts. Ze hadden even lichtelijk verbaasd gekeken toen ik kwam opdagen bij de gym. Er werden steelse blikken op mijn verband geworpen. Niemand zei iets. Ook Aki niet. Zij sloot zich netjes aan in de rij om de kniebuigingen te maken.

Het was kil in de kleine keuken. De Snor deelde de dagelijkse orders uit, die waren langer dan gewoonlijk en dus keek ik naar Aki maar zij zond me een 'nee-ik-vertaal-niet-laat-me-met-rust'-blik toe. Dus bleef ik tegen het raam zitten in de hoop dat Meneer Kon zou komen om ons iets nieuws te leren. Gé stond achter een extra grote bak sardienen. Ik wist dat hij daar tot ver na vijf uur mee bezig zou zijn. Ik voelde me niet schuldig. Ik had er genoeg schoongemaakt. Ik keek naar zijn vingers, die over de huid van het visje gleden. Liefdevol volgde hij de vormen. Donalds vingers waren zacht en sterk geweest. Zijn aanrakingen hadden me opgewonden. Ik wilde niet aan Donald denken. Ik wilde niet naar hem verlangen. Ik had er spijt van dat ik op het feest had gezegd dat ik een vriend had. Ik had geen vriend en het verlangen naar tedere handen die me streelden en een lichaam dat mij beminde groeide.

Gé pakte een nieuwe sardien op. Ook deze aaide hij zacht voordat hij hem opensneed. Maar ik was geen vis, en Gé niet mijn type. Mijn blik gleed naar Pukkel. Zijn lichtblauwe broek zat elke dag binnen een uur van onder tot boven onder de vlekken. Hij bleef maar met zijn vingers vol vissenbloed aan zijn benen krabben. Geen handen om door gestreeld te worden. Mandarijn, die naast hem stond, bewoog zijn dikke mollige handen ongemerkt, bijna statig. Hij had veel weg van een boeddhabeeld, niet van een minnaar. Kip, ook hij wond me niet op, hij was in alles gemiddeld. Gemiddeld in lengte, in omvang, in schoonheid, in lelijkheid, behalve zijn neus – die was uitzonderlijk scherp. Vim, bij de grote vissen, had zo'n plat gezicht alsof hij als kind te heet en te lang was gestreken. En Oester, stille Oester, had een plek in mijn hart veroverd, maar dat zou ik niet kunnen omzetten in een lichamelijke affectie. Op zijn groene rug was ik even heftig verliefd geweest, maar zijn stugge afstandelijke bewegingen, die niets uitstraalden, prikkelden me in geen enkel opzicht. Niets in de keuken straalde erotiek uit. Aki en Sprietje, in de meest vruchtbare leeftijd, seinden geen enkel seksueel signaal uit naar de jongens. De drift der geslachten speelde zich alleen maar af achter de gesloten deuren van clubs, na het nuttigen van veel alcohol.

Ik dacht aan de man met de cape. Hij was anders. Hij was de eerste geweest met wie ik echt had kunnen praten. Ik dacht aan zijn vraag, of ik de vissen al begreep. Wat moest ik begrijpen dat ik nog niet begreep? Gé streelde een sardien. Eric had gezegd dat Kon het eten anders benaderde, tot nu toe had ik behalve nieuwe technieken en vreemde vissen niets gezien van een wezenlijk andere werkwijze. Ik keek naar Vim, die strak naar elke vis keek voordat hij zijn mes erin zette. Zijn blik was onderzoekend, zijn ogen knepen even samen en hij tuurde door de spleetjes geconcentreerd naar de vis. Zijn neusvleugels kwamen iets omhoog. Rook hij aan de vis? Ik wist dat de vissen kersvers waren. Ze kwamen elke dag rechtstreeks van de veiling, had Aki me verteld. Meneer Kon was er de man niet naar om zich te laten bedonderen in kwaliteit. Toch was ik ervan overtuigd dat Vim aan de vis snoof. Zijn neusvleugels zakten en hij duwde zijn onderlip even tegen zijn bovenlip. Proefde hij de geur? Ik zag dat ook Mandarijn er lang over deed om een vis te kiezen. Onbeweeglijk tuurde hij in de bak. Heel langzaam, bijna ongemerkt, scanden zijn ogen de stapel. Net zo lang tot hij vond wat hij zocht. Dan kwam zijn hand in beweging en pakte hij de vis waar hij zijn oog op had laten vallen. Hij legde de vis voor zich op de tafel, keek ernaar en gleed met de botte zijde van zijn mes een keer over de hele lengte van het beest. Dan tilde hij zijn hoofd op en keek niet meer naar de vis. Ik voelde het mes weer door mijn vinger gaan. Ook ik had niet gekeken. Zijn mes gleed echter probleemloos door de vis. Elke juiste handeling volgde de vorige op, tot de vis open en ontleed voor hem lag. Dan boog hij traag zijn hoofd en keurde de binnenkant. Hij haalde de graten eruit en scheidde het vlees van het vel.

Meneer Kon kwam binnen. Ik rechtte mijn rug. Hij had niet zijn gebruikelijke les-schort aan. Niemand stopte met schoonmaken of keek op. Ik wist nooit wanneer hij voor een korte of een lange uitleg kwam, maar zij schenen het precies te weten. Ik zag aan hun reactie dat er geen les zou komen en ik zakte terug tegen het raam. Meneer Kon liep naar de tafel van de middel-vis, gaf Pukkel in het voorbijgaan een tikje op zijn schouder en verdween. Pukkel legde de vis die hij net had gepakt terug in de bak, schraapte met zijn hand de ingewanden, graten en vellen op een hoop, schoof ze op zijn plank, liep naar de afvalemmer en gooide ze weg. Het was nog lang geen lunchtijd en Meneer Kon had nog nooit aangegeven wie van ons als eerste pauze mocht nemen, dat was de taak van de Snor of de oude kok. Pukkel pakte een borstel en schrobde zijn plek aan de tafel schoon. Het water stroomde. Water stroomde altijd in onze keuken, zonder stromend water konden we niet werken. Met een wisser trok hij zijn plek droog. Hij pakte zijn mes en spoelde het af. Ook zijn mes kwam van Tarzan. Al onze messen kwamen van Tarzan. Ik rook het vuur van zijn smederij als ik de achterdeur gebruikte om naar het badhuis te gaan. Pukkel liep niet naar de deur om te gaan lunchen, maar naar de tafel van de kleine vissen. Hij ging op zijn oude plek staan, pakte een sardien en sneed heel rustig de kop eraf. Meneer Kon had Pukkel teruggezet, gedegradeerd. Ik kreeg een bittere smaak in mijn mond. Ik stond geruisloos op en dronk wat water. Ik voelde me schuldig. Pukkel was trots geweest op zijn nieuwe plek, hij was anders gaan lopen en zijn stem had lager geklonken. Hij pakte een sardien en deed onverstoord zijn werk. Niets wees erop dat hij gekwetst of teleurgesteld was. Met dezelfde precieze bewegingen maakte hij de vis schoon. Ik keek naar de anderen, die ook zwijgend doorgingen met hun taak: schoonmaken tot je bevorderd of gedegradeerd werd.

Pukkels mes sneed een sardienenkop af. Zijn eigen gezicht leek precies op het vissenkopje. Vissen hebben geen gevoel en emotionele gelaatsuitdrukkingen. Hun hersenschors is te weinig ontwikkeld. Maar Pukkel was een mens met alles erop en eraan! Ik voelde me in een aquarium vol mensen die zich gedroegen als vissen. Wat zou ik aan een hengel moeten hangen om ze ernaar te laten happen?

Pukkels been bewoog. Met een schok had hij het opgetrokken en weer neergezet. Hij gluurde van onder zijn wimpers of iemand het gezien had. Ik sloeg mijn ogen neer voor zijn blik bij mij aankwam. Even later loerde ik van onder mijn oogleden zijn kant op. Hij waande zich onbespied. Ik zag een spier in zijn ooghoek trillen en zijn ogen vochtig worden. Hij probeerde iets weg te slikken. Ik zag hem razendsnel een panische blik op de anderen werpen. Niemand keek naar hem. Alleen ik zag het. Voor ik besefte wat er gebeurde stak een vlijmscherp mes vanbinnenuit in mijn buik. Als een bezetene werd er in het rond geprikt. Ik kromp in elkaar. Ik wilde hem troosten. Mezelf troosten. Ik wilde zeggen dat hij mocht huilen. Ik wilde samen met hem huilen. Rivieren vol zouden we huilen. Ik wilde zijn tranen huilen. Mijn ogen prikten, mijn keel zwol op. Ze rolden uit mijn ogen, twee hete tranen, die schroeiplekken veroorzaakten op mijn wangen, mijn nek in liepen, me pijnigden, ik wilde niet huilen, niet hier, niet nu. Ik keek om me heen, niemand had het gemerkt. De anderen waren nog steeds geconcentreerd aan het werk. Ik zag dat Pukkels wangen droog waren, hij slikte niet meer. Ik alleen wist waar zijn tranen waren.

Negenentwintig

Ik nam een grote slok. Ik wilde net als zij beneveld raken en de wereld vergeten. De man naast wie ik moest zitten, had een scheef oog. Dat oog gluurde onophoudelijk naar mijn borsten – zelfs met het plakband kon je nog steeds de lichte glooiing van mijn tepels zien, daar was niets aan te doen. De jurk die ik had aangetrokken had een blote rug – ik kon onmogelijk een bh dragen – dubbel tape zou ook niet hebben gewerkt, want dan zou je door de dunne stof het plakband zelf hebben kunnen zien.

'Teach – me – you – country,' zei Oog terwijl hij mijn cupmaat inschatte en aan zijn sigaret trok.

Ik wauwelde wat over lange winters, groene weiden, koeien en melk.

'Woman – strong – in – you – country?'

Hij sliste en probeerde met zijn wenkbrauw mij het gevoel te geven dat ik hem opwond.

'Woman – work – cow?' Hij deed met zijn handen of hij een koe molk, maar zijn ogen vertelden dat hij mij molk. 'Big – woman – your – country.'

Dikke tieten, bedoelde hij.

'Yes big and tall.' Ik tilde mijn voet op en liet hem mijn hoge hakken zien.

Hij vond het een fantastische grap en lachte uit volle borst, waarbij hij met zijn handen op zijn hoofd sloeg. Zou zo'n man nou ook hersenen hebben, vroeg ik mij af, of alleen maar een pik? Ik schonk hem nog maar eens vol, en vergat mezelf niet.

'Woman – no – baby – your – country?'

Soms waren de zinnen zo cryptisch, dat ik er geen wijs uit kon.

'Most women in my country do have children. Eight. Nine. Ten. Sometimes even more.'

Hij keek me verbaasd aan. Zijn wenkbrauw schoot omhoog en weer naar beneden. Zijn scheve oog maakte een cirkel. 'You – funny – woman.'

Funny woman stond op het punt helemaal niet funny te worden. Ik verontschuldigde me en zei dat ik even mijn make-up moest bijwerken. Voor ik opstond nam ik nog een grote slok.

Ik maakte de bril schoon. In de club was maar één wc en met al die aangeschoten mannen bleef de bril zelden droog. Ik ging zitten. Ik liet mijn hoofd tegen de deur leunen. Het enige grote toilet dat ik had gezien was dat in een duur warenhuis geweest, verder waren alle wc's niet groter dan een op de vloer uitgespreide sloop. Dat ze daar alles op kwijt konden vond ik bij nader inzien erg knap. Er was een fonteintje, een spiegel, een kastje met een reserverol wc-papier en een vergeten buisje aspirines, de wc zelf, de stortbak die er pal boven hing, een badstof mat die dezelfde kleur had als de roze handdoek, droogbloemen aan een spijker, een schemerlamp – gedimd licht was een voorwaarde – een stukje zeep, en achter de wc was een borstel gefrommeld die een vochtplek op de grond had gemaakt. Ik zag op een klein richel achter de pot een half opgerookte sigaret liggen. Die moest van Nina zijn – zij hield het nooit een hele avond zonder roken uit.

Mama keek me streng aan, ik was duidelijk te lang weggebleven. Ik schoof weer naast Oog. Cinthy had zijn glas bijgeschonken en zond me ook een vernietigende blik. Een slechte avond mocht je in de club niet hebben.

'What – finger?'

Hoewel ik het verband had vervangen door pleisters had ik de wond niet kunnen verbergen. Ik vertelde hem dat ik mijn vinger met een groot mes eraf had gesneden.

'You – very – funny – woman.'

Kwam er nog verversing of was ik de rest van de avond met dit leeghoofdig oog opgezadeld? Ik vroeg of hij wilde zingen en stelde voor dat ik anders voor hem zou zingen, maar hij wou 'just – talk'. Ik moest een boek met gespreksonderwerpen gaan aanleggen voor als ik mijn avond niet had. Eindeloos onderwerpen uit het niets toveren is een vak dat Cinthy en Mama als geen ander verstonden. Aki speelde altijd het naïeve meisje dat met een piepstem en een pruilgezicht onophoudelijk verrukte kreetjes slaakte. Mijn stem klonk net als bij de andere meisjes hoger dan normaal, en ook ik had mijn vastgeplakte glimlach, die geen seconde van mijn gezicht verdween, maar mijn rol was de exotische vreemdeling spelen. Nina had meestal de rol van vamp. Met haar borsten in een push-up – of zou ze borstprotheses gebruiken? – en haar extreem verlengde wimpers wapperde ze alle muizenissen uit de mannenhoofden weg, totdat de mannen nog maar één droom over hadden, en die vervulde ze nooit. Nina hield van haar studie en als ze over een paar weken haar diploma zou halen wilde ze op zoek gaan naar een échte baan. Dat zeiden ze allemaal, behalve Mama. Zij verdiende genoeg om haar beroep niet te hoeven verloochenen. Ik was net als de andere meiden en dacht er niet over iemand te vertellen hoe ik sinds kort mijn geld verdiende. Ik zou niet eens weten aan wie ik het zou moeten vertellen. Ik schonk Oog en mezelf nog eens goed in en hoopte dat de klok verkeerd stond. Mijn ogen prikten van de rook en de whisky deed zijn werk niet.

Dertig

Ik werd wakker met een kloppende vinger en toen ik de pleisters eraf haalde zag ik dat hij gezwollen en geel was. Ik had geen idee waar het ziekenhuis was waar Bogart me naartoe had gebracht en wilde daar ook helemaal niet naar terug. Roodmutsje, die dag en nacht open is, had vast een pak soda. Maar zijn winkel was dicht. Mijn vinger deed te veel pijn om over het waarom na te denken. Ik moest soda of iets anders vinden waarmee ik de wond zou kunnen ontsmetten. De pijn straalde uit tot aan mijn elleboog. Ik liep straat in straat uit, de hand beschermend tegen mijn borst houdend. Ik had naar Kons restaurant kunnen gaan en iemand vragen me te helpen, maar wie wist ik niet.

Het was mijn neus geweest die de apotheek vond. Het groene kruis, over de hele wereld het teken van een apotheek, bleek hier een rode cirkel.

Uit een deur kwam een walm van oude medicijnen naar buiten stromen. Binnen waren van vloer tot plafond planken, overladen met potten, elke centimeter was benut. Tegen de uitpuilende wand stonden losse dozen. Sommige zo hoog opgestapeld dat ik er zeker van was dat ze bij de geringste aanraking zouden omvallen. In de hoek stonden een tweezitsbank bedolven onder boeken en een half laag buffet gevuld met allerlei soorten weegschalen en maatbekers. In de andere hoek was een kast met een grote tv, waarop een natuurfilm te zien was. De toonbank was gemaakt van wit formica – op de geur na het enige wat aan een echte apotheek deed denken. Er stond een jongeman achter, zijn witte jas schonk me vertrouwen. Hij had de zaak net overgenomen en zijn eerste daad was het kopen van een nieuwe toonbank geweest. Ik toonde hem mijn vinger. Hij pakte mijn hand en bekeek die van alle kanten. Zijn gezicht vertrok, alsof hij de pijn had en niet ik. Ik verwachtte dat hij een la zou opentrekken, er een pot uit halen, wat zalf op mijn vinger smeren en met een geleerd gezicht zeggen dat het morgen over was. In plaats daarvan verschenen er steeds diepere rimpels in zijn voorhoofd.

'Do you speak English?'

Hij murmelde iets onverstaanbaars en staarde naar de kasten achter hem. Hij legde mijn hand voorzichtig op de toonbank.

'Soda?' vroeg ik.

Schichtig keek hij me over zijn schouder aan. Er stond paniek in zijn ogen. Betekende het woord 'soda' hier misschien iets anders? Had ik 'zwaard' of 'vergif' gezegd? Hij pakte van de plank een zak, las het etiket, zette hem terug. Ging op een stoel staan en pakte een andere zak, keek naar het etiket en zette hem terug. Hij verzette een doos, pakte de stoel en zette die op de plek van de doos. Hij klom erop om een andere doos te pakken, die na het lezen van het etiket ook weer op de plank werd gezet. Hij verzette dozen en stoelen, de bank en de tv maar hij vond niet wat hij zocht. Toen hij het buffet verschoof om bij de kast erachter te komen begon ik aan zijn witte jassen-vakmanschap te twijfelen. Om het buffet te verslepen had hij eerst plek moeten maken en was er een nieuwe stapel dozen ontstaan, die vervaarlijk wiebelde. Hij klom op een stoel die op een tafel stond. Ergens helemaal boven op een plank stond een verkleurde zak. Hij pakte hem en slaakte een diepe zucht. Hij riep enthousiast iets in mijn richting terwijl op de tv een leeuw zijn prooi verslond. Met de zak verdween hij achter een gordijn.

Het leek wel of mijn hele hand dik werd en begon te verkleuren. De pijnscheuten reikten tot ver in mijn schouder. Er brak glas achter het gordijn en ik hoorde een kreet. Uit mijn zwerende open wond kroop een beestje. Het was een heel kleine roze worm. Je kon hem bijna niet zien, maar als je goed keek, zag je hem. Ik schrok – beestjes in een wond zijn levensgevaarlijk. Ze zouden eitjes kunnen gaan leggen. Die eitjes zou je niet voelen terwijl ze er wel waren. De beesten zouden, als ze uit hun eieren kropen, zich met een ongelooflijke snelheid binnen in mijn warme vlees voortplanten en me vanbinnenuit aanvreten. Voor ik het wist zou ik geen hand meer hebben. Geen arm. Geen ... Ik zag dat er iets bewoog onder de opgezwollen huid van mijn hand. Ze waren al aan het eten! Daarom was mijn hand zo verkleurd en werd hij elke minuut dikker. Daarom deden mijn arm en schouder zo'n pijn. De verspreiding was al begonnen! Ik kreeg het warm en koud op hetzelfde moment. Mijn hart bonkte en mijn knieën beefden, het zweet brak me uit, over mijn hele lichaam. Ik was drijfnat. Ik moest ze voor zijn! Ze mochten niet de rest van mijn lichaam in! Mijn hand moest eraf. Ik wilde dat ik mijn Tarzan-mes bij me had gehad, maar dat lag in mijn kast in de kleine keuken. Ik keek om me heen of er iets was waarmee ik kon snijden. Iets scherps, het maakte me niet uit wat, ik had geen seconde te verliezen. In het verschoven buffet zag ik een etui met scalpels liggen. Ik schoof het glazen deurtje open. Het zou pijn doen, daar was ik me van bewust, maar opgegeten worden was erger. Ik trok mijn jas uit en duwde mijn mouw omhoog, legde mijn arm op het witte formica. De blauwige huid bewoog steeds heftiger. De eitjes waren aan het uitkomen en met hun roze kopjes vochten de maden zich een weg uit het nest. Snelheid was geboden. Ik keek naar de huid bij mijn schouder. Die was nog roze, glad en bewoog niet. Ik was nog niet te laat. Ik zou beginnen bij de pols en kijken hoe ver ze daarbinnen al waren. Ik zette het scalpel op mijn pols. Ik wist precies hoe ik moest snijden, net tussen het gewricht— Voor ik kracht kon zetten werd het mes uit mijn hand getrokken.

Hij had mijn vinger in een kop hete soda geduwd en de etui met de scalpels achter slot en grendel geborgen na me woedend te hebben aangekeken. Ik staarde naar mijn hand. De huid waarnaar ik keek was glad en roze. Alleen mijn vinger zag er rood en opgezwollen uit. De apotheker had zich niet meer verroerd sinds hij die vinger erin had geduwd. Ik wilde mijn dankbaarheid tonen, maar wist niet hoe.

Op dat moment begreep ik jou, Tommy. Het was het mes geweest dat de keuze had gemaakt.

Ze zeiden niets toen ik rond lunchtijd kwam opdagen. Ik legde uit dat ik naar een dokter was geweest, maar niemand reageerde, dus ging ik weer op mijn vaste plek bij het raam zitten. Ik moest zorgen dat die vinger snel genas. Ik deed hem nogmaals in een kop soda en zou daarna de zalf erop smeren die ik had meegekregen. Het kloppen in de vinger was opgehouden en de pijn trok niet meer omhoog. De apotheker had me ook nieuwe pleisters verkocht en een buisje met tabletten, maar ik wist niet waarvoor die waren en had er geen genomen.

Al die tijd dacht ik aan jou. Ik probeerde me te herinneren waarom je was verhuisd naar het huis bij de meelfabriek. Ik kon me alleen nog je lege woonkamer voor de geest halen, en het *Requiem* van Mozart, dat je dag en nacht keihard draaide.

Het liefst was ik die avond niet naar de club gegaan. Ik kreeg er genoeg van de favoriet van Vlek te moeten spelen. Hij haalde werkelijkheid en fantasie steeds meer door elkaar. Hij had me mee uit eten genomen naar een dure tent en Mama zou me een bonus moeten betalen. Ik vond het afstotelijk dat een man die zijn eersteling verwacht de avontuurlijke Don Juan wilde uithangen bij een ander. Maar ik speelde mijn rol goed en antwoordde hem met kirren en lachjes, waarbij ik zijn naar rioolput stinkende adem ingenieus ontweek. Hij had me een paar chique leren handschoenen gegeven, die ik niet had kunnen passen met m'n dikke vinger.

Eenendertig

We zaten al een uur te wachten op gasten. Mama was al drie keer zenuwachtig binnengekomen, zou dit een slechte avond voor haar worden? Ons maakte het niet uit. James schonk stiekem whisky in onze cola's – wat Mama niet mocht weten en de volgende klant zou moeten betalen. We pasten elkaars schoenen zonder veel succes: mijn voeten waren veel groter dan die van de anderen, ik paste niemands hoge hakken. Maar Nina wankelde op mijn pilaren door de club en wiebelde met haar billen. 'Like you,' lachte ze.

Liep ik zó? Cinthy sprong op en riep dat we goed naar haar moesten kijken. Ze ging op een van de barkrukken zitten en sloeg haar been met een grote zwaai over de ander. Ze trok haar mondhoeken naar beneden en legde haar arm op de bar. Ze knorde en kreunde met een lage stem. De meiden lachten. Aki riep een naam, maar omdat ik de klanten bijnamen gaf wist ik van niemand de echte naam. Het was Aki's beurt. Ze ging stil zitten en deed of ze niet goed kon kijken terwijl ze trillerig uit haar glas probeerde te drinken.

'Your old client with the big nose!' riep ik, ik noemde hem de Neus.

Ik ging voor de meiden zitten, begon scheel te kijken, overdreven te lachen, en sloeg met beide handen op mijn hoofd. Daarna trok ik met mijn vinger mijn ooglid naar beneden, likte mijn lippen nat, wierp geile blikken naar de borsten van Nina tegenover mij en mimede een sigaret. De meiden giechelden. Ik zette een kreunen en steunen in en maakte met mijn bekken stotende bewegingen. Op hetzelfde moment dat Nina gierend van de lach zijn naam riep, hoorden we een zachte kreet.

In de deuropening stond Oog. Niemand had de bel gehoord. Het werd doodstil. Oog draaide zich langzaam om en liep terug naar de lift. We hoorden de liftdeuren sluiten en de lift naar beneden zoeven.

Cinthy sloot de deur en keek angstig naar de kast. James pakte onze glazen en begon ze vliegensvlug af te wassen. Ik deed vlug mijn schoenen aan. We zeiden niets meer en zaten muisstil bij elkaar als in het mortuarium.

Tweeëndertig

Het zwaard was niet zo scherp als ik had verwacht, maar het zou, als het met volle vaart ergens in zwom, wel een forse wond maken. Mijn vinger was genezen en de Snor had niets gezegd toen ik weer bij de tafel met middel-vissen was gaan staan. Dagen achtereen hadden we zeeduivels moeten schoonmaken en nu lag er op de grote tafel een zwaardvis. Wij stonden eromheen en wachtten op Meneer Kon.

Waar zou zo'n vis zijn zwaard eigenlijk voor gebruiken? Ik stelde me voor dat hij een van de musketiers van de oceaan was, die onschuldige vissen verdedigde tegen aanvallen van kwaadaardige roofvissen.

Zijn grote platte oog keek me droevig aan. 'Ik ben geen musketier,' zei een stem in mijn hoofd. 'Ik ben een vuilprikker.'

'Wat moet je dan opprikken?' antwoordde ik, ook in stilte.

'Maakt niet uit, als het maar prikt, ze kunnen niet van mij verwachten dat ik stenen omver prik, maar alles wat zacht is neem ik mee.'

Ik moest lachen. Pukkel keek me aan. Verlegen keek hij snel weer voor zich uit. Net als ik.

'Weet je wel wat een musketier is?' vroeg ik de vis.

Hij gniffelde, ik begreep dat hij het niet wist.

'Een musketier is een heldhaftige jongeman die vecht tegen onrecht.'

'O ...' Ik hoorde hem denken. 'Welk onrecht?'

'Nou, bijvoorbeeld een vrouw in nood.'

'Ben jij een vrouw in nood?' vroeg hij me.

Ik voelde dat ik bloosde.

'Nou ...?'

Dit gesprek moest niet te vriendschappelijk worden, dan zou ik me niet meer kunnen concentreren op de les van Meneer Kon en medelijden krijgen als hij de zwaardvis fileerde.

'Wie is de boosdoener?' Hij keek me stoer aan met zijn zwaard op zijn neus. 'Wil je dat ik iemand voor je neersteek? Ik doe het zo – jij bent de eerste hier die tegen me praat, sinds ik binnen ben heeft nog niemand een woord tegen me gezegd, dat jij het uithoudt met al die zwijgende blauwjassen om je heen!'

Ik wilde hem niet zeggen dat ik elke nacht twijfelend in mijn bed lag onder mijn nieuwe deken. Ik moest het gesprek een wending geven, net als in de club. 'Heb je ook hobby's?' vroeg ik.

'Wat is dat nou voor een onzinnige vraag. Ik heb je wel door, jij verbergt iets voor mij. Iets wat ik niet mag weten.' Zijn zwaard glom in het licht van de lamp boven hem. 'Jij vreest iemand. Maar ik steek hem met liefde voor je dood. Ik ben niet bang van de dood. Ik ben al dood en als je dood bent kun je alles met heel andere ogen zien. Je kunt mij geen onzin verkopen – alleen de waarheid.'

Meneer Kon stapte binnen, op de voet gevolgd door de Snor met zijn doos.

Er gebeurde altijd iets in mij als Meneer Kon binnenkwam. Ik rechtte mijn rug en zette me schrap. Ik wist niet of het aan mijn bewondering voor zijn kookkunst of aan de geëiste onderdanigheid lag. Soms was ik bang dat hij mij op een dag op de tafel zou leggen om te ontleden.

'Híj is het!' riep de zwaardvis.

'Nee.'

'Lieg niet, ik zie het. Zal ik hem voor je pakken? Nu kan het nog, zo meteen is het te laat.'

De Snor opende de doos en haalde de rode lap eruit.

'Nou,' schamperde hij, 'wil je het of wil je het niet? Ik heb nog maar een paar seconden.'

Kon een dode vis zich omhoogwerpen en zijn zwaard in Meneer Kons hart steken? De Snor had het mes uit de lap gerold en gaf het aan Meneer Kon, die het met schone witte handschoenen aanpakte.

'Hij met zijn mes tegen mij met mijn zwaard, geen achterbakse aanval in de rug, een open en eerlijk duel tussen gelijken.'

Meneer Kon keek naar de vis. Hij wist niet wat hem boven het hoofd hing.

'Nou, zal ik?' riep de vis.

Meneer Kon wees met zijn mes naar de kronkelende naad die over de zijkant van de zwaardvis liep.

'Wat ben jij een lafaard, zeg!' spuugde de zwaardvis me toe. 'Eerst mij verleiden om een heldendaad te plegen en dan je mond houden.'

Ik had hem niet uitgedaagd.

'Geil jij mannen altijd zo op, om 'm te pleiten als puntje bij paaltje komt?'

Meneer Kon trok de vinnen uit elkaar en gaf uitleg.

'Hier kan ik nou niet tegen!' brieste de vis.

Ik voelde met hem mee. Ik houd er ook niet van als iemand mij onder mijn oksel kietelt.

'Iemand die me opwindt en me niet tot de daad laat komen. Vrouwen als jij zouden eens een keer goed gepakt moeten worden! Dan weet je wat je veroorzaakt met je dellerige gedrag. Er zijn er voor minder vermoord ...'

Meneer Kon draaide de vis op zijn rug en ging met de punt van zijn mes naar het gaatje in zijn buik – de anus, zo had ik geleerd.

'Ik ben al dood maar jij ...' riep de vis.

Meneer Kon stak het mes in de anus. De huid was als een harnas en ik zag dat hij moeite had zijn mes de buik in te krijgen. Hij boog zich voorover om meer kracht te kunnen zetten.

'... jij hebt nog maa...'

Het mes schoot naar binnen.

Meneer Kon sneed de buik open. Binnenin was het vlees roze. Ik kon niet kijken naar de ontleding. Voor mij was het een slachtpartij. Ik sloot mijn ogen. Ik wilde dat ik de conversatie niet was aangegaan en nam me voor zoiets ook nooit meer te doen.

Drieëndertig

Ik was stil. Mama vroeg of ik ziek was, en nadat ik dat weersprak, eiste ze dat ik beter mijn best deed, de mannen betaalden niet voor niets, vertaalde Nina. Nina had haar laatste avond en dat moest gevierd worden. Ze had een baan gekregen bij een bedrijf in rolstoelen en 'corrigerende onderdelen'. De rest van haar leven zou ze vrouwenborsten maken. Ze ging naar een andere stad verhuizen en was blij deze wereld achter zich te kunnen laten. Haar favoriete klant, een man met een kale plek op zijn hoofd en een dikke bril, had een zijden jurk voor haar meegenomen. Een afzichtelijk hoerig ding, maar zij leek hem prachtig te vinden. Ze kleedde zich om in de wc en haar klant bestelde drie flessen champagne. Nina zong voor hem in de te nauwe jurk. Van achter de bar toverde James luxe hapjes tevoorschijn.

'Swordfish – very – good – very – expensive,' zei de klant.

Er werd nog meer champagne besteld. Zelfs bij de champagneglazen dekten de meiden de onderkant af met hun hand. Ik wilde weten waarom ze dat constant deden. Nina fluisterde giechelend in mijn oor dat de holte onder het glas het symbool was voor een vagina en ik begreep uit haar woorden dat je die als maagd afgesloten moest houden. Ik verslikte me.

We werden allemaal dronken, we zongen en lachten tot alle flessen champagne op waren en de laatste trein al weg was. Met een slap handje had Nina afscheid van me genomen voor ze met de kale bril in een taxi stapte. Ik had haar een zoen willen geven, haar willen omhelzen en zeggen dat ik haar zou missen, dat er nu niemand meer was die ik iets kon vragen als ik iets niet begreep, dat de zekerheid dat ik haar zou zien me elke avond vertrouwen had gegeven. Maar ze stak alleen aarzelend haar hand uit en die schudde ik.

Mijn hoge hakken slingerden in de plastic tas tegen mijn been. Ik was blij dat ik gympen bij me had, want anders had ik ook een taxi moeten nemen, en geld lenen van ruziënde buren wilde ik niet.

De straten waren leeg. Aan de overkant zwalkte een man zijn huis binnen. Ik zou zeker een paar uur moeten lopen voor ik thuis was. Ik veegde met een natte vinger, zo goed en zo kwaad als het ging, de make-up van mijn ogen – ik wilde niet dat mensen zouden denken dat ik een tippelaarster was. Maar geen van de weinige langsrijdende auto's maakte aanstalten voor me te stoppen.

Op een hoek stond een man met een lamp, die hij met zijn arm op en neer zwaaide. Ik had het licht al van een afstand zien bewegen. Hij stond naast een opgebroken stuk weg en waarschuwde het schaarse verkeer. Hoe kon een stad die overdag zo vol was, 's nachts zo uitgestorven zijn? Er reden geen nachtbussen of treinen, ook gewone auto's zag ik niet. Behalve een enkele taxi die soms voorbijschoot en een walm uitlaatgas achterliet. Nergens klonk geluid of muziek. De hele wereld sliep. Ik genoot van de stilte. Ik hoorde mijn eigen voetstappen en kon in de verte machines horen aan- en afslaan, waarschijnlijk airconditioners die warme lucht de huizen in bliezen. Ik hoorde palletjes omklappen en ventielen ontluchten. De stad zuchtte en knorde in haar slaap. De roes van de champagne begon uit te werken. Mijn stappen werden steviger en mijn tempo ging omhoog. Ik was niet bang. Feitelijk was het de eerste keer dat ik niet bang was, Tommy. Ik voelde me veilig in de lege straten waar niemand was.

Ik liep door een buurt waar de volgende morgen het vuilnis zou worden opgehaald. Langs de stoeprand stonden hopen dozen en vuilniszakken. Uit een van de bergen stak een kapotte strijkplank. Iets verderop stond een kleine tafel tussen het afval. Ik wilde wel een tafel hebben, want naast mijn matras en het bedframe dat tegen de wand stond had ik niets. Ik tilde hem uit de hoop, hij was niet zwaar, en veegde hem schoon. Het blad was gemaakt van een brede plank donker hout en glom van jaren intensief gebruik. Onder de rand zat een lade, die ik openschoof. Behalve een paar punaises en verbogen paperclips was hij leeg. Ik propte mijn schoenen in de la, tilde de tafel op mijn rug en liep, een beetje voorovergebogen, verder. Mijn handen omklemden de rand en de poten staken naar achter. Zo zag de stad er heel anders uit. Opeens zag ik putdeksels en verschillende tegels, reparatieplekken en kleuren in het asfalt, stoepranden die veranderden, ingetrapte kauwgom en sigarettenpeuken.

Na een halfuur zette ik de tafel even neer. De rand sneed in mijn handen en hij werd langzaam zwaarder. Ik ging op m'n tafel zitten en keek naar de donkere eentonige grijze flats om me heen. Nergens brandde licht. Er stak een kat over, zijn staart parmantig in de lucht.

'Ha poes!'

De kat liep door. Ik was blij dat hij niet had teruggesproken. Ik tilde de tafel weer op en liep verder.

Weet je nog, mijn eerste bureau? Dat roze tafeltje, dat eerst van jou was geweest toen het nog blauw was, met die laden aan de zijkant? De onderste la was bij mij de slaapkamer voor mijn Barbie. Dat wist je niet, hè? De la erboven was haar kleerkast en de bovenste la gebruikte ik als haar zitkamer. Moeder had me te oud gevonden voor de Barbie, en me uitgelachen toen ze het had gezien. Ze had vader erbij gehaald en samen hadden ze me in de deuropening staan uitlachen. Ik heb mijn Barbie toen stilletjes verhuisd naar een doos onder mijn bed en nooit meer met haar gespeeld als ik wist dat er iemand anders in huis was.

Ik passeerde een bierautomaat. Mijn mond was droog. Ik zette de tafel neer, trok een blikje en rustte uit. Er stond een overvolle plastic Coca-Cola-vuilnisbak en eromheen lagen allerlei kapotgetrapte lege blikjes. In de automaat zat geen cola. Boven de weg hingen grote blauwe borden die de richting aangaven. Ik wist intussen hoe je 'Lonlon' schreef, en

'Namino', de wijk waar ik woonde. Het teken voor 'Lonlon' leek op twee omgekeerde kerstbomen en 'Namino' was een scheve F en een waaier met een plank erboven. Ik volgde trouw de scheve F met de waaier en de plank. Het bier was lekker koud.

Er kwam een man aanschuifelen. Op zijn rug hing een zware zak. Voetje voor voetje schoof hij mijn richting op. Hij volgde een kaarsrechte onzichtbare lijn. Ik besloot hem een biertje aan te bieden, per slot van rekening sjokten we allebei eenzaam door de nacht met een vracht op onze rug. Ik gooide een munt in de automaat, het blikje rolde in de gleuf. Ik wachtte op mijn tafel. Hij sleepte met zijn voeten. Ik kreeg medelijden met hem. Toen hij vlak bij me was, hield ik het blikje op en reikte het hem aan. Hij keek strak voor zich uit.

'Alsjeblieft.'

Dat woord kende ik ondertussen, want het werd te pas en te onpas door alle mensen om mij heen gebruikt. Het blikje was nu vlak voor zijn gezicht. Niets in zijn gelaat veranderde. Zijn ogen waren op een punt ver voor hem gericht. Hij keek door het blikje en mijn hand heen. Ik moest het blikje wegtrekken anders was hij er met zijn gezicht tegenaan gelopen.

'Meneer? Drink?'

Ook die woorden kende ik uit de club. Maar de man stopte niet. Er was zelfs geen fractie van een seconde een aarzeling. Hij slofte onverstoorbaar door.

'Meneer - bier - alsjeblieft.'

Ik tilde het blikje hoger in de lucht.

'Meneer, alsjeblieft!'

Mijn stem weerklonk tegen de donkere gebouwen.

'Menéér?'

Ik hoorde mijn eigen stem smeken. 'Meneer! Alsjeblieft!'

Hij sjokte verder op zijn ijzig rechte lijn.

'Meneer! Waarom? Waarom!'

Mijn stem knalde hoog en vals tegen de muur.

'Waar-óm!'

Ik gilde alle lucht uit mijn longen, een kreet waar geen eind aankwam. De galm zweepte me op. Van onder uit m'n buik schoten verwensingen omhoog. Ik vuurde al mijn gif naar de rug die zich gelijkmatig sloffend van mij verwijderde. Ik wierp het blikje naar die rug, maar het miste doel, rolde met een plofje tegen de stoeprand. Ik was woedend, ik vervloekte hem als een minderwaardig, smerig, verwerpelijk wezen, onmenselijk en wreed, lelijk en stom. Hij had niet geboren mogen worden. Ik wenste dat de mistroostige gebouwen op hem zouden neerstorten, hem zouden verpletteren, dat hij zou stikken in zijn eigen bloed en ik zou hem niet helpen. Hij moest levend worden aangevreten door de ratten, die hem zouden uitkotsen omdat zelfs zij hem niet lustten, hij zou uitdrogen en verteren zonder dat iemand naar hem om zou kijken, zijn botten zouden worden vertrapt door de miljoenen voeten die hier elke dag liepen, maar de botpulver zou niet aan de schoenen blijven kleven omdat ook de schoenen zich van hem af zouden keren ... Zijn resten zouden met het vuilnis worden meegenomen maar de maden zouden beschimmeld maandverband verkiezen boven zijn overblijfselen ...

De man verdween om een hoek. Mijn stem echode na. In de flats aan de overkant ging een licht aan, er werd een raam geopend, iemand riep wat. Mijn woede was nog niet geluwd en ik wilde de tafel kapotslaan tegen de bierautomaat, maar dan waren al de uren dat ik 'm had gedragen voor niets geweest. Ik greep de tafel, hij woog niets meer. Ik liep verder. Langzaam trok de mist weg voor mijn ogen, ik zag de straat en voelde het gewicht van de tafel. Ik zag dat ik verkeerd was gelopen en liep terug tot ik de scheve F met de waaier en de plank erboven zag.

Ik liep langs mijn station, dat nog dicht was. Ik liep langs Roodmutsje— hij was open! Ik aarzelde - maar ik liep door. Hij zag me niet. Hij las.

Uit mijn brievenbus stak een brief. Hij was van mijn moeder. Even dacht ik erover hem ongelezen weg te gooien.

Lieve Rosa, de nieuwe keuken is eindelijk af en de bouwvakkers zijn weg. Zulke mannen zijn vreselijk in huis, ze willen de hele dag koffiedrinken en als je daar wat van zegt worden ze boos. Maar het is een droomkeuken geworden. Met handige lades en kasten, prachtige lichtblauwe tegels en licht boven het hele aanrecht. Zo gemakkelijk. Het fornuis is ingebouwd en we hebben een elektrische oven. Er zit een wekker op die je kan instellen als je weg bent, die ga ik niet gebruiken. Stel dat het huis afbrandt! We hebben ook een afzuigkap die herrie maakt. Ik zal die dus alleen gebruiken als ik vis bak, maar ik houd niet van vis, zoals je weet. De koelkast is veel groter dan de vorige. Met een los vriesvak. Je zou er jaloers op worden als je hem zag. Vader heeft beloofd voortaan op zondag te koken. Als hij het aanrecht dan maar niet weer beschadigt zoals hij deed in de oude keuken. Het is tijd om te gaan koken. Vader komt zo thuis. Goeie tijd daar en geniet, nu je nog jong bent.

Liefs, Moeder en Vader

Ik gooide de brief weg, liep terug naar Roodmutsje en zette even later een nieuw bord op de stapel.

Vierendertig

Ik zat op de grond, tegen mijn nieuwe tafel, dronk de fles wijn leeg en zag de lucht van kleur veranderen.

Een slapend been maakte me wakker. Ik was veel te laat, ik greep mijn lichtblauwe kleren en rende naar het station.

Het was stil op straat en in de metro.

De olijfgroene deur was dicht. Ik belde aan. Niemand deed open. Ik klopte op het raam, binnen was alles donker. Ik hoorde iemand aan komen sloffen. De grendel werd weggeschoven. Mevrouw Kon, nog in haar peignoir, deed de deur open. Aan haar iets vragen had geen zin, dus liep ik langs haar naar binnen. In de kleine keuken was niemand en in de echte keuken was het ook stil. Ik liep naar de kamer van Aki. Ik durfde niet aan te kloppen. Ook bij de andere kamers niet. Het hele huis sliep. Het was donderdag! Ik bleef nog een halfuur op de binnenplaats wachten. Ik deed zowaar wat gymnastiekoefeningen – iets anders wist ik daar niet te doen. Ik liep terug naar de metro.

Bij het station stond een taxichauffeur, hij stond bij zijn open achterbak zijn tanden te poetsen. Ik zag dat aan de binnenzijde van de klep een waslijn was gemaakt, waar een waslap aan knijpers hing.

Ik wilde niet terug naar mijn appartement en keek op de metroplattegrond aan de muur van het station. Ik zag de brede blauwe lijn, die, naar ik aannam, een rivier voorstelde, en verlangde ernaar om aan het water te zitten.

De jongen schuin tegenover me keek naar mij. Ik kneep mijn

benen tegen elkaar, sloeg mijn ogen neer en keek naar mijn knieën.

Bij het volgende station zat hij nog steeds naar me te kijken, zijn ogen waren veranderd in twee dunne streepjes en zijn mond toonde een brede lach. Ik keek snel weer naar mijn knieën. Mijn maag kromp ineen en het bloed steeg naar mijn wangen. Ik deed mijn ogen dicht en tuurde tegen de binnenkant van mijn ooglid. Ik zag het licht veranderen. We reden een station binnen. Ik gluurde tussen mijn ogenleden. Hij lachte naar me. Snel kneep ik mijn ogen weer toe.

Hij droeg een oude legerjas en korte laarzen. Hij was niet veel ouder dan ik en had een grappig gezicht. Zijn ogen stonden wijd uit elkaar en zijn mond lachte zomaar. Ik was dat niet meer gewend. Voorzichtig lachte ik terug.

We liepen over het gras. Kinderen waren aan het voetballen, de zon scheen en mijn jas hing open. Ren heette hij en hij had me verteld dat het 'De dag van het einde van de winter' was, een nationale feestdag. Uit zijn rugzak haalde hij een blikje limonade. We zaten op het gras langs de oever en deelden het blikje - ik de eerste helft, hij de tweede. Er voer een boot voorbij, beladen met zand. Een man op het dek trok aan een touw een emmer water uit de rivier en waste het gangboord met een bezem. De rivier was bedekt met duizenden twinkelende sterretjes, die bewogen op de golfslag die de boot achter zich aan trok.

Mijn billen werden vochtig van het gras, maar ik wilde niet opstaan. Ik zoog de frisse lucht naar binnen. Geen verschraalde metrolucht vermengd met aftershave of uitlaatgassen vermengd met goedkope parfum, maar brak water, jong gras, modder en aarde.

De bal van de kinderen was in het water gevallen. Beteuterd keken ze hoe hij wegdreef.

'You - like?'

Ik viel achterover in het gras en keek naar de wolken. Pluimen wit en grijs die elkaar verdrongen. Een meeuw krijste tegen een andere meeuw. Ik sloot mijn ogen en dacht aan de man die ik had uitgescholden. Ik kende hem niet en had hem dood gewenst.

'You – dream?'

Ik knikte en hield mijn ogen gesloten.

'Good – dream?'

Ik schudde mijn hoofd.

'Bad – dream?' Er klonk ongeloof in zijn stem.

Ik knikte.

'Bad – dream – me?'

Mijn keel kneep zich dicht, mijn neus prikkelde en mijn gesloten ogen vulden zich met tranen. Ik zoog de buitenlucht door mijn neus naar binnen en slikte mijn tranen weg. Ik deed mijn ogen open en keek naar zijn rug. Hij tuurde naar het water. Ik was blij dat hij niet naar mij had liggen kijken.

'I'm hungry.'

Vijfendertig

Een gewone smalle straat, niets bijzonders, een bescheiden uithangbord en een blauwe deur. Binnen begeleidde een oudere dame ons naar een kamer zonder ramen. Even vertrouwde ik het niet, zo alleen met deze jongen in een kamer met maar één tafel en een deur die achter ons werd dichtgeschoven. Door de dunne wanden hoorde ik andere gasten lachen. Ik begreep dat privacy een grote luxe was in deze stad, waar alles en iedereen in en op elkaar woonde. Ren had willen betalen, maar ik had erop gestaan alleen met hem mee uit eten te gaan als we samen zouden betalen. Ik wilde geen Vlek-situaties.

Op de tafel tussen ons in stond een kleine schaal klaar met twee knalroze snoepjes erop. De deur werd opengeschoven en een meisje dat net zo gekleed was als het bedienend personeel bij Kon kwam binnen, alleen droeg zij geen lichtblauwe maar een blauwachtig paarse voorschoot. Ze droeg dezelfde zwarte slofjes, die ze bij binnenkomst achterliet op de drempel. Ze zette een potje thee voor ons neer en verdween.

Ren tilde de deksel op en wees naar de gele bloemblaadjes die op het water dreven. 'Good,' zei hij, 'very good.' Hij schonk de thee in, pakte een van de roze snoepjes, legde die op het puntje van zijn tong, pakte zijn kopje, dronk, stak zijn tong weer uit waarop nog steeds het snoepje lag en keek me vol verwachting aan.

Het begon te wennen dat iemand naar me keek zonder door me heen te kijken. Ik legde het andere snoepje op mijn tong en nam een slok. Een zachtzoete smaak mengde zich met de licht bittere smaak van de thee. Bij elk slok die ik nam werd het mengsel sterker, terwijl er minder snoepje op mijn tong lag. Ren had zijn ogen gesloten en concentreerde zich volledig op het proeven. Op de gang hoorde ik het snelle geslof van slippertjes. Het meisje kwam binnen. Ze haalde de lege schaal weg en zette twee nieuwe neer. Waarop naast een groen blad van een boom iets lag wat op aubergine leek, bestreken met stroop, maar dat heel anders smaakte. Ik moest het samen eten met een stukje gepekelde citroen en twee bolletjes die aan een gespleten dennennaald waren geprikt..

Ik zag Ren kleine hapjes nemen en nieuwe combinaties maken in zijn mond. Ik nam een hapje. De zenuwuiteinden op mijn tong moesten volop in actie komen. De smaken waren zo ongewoon dat ik nieuwe woorden moest leren om het precies uit te kunnen drukken.

Het volgende gerecht was een bord gevuld met allerlei hapjes, waarvan sommige zo bijzonder opgemaakt waren dat het kleine op zichzelf staande kunstwerken waren. Ik complimenteerde het meisje uitbundig, acuut sloeg ze haar ogen neer, begon ongemakkelijk te bewegen en sloot snel de deur. Wij keken naar onze borden. Ik wist niet waar te beginnen. Een zacht geel blok bezaaid met rode stipjes had een vreemde textuur en smaakte zacht zoet. Een rood, dun takje, bleek een jonge gemberscheut te zijn. Met mijn vingers stopte ik een kleverige donkerrode klont in mijn mond. Een zwoele groentesmaak doorkneed met harde droge stukjes die smaakten naar krokant baksel. Het stuk roze-geel-witte gelei dat ernaast lag was donzig en toen ik erin beet liep het leeg met een van kruiden doortrokken siroop.

Elk kunstwerkje op zich bracht me in een nieuwe, onbekende wereld. De hap zwarte rijst was wrang maar vermengd met zoetachtige roze bonen en bedekt met een wit stekelig pruikje dat smaakte naar gekonfijte radijs. De twee dunne bruine plakjes die rechtop in het midden stonden voelden aan als spons waar, als je erop beet, zilt vocht uit spoot. Ik was blij dat ik het toefje spinazie dat in het midden lag herkende, maar het was vermengd met onbekende zaadjes, die de groente in mijn mond drie keer van smaak wisten te veranderen. Ik vergat Ren. Ik vergat alles. Ik was volkomen gefixeerd op de onbekende geuren, smaken en texturen. Ik beet in een gekookte kastanje, die opengesneden lag op een plak roze lotuswortel – samen smolten ze weg op mijn tong. Op mijn bord stond een klein bakje met een deksel gevuld met bruinige bolletjes. Ik nam een hap. Ren had me gezegd dat er geen vlees of vis werd geserveerd maar dit kon niets anders zijn dan kaviaar.

'Fish?'

Ren opende zijn ogen en schudde zijn hoofd. 'Wood.'

Hóut! Ik nam nog een hap, de kleine bolletjes sprongen open tussen mijn tanden en gaven hun vocht vrij. Zouden ze dit in het bos vinden of werd het op hout gekweekt? Ik was terechtgekomen in de hemel op aarde.

'I want to work here,' zei ik.

'No – more – like – fish?'

Ik was dol op vis, als kind al had ik liever een haring dan een ijsje, maar nu had ik er genoeg van. In mijn hoofd vormde zich een plan. Ik wilde na het eten vragen of ik de baas mocht spreken. Ren kon, hoe gebrekkig ook, als tolk fungeren. Ik zou ze vragen of ik hier mocht werken. Zeggen dat ik ervaring had. Ik moest wel zorgen dat Ren niets over Meneer Kon en vissen zou zeggen.

Gedempt schoof het meisje de deur weer open en zette een blad met twee dampende kommetjes voor ons neer. Ze had een vriendelijk gezicht en gladde handen. Geen uitgebuite werkhanden. Met een knikje nam ze onze lege borden mee en verdween. Ik hoorde haar kittig wegslipperen in de gang. De soep was helder, er dreven van groente geknoopte halmpjes in, een stukje limoen en een gebeeldhouwd bolletje met een smeuïge smaak. Met één hap was ik vertrokken naar een wereld vol nieuwe kleuren en klanken.

Er kwam geen einde aan. We kregen witte, zachtgekookte raap en bittere groentestengels bestrooid met flinters citroenschil, omringd door piepkleine zwarte paddenstoeltjes, die kraakten als je erin beet, alles bedekt met een flinterdun laagje warme, romige saus.

Ik had nooit geweten dat je zo extreem kon proeven. Ik keek naar Ren, die een hap van zijn groenten nam. Wat een geluk dat hij me had aangesproken en gevraagd of ik met hem wilde praten! Dat hij Engels wilde leren, dat hij economie studeerde en elk weekend in een kiosk in de dierentuin stond, waar hij pluchen tijgers en leeuwen verkocht ...

Het meisje haalde de borden weg en zette nieuwe neer. De koks hadden slierten dunne mie aan een kant samengebonden en daarna in hete olie gebakken. De mie was verworden tot een knapperige waaier waar je stukken vanaf kon bijten. Er lagen meer gefrituurde groenten op het bord, wortel, pompoen, zoete aardappel en een dik boomblad. Alles was knapperig vanbuiten en zacht vanbinnen. Groentebonbons.

Soms, heel even, luisterde ik tussen het proeven door naar de geluiden om mij heen. Ik hoorde het tikken tegen een bord in een kamer links en het slurpen van een soep in een kamer rechts van ons. In de gang klonken de snel sloffende slippertjes en van tijd tot tijd wat gegiechel. Sprietje was gepromoveerd naar de afwaskeuken, haar doel was serveerster te worden en de gasten te mogen bedienen, net als de vrouwen hier. Ik begreep niet waarom zij van Kon daarvoor eerst maanden, tegen betaling, snijplanken en visafval had moeten schoonmaken.

Weer nieuwe gerechten. Ik begon me zorgen te maken of ik wel genoeg geld bij me had.

'Mama!'

Het was eruit geflapt voor ik er erg in had. Ik zat hier te genieten van een godenmaal terwijl het al werktijd was. Ik moest Mama bellen en zeggen dat ik met hoge koorts en braakneigingen in bed lag.

'I need telephone!'

Ik hoorde de paniek in mijn stem.

Ren hoorde het gelukkig ook. Hij sprak de serveerster aan. Ik herkende het woord voor telefoon. Ik had het bijna zelf kunnen vragen. Het meisje gaf een lang antwoord, waarna Ren net zo'n lange reactie gaf en zij vertrok.

'No telephone?'

Ik kon het me niet voorstellen, we waren in een goed lopend restaurant.

'Woman – go – question,' zei Ren.

Ik keek naar het gerecht dat binnen was gebracht – een wit blokje met wat groen schraapsel erop. Ik nam een hap en het viel uiteen in duizend stukjes. Dit was gecomponeerd door een engel van God, het kon niet anders. Zo zacht, zo gewichtloos en toch zo aanwezig.

De deur schoof open en de oudere dame die ons had ontvangen bij binnenkomst keek om het hoekje. Ze gebaarde me haar te volgen. Ik wilde de duizend stukjes eerst nog een voor een betasten met het puntje van mijn tong en beter proeven, maar het idee dat Mama woedend op me zou zijn, of erger, me wilde ontslaan, maakte dat ik alles in een keer doorslikte. De nasmaak in mijn mond was zo onverwacht scherp dat ik moest lachen om de combinatie van het zijdezachte met het vlijmscherpe.

Aan de muur in de gang hingen getekende prenten van velden en bossen bij ondergaande zonnen en volle manen. Ze opende een deur naar een gang die duidelijk niet voor de ogen van de gasten was bedoeld. Er stonden dozen en kasten. Het was er net zo vol als op de binnenplaats bij Kon. Tussen twee kasten hing aan de muur een telefoon. Met een piepkleine sleutel die aan haar sleutelbos zat haalde ze een hangslot van de telefoon, en ze slipperde weg. Het was een telefoon van bakeliet, die er al eeuwen hing, zo leek het. Ik zocht in mijn portemonnee het visitekaartje dat ik ooit van Mama had gekregen en draaide het nummer. De telefoon ging over. Ik leunde tegen de kast en zag iets verderop een deur op een kier staan. Daarbinnen waren mensen in blauwachtig paarse kleren aan het werk. Ik probeerde naar binnen te gluren maar het snoer van de telefoon was te kort. Ik hoorde messen in een hoog tempo snijden en water kletteren. De telefoon bleef maar overgaan. Had de hele stad vandaag vrijaf? Hier in het Eldorado der spijzen waren ze toch ook aan het werk? De telefoon begon een lange pieptoon te geven. Ik hing op. Misschien was Mama net bezig met haar ronde of werd er hard gezongen zodat niemand de telefoon in de kast kon horen. Ik probeerde het nogmaals. Weer zonder resultaat.

Voor ik opnieuw draaide, sloop ik naar de open deur en gluurde de keuken in. Ergens hoorde ik een deur opengaan. Ik schoot terug naar de telefoon. Ik probeerde het nummer te draaien en staarde naar de cijfers waar mijn vinger overheen gleed. Er werd niet opgenomen. Ik hing op. Ik wilde nog een keer kijken. Ik wilde zeker zijn dat mijn ogen me niet hadden bedrogen. Het was onmogelijk dat uit die keuken zulke exquise gerechten konden worden geserveerd, maar de oudere dame verscheen weer en keek me vragend aan. Ik bedankte haar voor het gebruik van de telefoon, die ze weer op slot draaide en ik liep achter haar aan naar de kamer.

Tijdens mijn afwezigheid waren er schaaltjes met witte bolletjes neergezet. Ren hoorde mij niet binnenkomen, hij was verzonken in zijn smaken-hemel. Toen ik ging zitten en het bordje naar me toeschoof, opende hij zijn ogen.

'You – success?'

Het eten had zijn glans verloren. De eindeloze reeks gerechten in ongewone combinaties riep weerstand bij me op. Ik wilde ze niet meer proeven, ik wilde weg. Maar om Ren niet teleur te stellen at ik de zachte zoete witte bolletjes op.

'Bad – telephone?'

Ik knikte en toen er weer een gerecht binnenkwam, zei ik dat ik moe was en naar huis wilde.

Ren keek me vragend aan. Het was te ingewikkeld om uit te leggen. Daar had ik veel woorden voor nodig en die had ik niet. Dus zei ik niets en beet in het toetje, dat hoe goddelijk het ook was, in mijn mond smaakloos werd.

Zesendertig

'You – like – go – river – you – me – phone,' had Ren gezegd bij het instappen in de metro. Hij had me een briefje met het nummer van de dierentuinkiosk gegeven en ik had hem bedankt voor de heerlijke dag.

Het onbestemde gevoel ging niet weg.

De metro was niet vol. Er was plek naast een lange man die zat te lezen. Onbewust trok hij zich, op het moment dat ik naast hem ging zitten, een beetje in – of was het bewust? Ik snapte niets meer. Het eten was ongelooflijk geweest, bij elke hap had ik me in een andere hemel gewaand, maar na één blik in de horrorkeuken was mijn bewondering verdwenen.

De vrouw tegenover me haalde een etui tevoorschijn, waar ze een oogpotlood en een spiegel uit haalde. Ze trok een gitzwarte lijn onder haar oog. Als de trein plotseling zou moeten remmen, zou het potlood zich diep in haar oog boren. Ik kon het beeld van de keuken vol ontredderde paarse mensen die aan een lange tafel groenten sneden en daartegenover een rij paarsen die, ieder bij een eigen kraan, bladeren stonden te wassen, niet vergeten. Er was een ijzige koude tocht uit de keuken mijn kant op gekomen. Niemand zei een woord. Hun magere handen hadden onder het stromend water getrild. De gezichten erboven waren grauw en gesloten geweest. De ogen hol en angstig.

De vrouw smeerde roze lippenstift op haar lippen, bedekte ze met gloss en bekeek het resultaat. Ze tuitte schaamteloos haar lippen in de spiegel, krabde aan een puistje en met de nagel van haar beringde pink pikte ze iets tussen haar tanden uit. Ze had een onzichtbare muur om haar heen. Ik herinnerde me de vraag van de man met de cape: *Begrijpt u de vissen al?* Ik begreep minder en minder.

Zevenendertig

Van mijn deken had ik maar heel kort plezier. 'De dag van het einde van de winter' was inderdaad de dag van het einde van de winter geweest. Als ik had geweten dat het zo snel zo warm zou worden, had ik hem nooit gekocht. Ik stond geperst tussen transpirerende lijven, iets wat nog afstotelijker was dan de natte jassen en paraplu's. De slaap- en zweetlucht die ze met zich meesleurden de metro in, verzuurde de atmosfeer. Ik ademde door mijn mond, zodat ik het niet hoefde te ruiken. Bezwete lijven glijden veel gemakkelijker langs elkaar dan stugge jassen, dus konden zich nog meer mensen een weg naar binnen vechten. Vaak wist ik niet waar mijn arm of been was, en of de hand die tegen mijn dij aanduwde, die van mij of die van een ander was. Ik probeerde net als zij te doen, ik sloot mijn ogen.

Ik keek in de bak. Alle vissen leken gemaakt van glinsterend goud. Ik pakte er een op en streelde de gouden, iriserende huid met mijn vinger. De kleuren veranderden onder de lichte druk alsof zijn huid was bedekt met miljoenen kleine spiegeltjes. Voorzichtig stak ik mijn mes in het gaatje in zijn buik, de anus van de goudforel, en zocht het begin van zijn ingewanden, die ik doorsneed. Ik trok mijn mes er weer uit, opende de kieuw, stak het mes erin en sneed de graat onder de onderkaak door. Met mijn vinger ging ik door zijn kieuw de buikholte in, en ik trok de ingewanden er voorzichtig uit. Zo had ik niets van zijn glans beschadigd en zag hij er nog net zo mooi uit als toen hij zwom. Ik legde hem voorzichtig in de bak met andere schoongemaakte vissen en richtte mijn blik weer op de stapel vissenlijken. Welke zou ik nu pakken?

Ze waren allemaal precies hetzelfde. Even lang, even dik, even mooi, even dood.

'Wie wil er?' zei mijn stem in mijn hoofd.

'Ik!'

Ik schrok. Ik had niet verwacht dat deze vissen ook zouden gaan praten.

'Ikke!' klonk het ongeduldig.

Ik had wel zin in een gesprek, in zinnen die langer waren dan drie woorden. Mijn hand daalde voorzichtig naar de bak.

'Híer! Ikke!'

De stem klonk vriendelijk. Ik liet mijn hand langzaam cirkelen boven de vissen.

'Koud,' riep de stem.

Ik ging de andere kant van de bak op.

'Warmer. Warmer. Bloedheet.'

Ik pakte een vis op.

'Nee, ik!'

Ik legde de vis neer en pakte de vis die ernaast lag.

'Ja!'

Ik legde hem voor me op de snijplank. 'Jíj wilt graag!'

'Je wilt toch een gesprek? Dan ben je bij mij aan het goede adres. Ik kan je alles vertellen over de relativiteitstheorie van Einstein, Stephen Hawkings ideeën over zwarte gaten, de evolutietheorie van Darwin, de tegenstellingen tussen Plato en Aristoteles, Freuds ideeën over het onderbewuste, het verschil tussen de oerknal en het—'

'Als ik eerlijk ben, heb ik alleen zin in een gewoon gesprek.'

'Ik had zo gehoopt nog een keer mijn kennis van de fysica en mathematica met iemand te kunnen delen.'

'Sorry, maar ik stel me iets anders voor bij een gesprek. Ik zou het nu graag beëindigen.' Ik draaide de vis om. 'Prettig kennisgemaakt te hebben.' Ik stak mijn mes in zijn anus. Mijn taak was per slot vissen schoonmaken, anders werd ik nooit bevorderd tot de grote vissen. Ik maakte Einstein zorgvuldig schoon en legde hem in de bak met schoongemaakte vissen. Ik was niet bang voor de vissenstemmen. Ik was blij dat ik kon praten. Ik tuurde in de bak. Er lag een vis die verdrietig leek en die pakte ik op.

‘Hallo,’ zei ik, ‘hoe heet jij?’

‘Ik heb geen naam,’ zuchtte de vis, ‘ik heb er altijd een willen hebben maar ik heb er geen.’

‘Waarom niet?’

‘Ik groeide op in een kweekvijver, ik weet niet wie m’n vader en moeder zijn. Ik ben gewoon een van de bevruchte eitjes die worden uitgezet. Ik had graag Anastasia geheten.’

‘Zal ik je Anastasia noemen?’

‘Ach, dat heeft niet zoveel zin meer, toch, in deze laatste minuut?’

‘Ik dacht dat je het misschien fijn zou vinden.’

Ze zuchtte diep.

‘Vind je het zo erg?’

‘Hoe zou jij het vinden als je niet wist wie je vader en je moeder waren?’

Ik had zo vaak gewild dat ik ze niet had gekend. Dat ik met jou in een weeshuis was opgegroeid tussen andere wezen. Dat we kussengevechten zouden hebben gehouden op de slaapzalen en dat het niet zoals bij ons was, waar geen enkel geluid mocht worden gemaakt dat de aanwezigheid van kinderen verried. Ik heb zo vaak gedroomd dat er op een dag een lief echtpaar langs zou komen dat écht kinderen wilde en ons zou kiezen.

‘Ik ken mijn vader en moeder niet.’

‘Ben jij ook gekweekt?’

‘Nee, dat niet. Ik heb wel ouders maar ze hebben me nooit het idee gegeven dat ze me wilden.’

‘Niet willen!’ Haar stem schoot omhoog. ‘Je bent er toch!’

‘Ja.’

‘Waarom wilden ze je dan niet?’

‘Wil je dat nu echt allemaal weten? Vind je het erg als ik dat een andere keer vertel?’ vroeg ik.

‘Welke andere keer? Ik wou dat ik nooit uit dat eitje was gekomen. Pak je mes,’ siste ze nijdig.

‘Zo bedoelde ik het nou ook weer niet.’

'Pak je mes. Ik heb er genoeg van. Ik had gehoopt nog één keer een goed gesprek te hebben en dat heb jij nu verpest omdat het jou te intiem wordt. Je wilt wel dat ik mijn hart blootleg voor jou, maar ik mag niet weten wie jij bent. Jullie zijn allemaal hetzelfde.'

'Sorry, ik praat nou eenmaal niet graag over mijn ouders. Ze hebben ons in de steek gelaten toen we ze nodig hadden.'

'Wie zijn we?'

'Mijn broer en ik.'

'Dus jij hebt ook een broer.'

'Ik hád een broer.'

'Waar is die nu dan?'

Deze vis moest haar kop houden. Ik pakte mijn mes, zei sorry en prettig kennisgemaakt te hebben en stak het in haar anus.

'Sorry?' fluisterde ze.

Ik schrok, de gewoonte was dat de vis niet meer praatte als het mes erin werd gezet, dus ze moest haar mond houden en niets meer zeggen.

'Sorry?' fluisterde ze weer.

Ik wilde geen woord meer van haar horen, ook geen excuses. Ik zocht naar het begin van haar ingewanden.

'Sorry?'

'Stop met praten, hou je mond. Je bent dood. Je telt niet meer mee.' Ik vond het begin van de ingewanden en sneed het door.

'Sorry?'

Waarom bleef ze fluisteren? Wat wilde ze van me? Een golf van woede, zoals in de nacht tegen de oude man op straat, kwam naar boven.

'Als je nou je bek niet houdt, gooi ik je in de prullenbak! De afspraak is dat je praat totdat het mes in je komt, en geen seconde langer. Je moet niet proberen me gek te maken anders snij ik je in stukjes en vertrap ik je.'

'Sorry?'

Het klonk nu dicht bij mij oor terwijl de vis voor me op de plank lag. Ik keek opzij. Aki stond met haar mond vlak bij mijn oor.

'Sorry – Kon – you – speak,' fluisterde ze.

Ook dat nog. Ik liep achter haar aan naar zijn kantoor, de deur was open en hij was weer in zijn dikke boek aan het schrijven. Aki klopte en we wachtten. Eindelijk hief hij zijn hoofd op en begon tegen Aki te praten. Mijn ogen gleden over de planken achter zijn rug. Waren het kook- of leesboeken of boeken over vissen en hun gewoonten? Tussen alle boeken en dozen zag ik opeens de kurkentrekker met de dolfijn als handvat. Het had me destijds zo'n toepasselijk cadeautje geleken om aan een visspecialist te geven. Nu begreep ik hoe nutteloos het was en hij waarschijnlijk niet eens wist waarvoor hij het moest gebruiken. Misschien dacht hij dat het iets was om dolfijn mee te prepareren.

'Tomorrow – you – big – fish,' zei Aki.

Ik sprak de rest van de middag tegen geen enkele vis meer. Ik wilde champagne. Een taart. Slingers. Vuurwerk. Alle verzamelde kanonnen moesten vuren. Totaal onverwachts was ik gepromoveerd naar de grote vissen! Meneer Kon had eindelijk ingezien dat ik wat kon. Ik had niets begrepen van de ellenlange speech die hij had afgestoken tegen Aki – haar vertaling bleef uit twee of drie woorden bestaan. Maar dat maakte me niet uit! Elk woord klonk geweldig.

Ik verbrandde bijna. Het water leek warmer dan gewoonlijk. Ik probeerde te ontspannen maar elke spier en pees in mijn lichaam was aan het springen. De woorden 'ik ben door' gilden de hele middag door mijn hoofd. Ik had vol verlangen naar Vim en Kip gekeken en gezien hoe zij samen een grote snoek fileerden. Morgen deed ik met hen mee. Al mocht ik in het begin alleen maar de staart vasthouden, het maakte niet uit. De echte keuken kwam in zicht. Ik liet me nog dieper het bad in glijden.

Achtendertig

De kurk vloog tegen het plafond. Vlek had een taart laten komen van een goede banketbakker in de buurt en wilde dat ik hem aansneed. Hij kon zijn geluk niet op. Hij was vader geworden. Het kind was twee uur daarvoor geboren en dat moest worden gevierd. Een zoon, helemaal voor hem alleen! Hij zou hem leren golfen en fietsen. Hij zou hem meenemen naar de rivier, waar hij hem zou leren vissen, en op een dag zelfs mee naar de club. Hoe het met zijn vrouw ging, wist hij niet, maar het kind was gezond en de geboorte voorspoedig verlopen.

Er kwam een nieuwe groep mannen binnen. Omdat Vlek mij steeds meer als zijn eigendom behandelde, moest ik naast hem blijven zitten en verplaatsten Aki en Cinthy zich naar een ander tafeltje, waar ze de eerste sigaretten aanstaken en de glazen vulden.

Vlek had wel zijn zoon maar nog niet zijn vrouw gezien. Ik stelde me een lege kraamkamer voor met op het bed een eenzame bebloede vrouw. Hij wilde het vieren en groots ook. Morgen, als zijn vrouw uit het ziekenhuis kwam, zou hij thuis zijn, maar nu moest de hele zaak nog een stuk taart. Ook de pas aangekomenen. De groep mengde zich spontaan, fauteuils werden aangeschoven, tafels tegen elkaar gezet en Vlek gefeliciteerd.

Naast mij ging een verlegen man zitten. Na een glas champagne en de nodige whisky voelde ik opeens zijn vingers opdringerig een weg tussen mijn dijen zoeken. Ik moest nu aan twee kanten belemmeringen opgooien zonder met ze in onmin te raken. Ik kon niet het risico lopen mijn baan te verliezen. Niet nu de echte keuken zo in zicht was. Ik zei tegen Vlek dat ik een lied voor zijn zoon wilde zingen en de installatie werd van onder de bar vandaan gehaald. Ik vroeg James of hij 'Sugar Baby Love' wilde opzetten en bleef tegen de bar leunen terwijl hij met een serieus gezicht zijn leesbril opzette. Zijn vinger gleed langzaam over de lange lijsten titels. Vlek maande ons tot spoed, ik lachte naar hem en zei dat hij een prachtige vader was. Hij genoot van de aandacht en bestelde meer champagne. Veel te snel naar mijn zin vond James het nummer en zette de muziek op. Ik pakte de microfoon en zong, waarbij ik vooral de nadruk op het woord 'baby' legde. Vlek was zo ontroerd dat hij me met grote weke ogen aanstaarde. Ik wilde meer zingen, het liefst de hele avond, maar Cinthy seinde me dat de glazen leeg waren.

De 'verlegen' man stond op. Zijn groepje wilde vertrekken. Hij stak zijn hand naar me uit. Ik schudde hem. Hij krulde zijn middelvinger en krabbelde in mijn handpalm waarbij hij me begerig aankeek en 'you – very – beautiful' sliste met dikke tong.

'Pleased to meet you,' zei ik, en was blij dat mijn mes veilig opgeborgen was in de kleine keuken.

Na een nacht vol dromen – een walvis, die niet in de kleine keuken paste, wilde Kon er toch in hebben, anders moest ik terug naar de kleine vissen, een dolfijn veranderde in een mensenetende haai die mijn hand afbeet, mevrouw Kon naaide die er weer aan, maar hij viel er telkens weer af – verdween mijn uitputting als sneeuw voor de zon toen ik mijn plek aan de tafel bij Vim en Kip innam. Ik zou het die avond aan Eric schrijven, maar bedacht me later dat hij helemaal niet wist dat ik al die maanden alleen maar vissen had schoongemaakt. Hij zou me niet terug willen als hij wist dat ik nog niets geleerd had. Ik vermoedde sowieso dat dat aan de hand was.

Op tafel werd een bak met meervallen neergezet. De rode snorharen staken aan alle kanten over de rand. Omdat het de eerste keer was, ook voor Vim en Kip, kwam Meneer Kon erbij. Na het gebruikelijke ritueel met de doos en witte handschoenen koos hij een vis. Het viel me op dat ook hij ruim de tijd nam om te kiezen welke vis hij uit de bak zou pakken. De vis die hij eruit haalde had een gemene trek op zijn gezicht, zelfs voor een dode vis. Meneer Kon maakte met zijn vinger cirkels op de buik van de vis. Het leek wel of hij de huid los masseerde. Daarna gleed zijn mes er moeiteloos in. Het vlees dat er vanaf kwam, was brokkelig en rook zoet.

Ik kon haast niet wachten tot Meneer Kon ons weer alleen zou laten. Ik wilde beginnen met mijn eerste grote vis. Maar Meneer Kon liet ons niet alleen. Om beurten moesten we een meerval schoonmaken, terwijl hij toekeek. Ik had goed opgelet en wist dat ik het kon.

Vim moest als eerste. Hij keek strak naar de vissen, koos er een uit en legde die op zijn snijplank. Hij kneep zijn ogen tot spleetjes en zijn neusvleugels kwamen een fractie omhoog. Hij draaide de vis op zijn rug en masseerde de buik. Toen hij zijn mes in de vis zette maakte Meneer Kon een snerende opmerking, waardoor Vims mes te diep de vis in schoot. Ik begon zenuwachtig te worden. Ik had niet gezien wat hij fout deed en niet begrepen wat Meneer Kon had gezegd. Onzeker sneed Vim verder. Meneer Kon zei niets meer tot hij klaar was. Onderdanig toonde Vim de stukken vlees. Hij kreeg een zuinig knikje. Vim straalde.

Kip koos ook zijn vis en masseerde hem. Meneer Kon zei eerst niets maar vanaf het moment dat hij ging snijden deed hij alles fout, althans volgens Meneer Kon. Hij deed het volgens mij niet beter of slechter dan Vim.

Toen ik aan de beurt was rook ik de geur weer. Al had ik tien keer tegen mezelf gezegd dat het maar een vis was, ik begon te stinken en mijn rug was nat van het zweet. Ik pakte een meerval. Degene die het dichtst bij me lag. Hij was zwaarder dan ik had verwacht. Ik masseerde de buik, stak mijn mes erin, sneed de buik open, haalde de ingewanden eruit en sneed het vlees los van de graat. Meneer Kon zei niets. Ik herwon mijn zelfvertrouwen en sneed de huid los van het vlees.

Ik was klaar en keek hoopvol op naar Meneer Kon maar zag dat hij verderop bij de kleine vissen stond. Hij had niet eens gekeken! Ik werd zo kwaad over zijn denigrerende houding dat ik naar hem toe liep met de gefileerde stukken op een bord, het voor hem hield en vroeg of ik het goed had gedaan. De anderen schoven ongemerkt opzij en trokken hun schouders hoger alsof zij de klap al voelde aankomen.

Meneer Kon keek naar mijn bord, zei iets en liep de kleine keuken uit. Ik vroeg Aki wat hij had gezegd. Aki zond mij haar gebruikelijke blik. Maar ik moest en zou weten wat Meneer Kon over mijn vis had gezegd, dus ging ik voor haar staan en herhaalde mijn vraag.

'You – no – respect,' fluisterde ze.

De anderen waren stilzwijgend aan het werk gegaan. Ik was zo beledigd dat ik het liefst wilde vertrekken. Ik beet mijn tanden op elkaar en liep terug naar mijn tafel. Eric had me gewaarschuwd dat het moeilijk zou zijn. Maar dit was niet moeilijk, dit was gemeen.

Een van de meervallen uit de bak keek me uitdagend aan. 'Eigen schuld,' zei hij op pesterige toon.

'Hou je bek, eikel,' siste ik terug.

'Dikke bult,' zei hij op een nog valsere toon.

'Wil je een mes in je kanis.'

'Aha, nu ga je je frustraties op mij botvieren.'

'Hou je kop, lelijkerd.'

'Je bent zelf lelijk ...'

Ik stond dreigend met mijn mes boven zijn kop en wilde steken.

'... en je kunt niet tegen je verlies,' wierp hij me toe. 'Wat ben jij stom!'

Ik zette de punt van mijn mes in het deukje dat hij tussen zijn ogen had en wilde hem tot zwijgen brengen.

'Ja, makkelijk, hè? Effe een mes in mijn knar steken en daarmee denk je van de ellende af te zijn. Nou, niets daarvan. Het is nog maar net begonnen. Wie a zegt moet ...'

'Ik heb geen a gezegd.'

'Dat heb je wel. Wat doe je anders hier met dat mes in je hand? Je hebt al A, B, C, D, E en F gezegd. En je verlangt naar niets heviger dan X, Y, Z te zeggen. Ik zeg je, dat zul je nooit bereiken. Hier niet. Nergens niet. Je bent de meest nutteloze, waardeloze, slechte kok die ik ooit heb meegemaakt.'

'Lul niet, je kent helemaal geen anders koks.'

'Nou, die Meneer Kon van daarnet, deed het anders wel veel beter dan jij. En die twee jongens hier aan de tafel ook. Die behandelden mijn verwanten tenminste met eerbied, maar jij dacht, dat doe ik even. Nou, zuster, zo zit de wereld niet in elkaar, en zeker déze wereld niet.'

'Wat weet jij nou van deze wereld. Je bent verdomme maar een smerige meerval.'

'Kijk, dat bedoel ik nou. Geen respect.'

'Inderdaad, voor zo'n lelijkerd als jij, die me hier ook nog ligt te bekritiseren, kan ik geen respect opbrengen.'

'En voor mijn neef, die je net in stukjes hebt gesneden, had je dat ook niet.' Hij snoof en ging door: 'Ik heb het wel gezien.'

Ik wilde de vis oppakken en in de vuilnisbak gooien.

'Dat durf je niet!' brieste de vis.

Ik durfde dat inderdaad niet. Ik wilde, al was het maar voor één dag, in de echte keuken werken, zodat ik ten minste kon zien wat er gebeurde en misschien zelfs het recept voor kwal bemachtigen.

'Je bent bang,' snoof de vis met zijn platte kop. 'Ik voel het.'

Ik legde het mes neer. Ik wilde deze vis niet. Ik wilde naar huis. Ik wilde een glas whisky.

'Now – you – respect.'

Ik keek op. Naast me stonden Meneer Kon en Aki. Hij draaide zich om en liep de deur uit. Ik keek naar de gesloten deur. Wát had hij gezegd?

Ik stond tussen de duizenden anderen. Ik was leeg en uitgeput. Mijn weken bestonden alleen nog maar uit snoeken, baarzen, karpers, whisky en dronken mannen. Ik sloot mijn ogen. De aanrakingen met de warme lijven bracht deze keer geen afschuw bij me boven. Ik voelde ze niet. Ik kon ze niet meer voelen. Ik opende mijn mond, zuurstof had ik nodig. In de ruimte om mij heen was geen lucht, elke holte was gevuld met lichaamscellen.

De trein stopte bij mijn station. Ik opende mijn ogen. Ik

moest eruit. De bezwete armen en benen om me heen hadden me zo klem geperst dat ik niet kon bewegen. De deuren bleven gesloten. We zouden allemaal stikken. We zouden sterven, rechtopstaand, tegen elkaar. Ik zou niet roepen. Ik zou het laten gebeuren. Het maakte mij niet meer uit. De deuren schoven open. Klamme armen, benen en handen vochten zich een weg naar de opening. Ze sleurden mij mee. Ik hapte naar lucht. Ik werd geplet en uit elkaar getrokken. Mijn arm vooruit. Mijn been naar achteren. De houvast die me staande hield was verdwenen. Ik strompelde en sloeg voorover op het perron. Ik voelde de mensen over me heen stappen. Geen van de voeten raakte me, hoogstens wat schrammende hakken die niet hoog genoeg werden opgetild.

Ik hoorde de deuren sluiten en tilde mijn hoofd op van het perron. Voor me hing het billboard van het gezin onder de paraplu. De vader en moeder keken me streng aan. Ik was bang dat ze zouden gaan praten, dat de vader woedend zou zeggen dat één gek kind genoeg was, dat de moeder zou fluisteren dat ze me niet kende, dat de vader zou zeggen dat ze geen kinderen hadden, dat het meisje omhoog zou kijken naar de vader en zou zeggen dat zij zijn dochter was, dat de moeder dat zou ontkennen, dat het meisje zou willen huilen maar het niet deed, dat ze hoopvol haar armen zou uitstrekken naar haar moeder, dat die ze zou wegduwen en zou herhalen dat ze geen kinderen had, dat de jongen naast het meisje zou gaan staan en zou zeggen dat hij haar broertje was, dat de ouders hun hoofden zouden schudden en de kinderen zouden wegduwen van onder de paraplu, de regen in, dat het meisje zou gaan huilen en de jongen zijn arm om haar schouders zou leggen, de vader en de moeder zouden smiespelen en lachen, dat het meisje wanhopig zou roepen: 'Máma?'

Mama! Ik stond op en sloeg het vuil van mijn kleren. Met een snelle blik op de poster zag ik dat het meisje en de jongen nog gewoon onder de paraplu stonden en dat het hele gezin lachte. De moeder het hardst. Ik haastte me naar de uitgang. Ik haatte moeders.

Negenendertig

Ze spraken over tonijn. Al een paar keer had ik het woord gehoord die morgen. Er was opwinding. Ik begreep dat het eindelijk de grote dag was dat de vis waar Meneer Kon beroemd om was aan ons zou worden voorgesteld. Blijkbaar was ik niet de enige die ernaar had uitgekeken.

'Are we getting tuna?' vroeg ik Aki.

'Yes,' fluisterde ze met de 'stoor-mij-niet'-blik in haar ogen.

Tonijn. Het duizelde me. Eindelijk tonijn ...!

'When?'

'Tomorrow – early.'

Ik geloof dat ik in mijn handen klapte, zo blij was ik.

'No – you,' fluisterde Aki.

Meneer Kon had mij zelf gepromoveerd tot de grote-vissen-tafel, tonijnen zijn grote vissen, dus had ik recht om er te zijn, aan Aki's 'laat-me-met-rust-je-weet-het-nu-toch'-blik had ik maling, ik wilde weten waarom.

Het bleef bij 'No – you' en 'You – no'. Ik wist inmiddels dat iedereen die geschoold was enkele woorden Engels sprak, alleen spraken ze die pas als ze gedronken hadden en de dag was net begonnen. Toch liep ik naar Vim en Kip en sprak ze aan. 'Tomorrow – tuna?'

Ik stelde hun nooit een vraag – ze keken elkaar paniekerig aan.

Aki had haar kraan wijd opengedraaid en stond overdreven luidruchtig een plank te boenen.

'Tomorrow – tuna?' herhaalde ik tegen Vim.

Een vuurwerk van angst explodeerde in zijn ogen.

'I – know. You – little – English?' zei ik tegen Kip. Met mijn duim en wijsvinger maakte ik het gebaar van een heel klein beetje.

Kips ogen schoten naar Aki, maar die hield zich schuil achter haar snijplank en de spetterende kraan.

'Tuna?'

Ze bleven draaien met hun ogen, hun blikken waren panisch. Ze schoten alle kanten op behalve naar mij. Maar ik stond voor hen en was niet van plan te vertrekken. Kip zei iets tegen Aki, die hoorbaar zuchtend onze kant opkwam.

'Men - only.'

Ik had ze rauw gegeten, maar zó rauw nog niet.

'Why?'

Een minzame blik was haar antwoord. Wat ik ook vroeg en probeerde, ze bleef haar schouders ophalen en de onnozele spelen.

Ik mocht dus grote vissen doen maar geen tonijn. Ik keek naar de uitgestreken gezichten van de anderen die hun eerste vis kozen. Baarzen waren het vandaag.

Veertig

Met mijn washand boende ik net zo lang over mijn huid tot alle poriën openstonden en het water het vuil eruit spoelde. Ik waste mijn armen, mijn benen, mijn rug. Ik was viezer dan gewoonlijk. Tot in mijn haar zaten de schubben. Ik waste en waste. Ik waste elke gedachte weg die in mijn hoofd opkwam. Ik stapte in het hete bad. Mijn hoofd dobberde en mijn lijf werd het water. Nieuwe gedachten kon ik niet vasthouden. Voordat ik ze kon denken stroomden ze weg uit mijn hoofd. Onder water spreidde ik mijn armen en benen wijd. Mijn neus lag op de waterspiegel. Er stapte een andere vrouw in het bad, het water kabbelde tegen mijn wangen. Zachtjes snoof ik de hete damp op. Het warme water golfde in mijn oren. De geluiden klonken dof en ver. Ik opende mijn mond en het hete water stroomde tussen mijn tanden door naar binnen. Mijn hele mondholte vulde zich ermee.

'Blub-blub.'

Ik tilde mijn oogleden op. Ze waren zwaar. Door de druppels heen zag ik de vrouw tegenover me zitten. Zij zat ook tot haar neus in het water. Ze kwam een beetje omhoog en opende haar mond.

'Blub-blub,' zei ze en haar mond verdween weer onder water. Haar natte haar lag in strepen op haar gezicht geplakt. Haar ogen waren bol en hadden een gelige glans. De stoom kringelde om haar heen omhoog. Ze staarde voor zich uit, kwam langzaam omhoog en opende haar mond.

'Blub-blub.'

Haar mond zonk weer in het water. Ik tuurde naar de kleine oneffenheden op haar voorhoofd. Ik zag dat het geen druppels waren maar schubben. Nat rees ze op. Haar lippen waren dik en ze had de chagrijnige uitdrukking van een zalm.

'Blub-blub.'

Ze dook onder. Ze was verdwenen tot ik haar langs mijn benen voelde glippen. Met haar stevige lijf zwom ze onder mij door om op haar oude plek op te duiken. De druppels glinsterden op haar kop.

'Blub-blub.'

Ik zat nog steeds met mijn gezicht half in het water. Ik trok mijn mond verder open en liet het water verder vloeien. Het hete water kolkte naar binnen. Ik verslikte me. Ik dacht dat ik stikte. Ik probeerde me op te richten maar snel bewegen kon niet in het hete water. Ik brandde me. Met mijn handen op de rand trok ik me uit het bad en hoestte het water op. De vrouw stapte uit het bad. Ik kuchte net zo lang tot al het water uit me was en zag dat Aki met een 'we-moeten-gaan'-gezicht bij de deur stond.

Eenenveertig

Hij giechelde als een tiener en keek me met grote ogen aan. 'You – like – fish?'

Hij was nog nooit in de club geweest. We waren door Cinthy naast elkaar gezet. Hij had dik paarsig tandvlees, dat over zijn tanden hing zoals oogkwabben over ogen heen kunnen hangen. Ik probeerde er niet naar te kijken, toch werden mijn ogen er steeds ongewild naartoe getrokken. Ik was al een paar keer van onderwerp veranderd en was aanbeland bij de lievelingsgerechten.

'What – fish?'

'Tuna,' zei ik.

Hij vertelde wat zijn favoriete recept was. Ik moest de verse stukken tonijn een nacht in een mengsel van citroen en melk leggen om het daarna te vermalen tot gehakt, dat ik op een ovenplaat moest uitstrijken en kort in een hete oven moest plaatsen. Hij glunderde. Zolang hij blij was, was Mama blij en ik dus ook.

'You – go – tuna – auction?' vroeg hij.

Ik wist niet dat er een tonijnveiling was.

'You – go. You – like – fish. Big – fish.'

Ik probeerde te begrijpen waar en wanneer de tonijnveiling zou zijn. Thuis was ik vaak naar de visafslag geweest, ik hield van de veilingmeesters die vroeg in de ochtend onder de klok stonden terwijl de wijzers een steeds lager bedrag aanwezen tot iemand zijn hand optilde en de partij vis had.

Hij hield vijf vingers op.

Dáár mocht ik dus niet heen! De tonijnen werden morgenochtend vroeg geveild. Ik schonk zijn glas nog eens goed vol en keek hem aan. 'Shall we go there?'

'Tomorrow – me – work.'

'Before your work?' Mijn stem klonk honingzoet, ik duwde mijn tepels door het plakband heen, ik sloeg mijn ene been over het andere waarbij een stuk dij blootviel. Ik wilde naar die veiling, als het moest zelfs met iemand die kwabben paars tandvlees had die rillend bewogen als hij sprak.

We waren zo dronken geworden van een hele nacht doordrinken dat ik het trillende vlees in zijn mond leuk was gaan vinden. Ik kon ernaar kijken als naar bladeren aan een boom die bewegen in de wind. Hij had me verteld dat het in de familie zat en er niets aan te doen was. Dat hij zich ervoor schaamde en nooit een vrouw zou kunnen vinden die echt van hem zou houden. Ik had gezegd dat ik hem aardig vond – wat ik meende. Hij had rood aangelopen zijn tranen weggeveegd en gezegd dat hij nog nooit zo'n leuke avond had gehad.

Om vier uur wilde ik koffie, anders zou ik van mijn hoge hakken vallen. In een tentje, gemaakt van een stuk zeildoek en wat palen, ergens onder een spoorrails, hadden we met een stel taxichauffeurs koffiegedronken en een van hen had ons tegen dagtarief naar de vismarkt gebracht.

Honderden mannen liepen en renden van hot naar haar met zwarte rubberlaarzen, sommigen duwden een kar voor zich uit. Het was nog donker, koud en nat, op de vloer lag ijs of wat daarvan over was. Kwab moest wel drie keer vragen voor we bij de tonijnen waren.

Het was een grote kale hal. Aan het plafond hingen tl-bakken die een koel licht verspreidden. Op de vloer lagen, op lange planken, de tonijnen. Honderden bevroren dode vissen, allemaal net zo lang als ik of langer. Tussen de gangen met vissen liepen mannen rustig van de ene naar de andere. Ze hadden een zaklamp en een ijzeren pikhaak bij zich, een pen achter het oor en een opschrijfboekje in de hand. De tonijnen staarden voor zich uit. Bij hun afgehakte staarten waren cijfers en tekens op de huid geschilderd. Ik stak mijn arm door die van Kwab. De vloer was vreselijk glibberig – ik was bang uit te glijden. Mijn hoge hakken vielen totaal uit de toon, maar als altijd deed ook hier iedereen of hij niets zag. Ik was blij dat de vissen al waren schoongemaakt.

De mannen sloegen hun haak in de rand van de schoongemaakte borstkassen en trokken ze open om te kijken naar de dikte van de huid, de vorm van de ribben. De handen van de kopers gingen de buik in en gleden over het vlees. Elke nuance werd waargenomen. Ze priemden met hun wijsvinger in de afgesneden staarten en lepelden er met hun vingers vlees uit, dat zorgvuldig op hun hand werd bekeken. Ze duwden hun duim in de zilveren huid en keken hoe snel die terugveerde. Alles noteerden ze in hun boekjes.

Opeens zag ik Vim. Ik schrok. Achter hem verschenen Kip, Meneer Kon, Bogart, de Oude kok en de Snor. Ze hadden mij nog niet gezien. Ik hoopte dat een onzichtbare hand uit de hemel me op zou pakken en mee zou nemen. Ik wankelende op hoge hakken, in avondjurk met blote rug, zwaar opgemaakt, oorbellen van tien centimeter in mijn oren, aan de arm van een man met kwabben in zijn mond. Ze liepen op mij af. Vim en Kip luisterden ademloos naar Meneer Kon, de rest keurde de vissen, net als de andere kopers. Ik probeerde me achter de rug van Kwab te verbergen. Kwab, zich van geen kwaad bewust, trok me aan zijn arm steeds meer hun kant op. Ik had geen keus. Ik rechtte mijn rug en schreed voort aan de arm. Als ik een hoer moest zijn, dan wel een met status. Vim keek naar mij, maar er gebeurde niets, geen zenuw bewoog in zijn gezicht, geen knippering van zijn ogen, hij keek dwars door me heen. Ik kwam in het blikveld van Meneer Kon en Kip, ook bij hen geen enkele blijk van herkenning. Ik probeerde hetzelfde te doen en dwong me dwars door hen heen te kijken.

We waren er voorbij. Er was niets gebeurd. Mijn hart klopte in mijn keel. Ook de spanning in de hal was gestegen, het was druk geworden en er klonk een zoemer. De mannen met hun notitieboekjes verzamelden zich op een paar trappen tegen een zijmuur. Bellen klonken, prijzen en getallen werden afgeroepen. Kwab en ik stonden een paar meter verwijderd van Meneer Kon en zijn ploeg. Om ons heen werden de verkochte vissen de hal uit gesleept terwijl de veilingmeesters hun stem lieten rollen en getallen schreeuwden tot er geboden werd.

Kwab had er genoeg van, hij wilde weg. Hoewel we de hele nacht niet hadden geslapen was ik niet moe – ik kon nog uren kijken, maar wist dat ik beter terug kon gaan naar mijn appartement, me verkleden voor de lange dag die komen ging.

We liepen de hal uit, over de vismarkt naar de uitgang. Honderden, misschien wel duizenden kramen, onder een kolossale overkapping die deed denken aan de catacomben van een stadion. Zo ver ik kon kijken kratten vol vis in alle maten, vormen en kleuren. Levende vissen en dode vissen, bevroren en gedroogde vissen. Schelpen met uitstulpingen zo angstaanjagend dat ik hoopte ze zelfs onder water nooit tegen te komen. Bakken met allerlei soorten kuit. Bergen octopussen. Bizarre krabben en kreeftachtigen uit de diepste diepzee.

Kwab had haast. Ook bij hem was de alcohol uitgewerkt – en daarmee zijn vermogen tot communiceren.

We liepen langs een aquarium groter en voller dan bij Kon. Een jongen pakte er een vis uit en legde het flapperende beest voor zich op een plank. Met zijn mes gaf hij net onder de kieuw een snee, pakte een lange naald en stak die in de vis. Dat had ik ze bij Kon in de keuken ook zien doen. Ik wilde al heel lang weten waarom ze dat deden, en klampte Kwab aan terwijl ik naar de jongen en de vis wees. Hij wilde door, ik trok mijn arm uit zijn arm en wankelde over de natte keien naar de jongen toe. Ik wees van de vis naar de breinaald. Kwab maakte geen aanstalten naar me toe te komen dus moest ik het zonder mijn tolk doen. De jongen keek wat verschrikt, hij zag me zoals ik was – een zwaar opgemaakte vrouw in een glitterjurk.

Ik wees nogmaals naar de vis en de breinaald. Rustig pakte hij een andere vis uit het aquarium – nu ik er zo met mijn neus bovenop stond zag ik beter wat hij deed. Hij stak zijn mes door de kieuwen van de levende vis naar binnen en sneed de ruggengraat door. De vis was nu formeel dood – al bleef hij flapperen. De jongen zette zijn mes net boven het einde van de staart, gaf een sneetje, pakte de breinaald, die een vlijmscherpe punt had, en stak die in de staart. De pin gleed de ruggengraat in. De jongen bewoog de pin snel op en neer. Het zenuwcentrum was nu vernietigd. De vis verslapte en viel stil. Hij gooide de vis in de bak bij andere dode vissen.

'Why?' vroeg ik en gebaarde Kwab dat hij me moest helpen met vertalen.

Kwab kwam aansjokken. De jongen stak een heel relaas af. Kwab krabde aan zijn oor en gaapte. Het enige wat hij zei toen de jongen was uitgesproken, was: 'Fish – no – move. Fish – better.'

Hij liep alweer door. Hier moest ik het mee doen. Ik bedankte de jongen en strompelde achter Kwab aan naar de metro. Ik keek nog een keer over mijn schouder. Ik had op de hele markt geen vrouw gezien.

Tweeënveertig

Aan hen was niets te merken. Ik was hooguit wat fanatieker dan normaal. Ze waren er allemaal, behalve Bogart. Misschien hadden ze me inderdaad niet herkend. Mijn lange haar, in de keuken gewoonlijk opgestoken en verstopt onder een band, had los over mijn schouders gehangen. Ik, die dag in dag uit op gympen liep, had op mijn hakken minstens een kop groter geleken. En mijn ogen waren pikzwart omlijnd, terwijl ik nooit make-up droeg.

De Oude kok en Pieper droegen met ernstige gezichten de tonijn binnen, het was een 'kleine', ongeveer een meter twintig lang. Er heerste opwinding in de keuken. De vis werd gevolgd door de Snor die een heel lange doos droeg. Achter hem verscheen Bogart, toen hij me zag trok even zijn mondhoek omhoog. Een klein vals lachje. Als laatste kwam Meneer Kon binnen.

De doos werd met eerbied opengemaakt. Er werden drie grote messen uitgehaald. Het grootste mes was langer dan de tonijn, het kleinste zo'n tachtig centimeter.

Ik keek naar de schoongemaakte tonijn. Zijn bek stond wijd open en zijn ogen waren hol. Zou hij me hebben uitgelegd waarom ik in de kleine keuken wel mee mocht doen, maar buiten de deur niet?

Meneer Kon pakte met schone witte handschoenen het middelste mes en sneed over de rug van de tonijn langzaam naar de graat toe. Op zijn voorhoofd verschenen zweetdruppels. Ik zag de spieren in zijn nek spannen. Het mes moest vlijmscherp zijn, anders was het onmogelijk te doen wat hij deed. Hij trok het mes eruit en de Snor reikte hem het grote mes aan, zeker anderhalve meter lang. Pieper en Bogart kwamen naar voren, zonder dat er iets werd gezegd pakte Pieper de vis beet en draaide Bogart een lap om het scherpe uiteinde van het mes. Meneer Kon zette dat mes weer in de vis, daar waar hij met het vorige mes was geëindigd. Bogart hield het uiteinde beet. Meneer Kon zette kracht. Bogart zorgde dat het mes zijn baan bleef volgen en Pieper gaf tegenkracht zodat de tonijn niet wegschoot. Het vlijmscherpe mes bewoog zich diep de vis in, tot het bij de graat was en sneed langs zijgraten omhoog zodat het aan de zijkant uit de vis tevoorschijn kwam. De Snor tilde de kwart tonijn los van de graat, die plat en schoon achterbleef in het lichaam van de vis.

Drieënveertig

'Ga daar maar zitten.'

Ik kon zijn gezicht niet zien, dat viel met zijn bovenlijf buiten de lichtcirkel, ik zag alleen de donkere broek en gepoetste schoenen.

Ik ging zitten. Het was in een zachte fauteuil van zwart fluweel. Ik leunde achterover.

'Je mag je schoenen uittrekken.'

Het was heerlijk ze uit te doen. Mijn tenen begonnen na een paar uur te tintelen.

'Zet ze maar onder de stoel.'

Ik schoof ze met mijn blote voet over het hoogpolige tapijt onder de stoel en trok mijn benen onder me.

'Zit je goed?'

Ik zat heerlijk. Boven mij hing de enige lamp, die een perfecte cirkel licht verspreidde, waarvan ik het middelpunt was. Verder was de kamer compleet zwart, of eigenlijk meer diep donkerpaars, de vloer, het plafond en de wanden, alles was van purper hier.

'Trek je jurkje maar uit.'

'Mijn jurk?'

'Niet praten. Je mag nog niet praten.'

Als ik mijn jurk zou uittrekken zou ik bloot zijn. Dat was niet de bedoeling.

'Je jurkje,' klonk het gebiedend.

Ik tuurde in het duister maar kon zijn gezicht niet zien.

'Trek hem maar uit, je hoeft niet bang te zijn.'

Dat hadden ze op de gang niet tegen me gezegd. Ze hadden me gewezen hier te gaan zitten en ik was gaan zitten, maar dat ik bloot moest was niet gezegd.

'Nou?'

Het is veilig, je kunt ons vertrouwen, hadden ze gezegd, ik zou er geen spijt van krijgen. Ik moest me geen zorgen maken en me eraan overgeven.

'Kom.'

De stem had een vertrouwenwekkende klank. Zou ik de mensen op de gang geloven? Het had er zo degelijk en prettig uitgezien. Iedereen was aardig en beleefd geweest. Ik keek naar de schoenen en de broek tegenover me – ze bewogen niet. Ik maakte het bovenste knoopje van mijn jurk los. Hij reageerde niet. Ik knoopte het volgende los. Hij bleef stil zitten. Ik moest me in een bocht wringen om bij het volgde knoopje te kunnen en wilde opstaan.

'Blijf zitten.'

'Maar—'

'Ssst.'

Ik zonk terug in het fluweel en wurmde de jurk over mijn hoofd. Ik had nooit gedacht dat ik een striptease zou moeten doen, als ik dat had geweten zou ik het heel anders hebben willen doen, in speciale kleren, niet in deze jurk. De jurk flupte over mijn hoofd, ik hield hem snel voor mijn borsten en trok mijn benen tegen me omhoog.

'Gooi 'm maar op de grond.'

Ik bedacht dat ik de jurk net als in films met een mooie klassieke zwier van me af zou kunnen gooien en mijn borsten vooruitsteken— De pleisters! Ik had de pleisters nog op mijn tepels! Ik probeerde ze onder mijn jurk eraf te trekken.

'Gooi de jurk weg.'

Ik liet hem met een plof op de grond vallen en voelde me meer bloot met dan zonder pleisters. Het zag er walgelijk uit, die rond geknipte huidkleurige pleisters die ik tegenwoordig gebruikte in plaats van plakband.

'Trek ze er maar af.'

Ja, dat kon hij makkelijk zeggen, maar het waren bijzonder goeie pleisters die de apotheker me had verkocht, die lieten niet zomaar los. Ik krabde om een beginnetje te vinden, maar op zulke momenten lukt zoiets natuurlijk niet. Eindelijk had ik een stukje los. Ik wist dat het het beste was hem er nu met een ruk vanaf te trekken.

'Auw!'

'Voorzichtig.'

Rond mijn tepel was een rode cirkel ontstaan, precies in de vorm van de pleister, maar die zou snel wegtrekken, wist ik uit ervaring. Ik begon met de andere. Die ging sneller en met een ruk zat ik met twee blote borsten in de stoel. De pleisters plakte ik tegen de zijkant van de stoel. Hij zei er niets van.

'Ga door.'

Ik moest ook mijn slipje uitdoen. Al mijn mooie slipjes zaten in de was. Hij liet een ongeduldig kuchje horen. Als ik mijn onderbroek nou gewoon onder me uit zou kunnen friemelen kon hij niet zien hoe lelijk die was. Ik frommelde en frunnikte tot ik hem op een decente manier over mijn heupen kreeg en strekte mijn benen. Razendsnel trok ik hem eroverheen en mikte hem naast de jurk, uit het zicht van de stem. Daar zat ik, bloot, met mijn benen opgetrokken, zodat zo min mogelijk van mij te zien was.

'Waarom moet ik mijn kleren uitdoen?' vroeg ik.

'Omdat je alleen mag praten als je bloot bent. Dat is de regel.'

'Wiens regel?'

'Jouw regel.'

'Míjn regel?'

'Je mag je stoel nu omdraaien.'

Ik wist zeker dat de stoel vast stond maar toen ik het probeerde bleek hij toch te kunnen draaien. Met een voet zette ik me af.

De zachte vloerbedekking veranderde in witte, klinische tegels. Ook de wanden waren wit betegeld. Ik wilde terug kijken over mijn schouder maar de rugleuning was te hoog. De kamer was hel verlicht. In het midden stond een roestvrijstalen tafel, net als die in de kleine keuken. De deur ging open en een man stapte binnen. De man met de cape! Ik bedekte mijn borsten en kneep mijn benen samen. Van alle klanten die ik had ontmoet in de club was hij degene geweest voor wie ik het meest respect had gehad – hij was zo stijlvol geweest. Nu kwam juist hij hier binnen. Hij hing zijn cape en hoed aan de deur. Dit was niet eerlijk. Hij mocht me niet bloot zien. Ik wilde opstaan om mijn jurk te pakken maar mijn benen weigerden dienst. De deur ging open en Ren kwam binnen. Hij droeg een lange doos. Hij ook? Ren maakte de doos met veel eerbied open en haalde er drie grote messen uit, die hij op de tafel legde. Ze bonden allebei een witte voorschoot voor.

'Nee!' riep ik.

'Maakt u zich geen zorgen, ze zijn vanmorgen door de ervaren handen van Tarzan geslepen,' glimlachte de Cape.

'Wat gaan jullie doen?'

Hij keek licht verbaasd op.

'Dit is mij niet verteld,' stotterde ik.

'Wij spreken niet veel, dat hebt u ondertussen toch wel ervaren?'

'Dit hadden ze me móeten vertellen.'

'U wilt toch achter de geheimen komen?'

Ik wilde weg. Die man was gek, en wat Ren erbij deed snapte ik niet. Hij had zich vast door de betrouwbare uitstraling van de Cape laten meelokken. Ik probeerde Rens blik te vangen. Maar ook hij had een ondoorgrondelijke gelaatsuitdrukking.

'Ik ga gillen.'

'Dat mag. U bent vrij zo hard te gillen als u wilt. Alleen ben ik bang dat niemand u hoort.'

'Wie betaalt u voor deze daad?'

Ik moest tijd winnen. Ik moest Rens blik vangen en hem duidelijk maken dat hij me moest helpen. Dat we samen konden ontsnappen.

'Ik heb betaald om dit te mogen doen, dat weet u toch?'

'Ik weet niets.'

'U houdt uzelf wel heel erg van den domme.'

Ik hoorde water stromen. Achter hen stond Nina bij een gootsteen een snijplank te schrobben.

'Verdomme, wat is dit voor een complot?'

'Windt u toch niet zo op, dan verzuurt uw vlees.'

Ik probeerde op te staan maar wat ik ook trok aan mijn benen of armen, ze bewogen geen centimeter.

De Cape en Ren kwamen rustig naar me toe lopen en pakten me beet, Ren bij mijn voeten en de Cape bij mijn schouders.

'Ren! Kijk me aan! Verdomme, man, kijk me aan! Laat je niets wijsmaken. Ik wíl dit niet. Geloof ze niet ...'

Ren ging onverstoorbaar door. Ik hoorde de Cape zuchten. Ik was blijkbaar zwaarder dan hij had gedacht. Ik keek naar mijn benen en zag dat ik zo stijf was als een plank. Ik leek wel bevroren.

'Ren, hélp me! Alsjeblieft!'

Ze legden me op de tafel. Het felle licht verblindde me.

'Het is gemeen,' huilde ik.

'U hebt er zelf voor gekozen.'

'Dat heb ik niet.'

'Ú bent toch op de stoel gaan zitten? Wie heeft uw kleren uitgedaan?'

'Ik moest mijn kleren uitdoen.'

'U bent vrijwillig binnengekomen. U hebt zelf in de stoel plaatsgenomen. Niemand heeft u erom gevraagd. Of wel?'

'Ja, de stoel wel, maar daarna moest ik mijn kleren uitdoen.'

'Fileren met kleren aan is onmogelijk, dat hoef ik u toch niet te vertellen? Wilt u nog iets kwijt?'

'Kwijt, ik wil helemaal niets kwijt. Ik wil weg. Ik wil hier niet zijn.'

'Dat zal moeilijk gaan. En het is ook zonde van al dit goede vlees.' Hij streek met zijn hand over mijn buik. 'U hebt het goed onderhouden. Ik ben blij dat u elke ochtend hebt meegedaan met de gymnastiek."

'Ik wil het niet! Stóp!'

'Daarvoor is het te laat. U bent dood. De dood is onomkeerbaar.'

'Dood? Ik ben niet dood, dat hoor je toch!'

'U praat wel vaker met doden. Of niet soms?'

Ik probeerde mijn hoofd op te richten maar wist al dat het niet zou lukken.

'Als ze hadden geweten dat u zo'n tegenstand zou bieden hadden ze u vast nooit gekozen.'

'Gekozen? Wie heeft me gekozen?'

'Ik denk dat het goed is dat we een paar geheimen voor u bewaren. Denkt u zelf ook niet?'

Ren bood de Cape het middelgrote mes aan.

'Ik zou, met uw permissie, graag willen beginnen. Er liggen er nog meer te wachten en we hebben niet de hele dag de tijd. Probeert u zichzelf nou gewoon te ontspannen, dan kunnen we aan het werk.'

Hij zette de punt van zijn mes in mijn navel.

'Tómmy!' gilde ik.

'Prettig kennis met u gemaakt te hebben,' zei de Cape.

Het mes gleed naar binnen. Ik wilde roepen en schreeuwen maar er kwam geen geluid.

Ik voelde het mes in mij gaan tot het mijn ruggengraat raakte, de punt van het mes gleed over mijn wervels omhoog. Het gezicht van de Cape was heel geconcentreerd. Het puntje van zijn tong stak uit zijn mond. Dat een mes zo makkelijk door me heen zou snijden had ik niet verwacht. Hij sneed mijn buik open. Mijn bloed stroomde over de tafel naar een putje in het midden. Daaronder werd ik opgevangen in een blauw plastic vat. Hij pakte een ander mes en sneed mijn organen los. Met zijn handen schepte hij mijn ingewanden eruit. Hij bekeek de lever met een afkeurende blik. Ik viel op de bodem van een vuilniszak. Tegelijkertijd voelde ik dat mijn andere ingewanden op een schaal werden gelegd. Hij tilde mijn hart op, sneed mij los en kreeg een voldane blik in zijn ogen. Ook mijn darmen en nieren sneed hij los en legde hij op een schaal. Met mijn baarmoeder en blaas viel ik naast mijn lever in de vuilnisbak. Hij pakte een ander mes. Een klein, stevig mes, met een vlijmscherpe punt. Het mes ging mijn heup in. Het wroette wat tussen mijn bekkenkom en heupgewricht en sneed mijn spieren en pezen door. Zijn mes ging van mijn kruis, langs de binnenkant van mijn been, door mijn dij naar beneden tot aan de knie. Dit herhaalde hij bij mijn andere been. Ik werd omgedraaid. Ik hoorde een klap. Met een hakmes hakte hij mijn knie door. Hij legde mijn onderbeen opzij. Nog een klap. Ook mijn andere onderbeen was nu los en ik werd naast mijn eerste neergelegd. Het mes gleed vervolgens vanaf mijn onderrug, onder mijn billen door naar binnen tot het mijn zitbot raakte. Hij sneed mijn bil en dij los van het bot. Ik had me mijn hele leven geschaamd voor mijn dikke billen, maar hij woog mij tevreden in zijn handen en legde mij op een schaal. Hij herhaalde het bij mijn andere been. Nina pakte mijn dijbeenbotten op en krabde mijn vlees er met een theelepel van af. Alles wat ze van mij schraapte kwam in een grote schaal terecht. De Cape pakte zijn hakmes weer en hakte eerst mijn ene, daarna mijn andere voet door. Mijn voeten werden in een lege aluminium pan gelegd. Hij sneed mijn kuit los van mijn scheenbeen. Ik was een mooie lap, die hij bij mijn billen op de schaal legde. Hetzelfde gebeurde met mijn andere onderbeen. Mijn botten werden bij Nina neergelegd, die nog steeds bezig was mij van mijn dijbeenbotten af te schrapen. Het hakmes kwam omhoog en hakte in drie ferme slagen mijn nek door. Ik werd op mijn oor op een lege schaal gelegd. Zijn mes sneed eerst mijn ene en vervolgens mijn andere borst los en legde mijn trotste b-cups naast de ingewanden. Met een wildschaar knipte hij mijn borstkast tot bovenaan open. De schaar ging mijn keel in, en met de laatste knip lag ik open. Feilloos sneed hij mijn armen los van mijn opengeknipte romp en mijn vlees van de armbotten. Mijn handen vielen op mijn voeten in de pan. Mijn armbotten op de stapel bij Nina. Behendig sneed de Cape alle ingewanden die nog in mijn borstkast zaten los. Met een snelheid die ik hem niet had nagedaan, knipte hij mijn vel van mijn stukken vlees. Ren was ondertussen bezig mijn vel van mijn hoofd af te trekken. Hij had houvast aan mijn haren. De strakke ballon die al heel mijn leven over mijn hoofd had gezeten was er in een keer af. Ik viel op mijn lever en mijn lekkende blaas in de vuilnisbak. Ik had mijn haren die ochtend voor niets gewassen. Mijn ontvelde hoofd werd rechtop, op een snijplank, gezet. De Cape trok de snijplank met mijn hoofd naar zich toe, pakte de hakbijl en met één goedgerichte houw spleet hij mijn hersenpan in tweeën – ik viel in precies twee gelijke helften uit elkaar. Ren tilde, met een gezicht alsof hij goud had gevonden, mijn hersenen uit mijn schedel. De Cape hakte ondertussen in op mijn ribbenkast en even later lagen mijn spareribs klaar op een schaal. Ren haalde met een borsteltje het vuil onder mijn nagels en tussen mijn tenen weg, legde mij terug in de pan en draaide de kraan open. Het water stroomde over mijn voeten en handen. De Cape nam mijn linkerhoofdhelft op en sneed met een mes mijn oog en de slijmerige delen weg. Ik kwam met een boog op mijn haren terecht. Even later ook mijn rechteroog. Mijn tong legde hij naast mijn hersenen. Mijn leeggeschraapte schedel plonsde in de pan op mijn voeten en handen.

De schalen met mijn vlees, het vat met mijn bloed en de pan met water waarin mijn resten zaten werden naar een andere ruimte gebracht en op een houten tafel neergezet. Mijn linkerbil werd van de schaal getild. Het was Meneer Kon. Hij woog mij op zijn hand en gaf me met een knikje aan Bogart. Onder het stromende water waste hij me. Zijn vingers gleden liefdevol over mij heen. Het water waarin mijn hoofd, voeten en handen lagen, begon langzaam te borrelen. Mijn darmen werden door Pieper met een vies gezicht opgepakt. Hij zette me aan een kant vast op een kraan die hij opendraaide. Ik werd leeggespoeld in een emmer die in de wc werd geleegd. In de pan met kokend water viel ik langzaam uiteen. De Oude roerde in mij met een houten lepel. Bogart goot mijn bloed in een pan. Pieper pakte mijn hersenen en tong in in een plastic doos en legde mij in een vrieskist. Meneer Kon had zich ontfermd over mijn beste stukken. Hij nam mijn linkerbil, legde die op een schone plank, pakte een stompe hamer en sloeg mij. Eindeloos bleef hij slaan. Mijn bloed begon te borrelen en Bogart roerde, zodat er geen klonten ontstonden. Hij strooide iets in me. De Oude prikte met een vork mijn laatste stukjes los uit mijn schedel, viste me eruit en gooide me in de vuilnisbak. Met een schuimspaan schepte hij mijn voet- en handbotjes uit mijn bouillon en ik kletterde op mijn kale kop in de bak. Meneer Kon had mijn andere bil gepakt en was mij ook gaan slaan, nooit was een klap harder dan de klap ervoor. De Oude gooide fijngesneden groenten in mijn aftreksel. Ik kookte niet meer voluit maar stond op een laag pitje. Hij pakte mijn ribben, dompelde me onder in een schaal met een donkere saus en zette me in een koelkast. Bogart pakte mijn nog overgebleven ingewanden en waste me. Af en toe roerde hij even in mijn bloed, dat dik was geworden. Meneer Kon liet mijn billen met rust en sneed mijn armvlees in reepjes. Ik werd in een koekenpan met dampende olie gegooid. Ik schroeide direct aan alle kanten dicht. Bogart stopte mijn ingewanden in een blender. Met één druk op de knop vermaalden de mesjes mij. Meneer Kon draaide me razendsnel om met een spatel, zodat ik niet aan de bodem bleef plakken. Bogart schepte me uit de blender en liet mij in mijn gestolde bloed vallen. De Oude had een deksel op mijn soep gezet en liet mij gaar koken in mijn eigen sop. Bogart pakte de schaal met mijn schraapsel waar Nina zo haar best op had gedaan en schepte mij ook in mijn bloed. Hij roerde tot ik een egaal dikke brij was. Meneer Kon haalde mijn reepjes gebakken arm van het vuur en zette mij apart. Hij pakte mijn kuiten, smeerde mij in, rolde mij strak op en bond mij vast met een touw, waarna hij mij in een beboterde schaal in een oven plaatste. Bogart had mijn schone darm aan een kant op een trechter gezet en knoopte mijn andere kant dicht. Hij propte mijn brij in mijn darm. Als er een centimeter of vijftien gevuld was legde hij een nieuwe knoop. Meneer Kon nam een mes en in een paar tellen waren mijn geslagen billen veranderd in een stapel precies gelijke plakken. Bogart stopte het laatste stukje brij van mij in mijn darm en legde de laatste knoop. Hij hing mij in een donkere kamer aan grote haken aan het plafond. De Oude zeefde mijn soep en goot mijn heldere bouillon over in een nieuwe pan. Meneer Kon bestrooide mijn bilplakken met iets. Mijn eerste plak ging in de pan, daarna de tweede en de derde. Ik werd met een ongelooflijke vaart over meerdere pannen verdeeld en met spatels hielden Meneer Kon en Bogart me in beweging. Meneer Kon prikte een vork in me en draaide me om. Razendsnel werd ik stuk voor stuk omgekeerd en voor ik het goed en wel doorhad naast wat sperzieboontjes en een toefje puree over borden verdeeld. Ik wilde weten wat hij met mij had gedaan. Ik had nog geen van zijn geheimen ontmaskerd. Ik werd opgetild door vele handen, naar het restaurant gedragen en uitgeserveerd. Boven mij kwamen messen en vorken naar beneden die mij in stukjes sneden. Ik werd aan zeker twintig vorken geprikt. Ik zag de opengesperde monden. Ik zag de vullingen en de beugels. Ik zag de tanden en de kiezen. Er werd in mij gebeten en het werd donker.

Vierenveertig

De telefoon ging lang over. Het briefje met het nummer lag voor me. De meisjes op de kleine foto's keken me vol verlangen aan. Het was snikheet. Het was zondag en ik wilde niet alleen zijn.

Een mannenstem antwoordde.

'Ren? Is that you?' vroeg ik.

De stem viel stil.

'Hello? Do you speak English?'

Ik hoorde gemorrel aan de andere kant van de lijn.

'Mister Ren?' zei ik nu harder.

Heette Ren in de dierentuin ook Ren of gebruikte hij daar zijn achternaam? Misschien had hij net een klant die hij een pluche leeuw probeerde te verkopen. Ik hoorde iemand ademen.

'Ren, is this you?'

Er klonk een andere stem.

'Do you speak English? I'm looking for Ren. Mister Ren!'

De stem ratelde. Ik begreep geen woord van wat werd gezegd. Ik bleef Rens naam herhalen terwijl de ander steeds sneller sprak. Ineens werd er opgehangen. Ik belde het nummer nog zeker vijf keer maar er werd niet meer opgenomen.

Ik ging niet naar de rivier. Ik ging terug naar mijn kamer. Ik dook in bed. Kon ik maar droomloos slapen.

Vijfenveertig

Tussen alle zwetende lijven in de metro trachtte ik me te concentreren op het bord met haltes, dat met kruiskopschroeven aan de wand was bevestigd. Ik telde hoeveel haltes ik nog moest en hoeveel er nog kwamen als ik tot het eindpunt zou blijven staan. Ik telde hoeveel haltes er voor mijn halte waren en op hoeveel stations je kon overstappen. Ik telde het aantal schroeven. Ik telde het aantal hoofden dat ik kon zien. Ik telde hoeveel er een bril droegen. Ik telde het aantal vrouwen en trok die af van het totaal. Ik telde de lussen en hoeveel er bezet waren. Ik moest met iemand praten. Gewoon praten. Al was het maar voor een minuut. Zou er een toeristenbureau zijn, met een de dame achter het loket die ik een toeristische vraag kon stellen over iets wat buitenlanders willen zien? De ambassade! Waarom had ik daar niet eerder aan gedacht! Het was zo'n simpele oplossing dat ik hardop begon te lachen, om onmiddellijk weer te stoppen toen ik mijn eigen stemgeluid hoorde in de stilte van de mensen om me heen. De ambassade, daar zou ik heen gaan. Daar werkten landgenoten die mensen zoals ik konden helpen. Misschien hadden ze er zelfs iets te lezen – ik smachtte naar iets wat ik kon begrijpen, zelfs een informatiefolder over landbouw zou ik tot de laatste letter uitlezen, als er maar woorden stonden die ik begreep.

Dat een afspraak maken zo makkelijk was had ik nooit kunnen bedenken. Gewoon naar een telefooncel gaan en bellen. Het nummer krijgen was moeilijker geweest maar 'vraag-het-me-niet-ik-ben-geen-vertaler' had me uiteindelijk geholpen. Ik had kunnen spreken, al was het maar heel even, in mijn eigen taal. De dame aan de telefoon vroeg, nadat ik haar vertelde dat ik werkte bij de beroemde Meester Kon, of er problemen waren met mijn werkvisum. Ik had andere problemen, maar die wilde ik niet door de telefoon bespreken.

De meeste ambassades waren gesitueerd in een buurt met grote oude villa's. Ik was zelfs langs een park gelopen. Daar wilde ik op de terugweg lekker in de zon gaan zitten, per slot van rekening had ik gezegd dat ik de hele ochtend zou wegblijven. Ik moest een serieuze vraag verzinnen. Iets waarover ik zou kunnen praten, een probleem. Een echt probleem.

In de tuin wapperde een vlag en op de oprijlaan stonden dure auto's geparkeerd. Bij het hek was een bewaker in uniform. Ik schreef mijn naam en aankomsttijd op in een openliggend boek en mocht doorlopen. Een van de auto's had kleine vlaggetjes op de bumper, die was vast van de ambassadeur. Op de grote voordeur was een bord bevestigd, VISA en een pijl naar links. Maar ik had een afspraak en mocht dus de ambassade zelf in.

De deur ging open en ik liep een wit marmeren hal in.

In een hoek was een hoge houten balie met een oudere dame erachter. Ze keek vriendelijk op. 'Wat kan ik voor u doen?'

Ik zag haar mond bewegen en elk woord dat eruit kwam, begreep ik! Dit was heel anders dan aan de telefoon, dit was écht! Ze had lieve ogen met kraaienpootjes en haar mondhoeken krulden bij elk woord dat ze uitsprak. Haar handen bewogen mee met haar woorden. Ze straalde een en al liefde uit. Ik wilde in haar armen duiken, mijn hoofd op haar schouder leggen en naar haar stem luisteren. Ik wilde haar vragen of ik uren met haar zou mogen praten en zij zou naar me luisteren terwijl we samen door het park zouden lopen. Zij zou ...

'Zegt u het maar. Wat kan ik voor u doen?'

Ik opende mijn mond maar er kwam geen geluid. In een vloedgolf voelde ik tranen omhoogwellen. *Niet huilen. Niet huilen!* Ik snoot mijn neus. Van achter mijn zakdoek zag ik dat ze me verwonderd opnam. Ze stond op het punt langs de balie te lopen, haar arm om me heen te slaan om te zeggen dat ik maar eens lekker een potje moest huilen, dat tranen moeten stromen en niet moeten worden opgepot. Maar ze bleef staan en keek in het boek dat voor haar lag. Ik duwde mijn neus in de zakdoek en veegde de opgekomen tranen weg.

'Sorry,' stotterde ik.

'Verkouden zijn we allemaal weleens,' zei ze.

De telefoon ging. Ze nam op. Ze zei een paar keer ja en nee, trok een la open en haalde er een map uit. 'Ik breng hem zo naar boven, meneer,' zei ze, legde de hoorn neer en keek naar mij. 'Gaat het?'

Ik hervond mijn stem en zei dat ik een afspraak had.

'Met wie?'

'Meneer De Paul.'

'Meneer De Paul? Paul bedoel je, ik bel hem wel even. Gaat u daar maar zitten, hij komt u zo halen. Hoe is u naam?'

'Rosa Waterman.'

Ik ging zitten. Ik hoorde de dame bellen en mijn naam zeggen. Ik had mijn naam al in geen maanden horen uitspreken. Ik heette Losa of Losita. Eindelijk was ik op vertrouwde grond. Mijn grond. In de hal stond een standaard vol folders met foto's van de grote bezienswaardigheden thuis. Ik liep er niet heen – dan zouden de tranen weer komen. Ik moest rustig ademhalen en me voorbereiden op het gesprek. Ik moest een probleem bedenken. Een goed probleem.

Er kwam een rijzige jongeman de hal in stappen die me vaag bekend voorkwam. Hij had een kuif die niet naar een kam luisterde en een frons tussen zijn wenkbrauwen. Onder zijn arm droeg hij een stapel ordners. Met gestrekte hand liep hij op me af. 'Paul Kassel,' zei hij.

Paul Kassel, galmde het door mijn hoofd. Paultje Kassel! Van alle mensen op de wereld moest het net Paultje Kassel zijn! De geur die ik haatte spoot uit mijn poriën. Uit mijn armen, voeten, rug, haar, mond. Overal kwam opeens de geur vandaan. Hij mocht niet weten wie ik was. Ik moest een andere naam verzinnen.

Hij schudde mijn hand. 'Rosa Waterman?'

Ik keek naar zijn hand.

'Toch niet dezelfde Rosa Waterman van vroeger?'

Ik moest liegen en ontkennen. Er waren vast meerdere Rosa's Watermannen op de wereld.

'Wat een ongelooflijk toeval!' Hij bleef mijn hand schudden. 'Het gebeurt niet elke dag dat ik hier een oude bekende tegenkom.'

Ik ben geen bekende van jou, ik ben een vreemde. Je kent me helemaal niet. Je hebt me nooit gekend.

Hij lachte hard: 'Ik zal nooit die oplawaai van je broer vergeten, hoe is het met hem, ik keek destijds zeer tegen hem op ...'

Wat kon ik anders? Wat moest ik zeggen? Ik zei dus maar dat jij overleden was.

Hij trok acuut het gezicht dat ik inmiddels zo goed kende. Ik heb dat soort gezichten vaak gezien, die weten precies welke spieren ze moeten gebruiken om je het idee te geven dat ze met je meevoelen, terwijl ze ondertussen aan iets heel anders denken ...

Hij legde zijn hand op mijn schouder. Het voelde als een elektrische schok. 'Wat vreselijk. Wat is er gebeurd?'

Ik heb het hem niet verteld. Ik wilde niet dat hij het zou weten. Ik heb gezegd wat ik altijd zei tegen vreemden: dat jij een ongeluk had gehad.

Waarom ga je nu sneller lopen? Wil je het niet horen? Ik heb je toch beloofd het hele verhaal te vertellen?

Terwijl Paul sprak liep hij de trap op. 'Wat vreselijk,' herhaalde hij. 'Is het langgeleden, auto's zijn ondingen, maar zonder auto's kun je tegenwoordig niet meer leven.' Hij nam twee treden per stap. Ook hij was moeilijk bij te houden. 'En, Rosa, wat voer jij hier uit?'

Ik hoopte dat de geur van mijn angstzweet beneden in de hal was blijven hangen.

'Iets met een beroemd visrestaurant, heb ik begrepen, hoe heet het?'

'Kon Kon.'

'Nooit van gehoord, in welke wijk ligt het?'

Natuurlijk heb je er nooit van gehoord. Je hoorde nooit iets als het niet van jou was.

'In Lonlon, net voor de grote weg de tunnel in gaat.'

We gingen een kamer binnen. Een kleine hoekkamer met een halfvolle boekenkast, een bureau en een tweezitsbank voor het raam.

'Daar? Niet echt een wijk voor een beroemd restaurant. Ga zitten, wil je wat drinken? Het is nog wat vroeg voor een borrel.'

'Een kopje koffie is goed.'

Hij pakte de telefoon en bestelde een koffie en een thee. 'De koffie is hier niet te drinken, dus ik ben overgestapt op thee. Nou, vertel.' Hij gaf me een speels tikje op mijn knie en leunde vervolgens achterover op de bank met zijn handen gevouwen achter zijn hoofd.

Ik wilde niet met hem praten. Ik wilde weg.

'Dat ik jou nou hier na al die jaren tegenkom! Herinner je je juffrouw Bakker nog, zo worden ze tegenwoordig niet meer gemaakt.'

Hij moest me nu ruiken. Bij de kleinste beweging die ik maakte dreef de bitterzure lucht bij me weg.

'Ik ben haar nóg dankbaar dat ze ons heeft verteld over de Batavieren en de Vikingen. Nu ik het zo bedenk, zou ik nooit in de diplomatieke dienst zijn gegaan als ik geen les van haar had gehad. Zij leerde ons dat de wereld groter was dan alleen onze stad. Weet je nog?'

'Ik herinner me jouw spreekbeurt over de goudvis nog.'

Waarom zei ik dat? Ik moest niets zeggen. Ik moest opstaan, weggaan en nooit meer terugkomen.

'Roos!' Hij keek me met grote ogen aan, 'Jij hebt een olifantengeheugen, dat je je dat nog herinnert!'

Herinnert? De week erna was ik aan de beurt met mijn spreekbeurt over Keesje, waar ik maanden aan had gewerkt, die mocht niet van juffrouw Bakker omdat er al een spreekbeurt over een goudvis was geweest, en dus kreeg ik een onvoldoende.

Hij legde met een meewarige glimlach even zijn hand op mijn knie en stond op. Hij zei dat we nog uren zouden kunnen praten, maar dat hij een erg drukke agenda had die dag en vroeg of ik een avond bij hen kwam eten, gewoon met de familie, niets bijzonders, zijn vrouw, zei hij, was een 'excellente' kok.

Ik zei dat ik moest werken.

'Natuurlijk, de horeca, slavenbestaan, wat is je vrije dag?' Hij greep een dikke agenda van de tafel. 'Nou?' Hij keek me dwingend aan. 'Welke dag?'

Hoe hard ik mijn lippen ook op elkaar duwde, ze openden zich vanzelf, en doordrenkt van mijn bitterzure lucht zei ik: 'Zondag.'

Hij bladerde naar de zondag. 'Wij kunnen. Fantastisch. Zeven uur?' Hij krabbelde wat in zijn agenda en stak zijn hand naar me uit toen de telefoon ging. Hij nam de hoorn van de haak en brulde: 'Kassel!'

Ik stond op. Hij dekte met zijn hand de hoorn af en zei: 'Je komt er zelf wel uit, hè?'

Ja, ik kwam er wel uit. En nooit meer terug. Ik wilde geen minuut, geen seconde langer blijven. Ik stikte bijna.

'Roos?' Hij zwaaide met een kaartje – hij bleef er maar mee zwaaien – ik moest wel teruglopen, zijn visitekaartje met zijn privé-adres.

Op de gang botste ik op tegen een mevrouw met een dienblad met twee kopjes.

Zesenveertig

Mijn plantje had haar blaadjes verloren. Ik was vergeten haar water te geven. Ik had alleen aan mezelf gedacht. Ik haalde haar uit haar plastic potje, vulde de enige pan in huis met water en zette het verdroogde hoopje aarde met de takjes in de pan. 'Drink, meisje, drink. Als je goed drinkt word je snel weer beter.'

Ik liep naar Roodmutsje en kocht een fles wijn. Ik vond dat ik haar niet alleen kon laten drinken. Niemand moest alleen drinken. Ik niet, dus zij ook niet. Ik ging naast haar met mijn rug tegen de keukenkast zitten en schonk mezelf een glas in. Ik schonk ook wat wijn in de pan. Het water met de klontjes aarde kleurde rood. In stilte dronken we samen. Als ik mijn glas vulde gaf ik haar ook een scheutje. Ze zag er belabberd uit. Ik zou nooit een goede moeder worden. Ik wilde ook helemaal geen moeder worden, ik wilde zelfs geen vrouw meer zijn. Ik wilde dat ik een man was. Ik wilde meetellen in de keuken, mee mogen naar de veiling, niet een naamloos aanhangsel zijn. Ik wilde gezien worden. Ik wilde dat er iemand was die met mij wilde neuken. Heel hard neuken. Iemand die mijn lijf aan alle kanten zou betasten. Vanbinnen en vanbuiten. Zodat ik wist dat ik bestond. Dat ik er nog was. Iemand die zei dat ik mooi was. Iemand die me in de armen zou nemen en me naar bed zou dragen. Iemand die me zou neervlijen, me zou strelen, kussen, beminnen. Iemand die zei dat hij van me hield.

De fles was sneller leeg dan gewoonlijk. Dat heb je als je samen drinkt. Ik liep terug naar Roodmutsje en kocht nog een fles. Hij behandelde me met evenveel egards, zelfs toen ik per ongeluk een doos omstootte, waardoor de hele vloer bezaaid raakte met kleine rubber balletjes. We kropen op onze knieën door de winkel om alle balletjes te vinden. Op een van de lage planken zag ik een stapel schriften liggen. Ik pakte er een en kroop verder op zoek naar de balletjes.

Het schrift gaf hij me cadeau bij de fles met het bord. Ik bedankte hem, hij bedankte mij, ik bedankte hem en hij bedankte mij.

Mijn plantje had stil op me gewacht. Ik opende de nieuwe fles, schonk ons nog eens in en ging weer naast haar zitten.

Ik legde het schrift voor me neer. Ik zou een dagboek gaan bijhouden. Ik keek naar de eerste witte bladzijde. Ik wisselde van pen en zou voortaan met dezelfde pen schrijven – mijn blauwe schreef het fijnst. Ik had het dagboek van Anne Frank gelezen, die schreef aan een fictieve vriendin, Kitty. Ik schonk mijn plantje en mezelf nog eens bij. Ik wilde niet aan een verzonnen vriendin schrijven. Ik wilde echt schrijven. Over Meneer Kon, over mezelf, over de club, over mijn angsten, over de stemmen, over de vissen. Ik zette mijn pen op het papier. Maar hoe wist ik zeker dat niemand het ooit zou lezen? Het idee dat met mijn dagboek hetzelfde kon gebeuren als met het dagboek van Anne Frank maakte me zenuwachtig. Stel dat ik een ongeluk kreeg en mijn lichaam en spullen zouden naar vader en moeder worden gestuurd. Zou mijn dagboek dan in de kist op zolder op jouw ongeopende brieven worden gelegd?

De fles raakte nog sneller leeg dan de vorige. Ik zette de eerste fles naast de tweede, maar ze waren even groot. Moeder heeft een keer om jou gehuild, weet je dat, één keer! Heel even. Om mij zou ze niet huilen, daar was ik zeker van. Mijn oren suisden, mijn hoofd voelde zwaar aan, ik vond dat mijn plantje genoeg had gedronken, dus schonk ik het allerlaatste restje wijn in mijn glas.

Mijn hoofd was een snelweg, een gelijkmatige, eentonige, grijze snelweg. Een snelweg zonder licht, waar nieuwe en oude gedachten overheen reden zonder dat ze elkaar raakten. Ik luisterde naar mijn adem. Ik had mijn pen al lang daarvoor neergelegd. Ik hing scheefgezakt tegen de keukenkast.

Ik stond op en stootte de pan om. Ik bukte, mijn hoofd suisde, ik zette de pan rechtop. Ik nam me opnieuw voor niet meer zoveel te drinken. Ik moest slapen. Ik sliep al weken bijna niet. Elke ochtend stond ik vroeg op en 's nachts kwam ik pas na enen thuis. Het was halfvier. Ik schuifelde over de vloer naar mijn bed. Ik plofte neer en trok de deken over me heen. Ik hoorde de buren. Hun ruzie zou zo beginnen en ik zou zeker niet meer kunnen slapen, dacht ik, voor ik in een droomloze slaap viel.

Zevenenveertig

Mijn vloer was nog zeiknat van het water uit de omgestoten pan en van het plantje was niets meer over. Ik dacht er even over om het te gaan begraven, buiten onder een boom, maar duwde de gedachte weg, gooide het plantje in de prullenbak, dweilde de vloer, schoot in mijn kleren en haastte me naar de metro. Ik was te laat, ik wist het.

Ik wilde rennen maar het lukte niet. Ik sleepte me voort. Ik moest dat etentje zondag afzeggen. Ik moest slapen. Ik moest een excuus verzinnen. Ik zou gewoon niet gaan. Ik zou niets meer van me laten horen. Ik liet me naar binnen duwen door onbekende vechtende lichamen en greep een lus. Ik sloot mijn ogen en stond klemvast tussen de zweterige lijven. Ik opende mijn ogen bij mijn station, en vocht me eruit. Ik was net op tijd om op bevel van de Snor nog een kniebuiging te doen.

Hij had weleens opengestaan en ik was de gang in gegaan maar bij de deur aan het eind verscheen dan steeds mevrouw Kon met haar ondoorgrondelijke blik en haar bezem in de hand. Ze keek me nooit aan, maar veegde met uiterste precisie de aarde van het tuinpad. Dus durfde ik niet verder te gaan en sloot de deur. Maar die dag deed Meneer Kon zelf de deur open en liepen Vim, Kip en ik achter hem aan. Wij waren de grote-vissen-groep en kregen extra les in zijn tuin. De tuin en de vijver waren groter dan ik me herinnerde van de keer met de groep Finse dames. Ik wist nu dat de gebouwen eromheen, met de kleine melkglasramen, de woonverblijven van Meneer en mevrouw Kon waren. De rest van de tuin was omgeven door een kale muur waarvoor wat bomen en struiken stonden. Hoewel het een hete dag was hing er een tintelende koelte in de binnentuin. Het pad rond de vijver was gemaakt van kunstig gelegde kleine blauwige stenen. De planten in de tuin waren verdeeld in groepjes. Ik dacht aan mijn dode plantje, dat ik in de vuilnisbak had gegooid. Ik ben geen plantenexpert, maar ik zag wel dat elke border zijn eigen planten had, er was een kruidenstuk en een deel met alleen bloemen. Er kwamen twee deuren uit op de tuin – de deur waardoor wij waren binnengekomen en een deur die toegang gaf tot het huis van Kon. In de hoek stond een oude boom met lange bladeren waarvan ik de naam niet kende.

Meneer Kon liep over het pad naar de kleine dikke boom aan de rand van de vijver, waar hij de vorige keer de vis uit het water had gepakt. We stonden naast elkaar en keken naar het water. Af en toe kwam er een vis naar de oppervlakte, die stak zijn kop boven water, opende zijn mond en verdween de diepte weer in, een kring op het wateroppervlak achterlatend. Ik herkende allerlei vissen maar vele kende ik ook niet. Meneer Kon zette zijn voeten tussen de wortels van de boom die half in het water groeide. Hij zakte door zijn knieën en tuurde in het water. Na een tijdje wees hij naar een vis. Het was zo'n zelfde gevlekte lipvis – met die verlegen uitdrukking – als hij er de vorige keer had uitgehaald. Hij rolde zijn mouw op en bracht zijn hand tot vlak boven het water. Zijn hand hing slap. Langzaam gleed zijn hand het water in, tot net onder zijn elleboog. Hij gebaarde ons dichterbij te komen.

Ik zag dat hij zijn vingers heel zachtjes bewoog, als een waterplant. Na een minuut zagen we de vis dichterbij komen. Met zijn neus besnuffelde hij de hand. Meneer Kon bewoog niet, alleen zijn vingers. De vis zwom weg en kwam weer terug. Hij dook onder de hand door en gleed langs de tingelende vingers, draaide om en zwom terug. Deze keer bleef hij onder de hand hangen, zijn zijkant tegen de vingers alsof hij genoot van het zachte gekietel op zijn huid. Heel langzaam, almaar bewegend met zijn vingers, maakte Meneer Kon een kom van zijn hand. De vis lag nu in zijn hand, en zwom niet weg. De vingers bewogen zachtjes en de vis liet zich moeiteloos masseren. Rustig, zonder enige haast, trok Meneer Kon zijn hand met de vis uit het water. De vingers bewogen nog steeds, heel licht, bijna niet te zien. De vis had niet door dat hij niet meer in het water was. In extase lag hij in de hand. Meneer Kon liet zijn hand weer in het water zakken en liet de vis los. Hij ging staan. De vis keek om zich heen. Hij zocht de hand.

Het was warmer geworden en we zaten alledrie al uren met onze handen tingelend in het water. Ieder bij een andere boom. Ik zat op de plek waar Meneer Kon twee keer een vis had gevangen, maar behalve één keer één vis die me even besnuffelde, had ik nog niets beetgehad. Af en toe kwam Meneer Kon de tuin in en liep om de vijver heen. Bij ieder van ons bleef hij even kijken en liep dan zwijgend door. Ik was al een paar keer van hand gewisseld, maar met mijn rechterhand hield ik het het langst vol. Ik keek hoe de vissen soepel bewogen en zonder enige weerstand door het water gleden. Ze kronkelden om de boomwortels maar niet om mijn hand. Ik kreeg zin om de vijver in te gaan en met ze te zwemmen, samen door het koele water te glijden. Soms vergat ik de vissen en droomde weg, maar iedere keer riep ik mezelf weer tot de orde.

Meneer Kon was in de tuin en stond bij Vim. Hij knielde naast hem neer. Vim trok zijn hand uit het water en Meneer Kon deed zijn hand erin. Nog geen twee minuten later haalde hij er een vis uit. Hij liet hem terug het water in glijden en herhaalde hetzelfde bij Kip. Toen hij naast mij kwam zitten, trok ik langzaam mijn hand uit het water. Mijn hand was rimpelig geworden van al die uren onder water. Meneer Kons hand gleed in het water. Zijn vingers bewogen zachtjes. Ik wist niet of het dezelfde of een andere vis was, maar bijna direct kwam er een gevlekte lipvis aanzwemmen. Hij besnuffelde de hand. Zwom wat op en neer en vleide zich tegen zijn vingers. Meneer Kon boog ze tot een kom en tilde hem eruit. Hoe kreeg hij het voor elkaar? Ik had hem precies nagedaan. Had hij een geur die ze lekkerder vonden dan de mijne? Was zijn huid zachter, of juist harder? Meneer Kon liet de vis in het water glijden en stond op.

'How do you do it?' verzuchtte ik.

'Music,' zei Meneer Kon en liep door.

Meneer Kon had Engels gesproken! Ik had het écht gehoord! Ik had het me niet ingebeeld. Maar Meneer Kon was alweer verdwenen door de deur en had die achter zich gesloten. Ik wilde opstaan en hem achternalopen. Ik wilde dat hij het herhaalde. Ik moest zeker weten dat ik niet had gedroomd. Maar bij de deur keerde ik om, ik wist dat hij het niet zou herhalen. Hij zou kijken zoals hij week in, week uit keek, met zijn mysterieuze, ondoorgrondelijke blik. Hij verstond dus Engels. Hij had al die tijd toneelgespeeld. Ik begreep niet waarom. Net als alle andere duizenden onbeantwoorde vragen die elke dag door mijn hoofd dwaalden, legde ik deze vraag naast me neer, ik ging weer aan de waterkant zitten en keek in het water. De gevlekte vis zwom voorbij. Muziek – wat bedoelde hij? Hij had toch niet gezongen? Ik keek naar mijn vingers en bewoog ze. Piano!

Ik heb nooit veel op onze piano gespeeld. Jij wel. Jij kon alles spelen wat je hoorde, van klassiek tot pop tot boogiewoogie – tot die dag dat moeder binnenkwam en klaagde dat ze hoofdpijn had en jij moest ophouden. Was dat de dag voor de piano verdween? Of verdween hij iets later, toen je dat bord van opa had kapotgegooid omdat je weer niet mocht spelen in verband met haar eeuwige migraine? *Für Elise*, jij had het mij geleerd. Kende ik het nog? De melodie speelde door mijn hoofd en mijn vingers bewogen onbewust mee. Langzaam liet ik mijn hand in het water glijden. Ik sloeg de toetsen heel zachtjes aan. Zo zacht dat moeder niet wakker zou kunnen worden van haar middagdutje. Ik sloot mijn ogen. Hoe was het ook alweer? Ik begon opnieuw. Steeds beter wist ik het me te herinneren. Ik voelde jouw vingers op mijn vingers. Mijn vingers pingelden in het water. Er gleed iets langs mijn hand. Ik deed mijn ogen open en zag de lipvis langs mijn vingers glippen. Hij draaide zich om en kwam terug. *Für Elise.* Zij zwom opnieuw langs mijn vingers. Ik voelde haar schubben. Ik voelde haar spieren eronder. Ze draaide zich om en gleed langs mijn hand. *Für Elise.* Ze zwom weer door en keerde om. Ze kroop tegen mijn hand. *Für Elise.* Ik speelde door. Het was of zij zich tegen mijn vingers wilde schurken. De melodie klonk in mijn oren. Ik kromde langzaam mijn vingers onder haar buikje. Ik voelde de zachte plek van haar ingewanden onder mijn vingers. Haar buikvin, die ze rustig in mijn hand legde. Ik tilde haar omhoog.

Ik was zo opgewonden dat het gelukt was, dat ik moet hebben geknepen, want voor ik het besefte, glipte zij uit mijn hand en zwom weg. Ik trok mijn hand uit het water. Hadden de jongens het ook gezien? Zij tuurden nog steeds onafgebroken naar hun hand in het water. Ze hadden het niet kunnen zien. Het was onder water gebeurd, maar het was me gelukt. Ik zou bij Paultje Kassel gaan eten. Ik zou een hele avond kunnen praten. Ik had een lipvis gevangen.

Achtenveertig

De metro reed al lang niet meer onder de grond. Ik had gevonden dat ik ver weg woonde van alles, maar Paul woonde nog veel verder weg. De stad en haar voorsteden waren overweldigend. Na een uur lang afwisselende vlaktes met grauwe flats en huizen die strak tegen elkaar aangebouwd waren, verschenen er bomen tussen de bebouwing. Eerst af en toe een boom, maar geleidelijk aan zag ik bomen en parken.

Ik moest hem bellen vanaf het station, had hij gezegd. Ik had er allang spijt van dat ik toch was gegaan. Ik begreep niet waarom ik het deed. Maar als ik dacht aan Elise, zo had ik de lipvis genoemd, voelde ik kracht. Ik wilde en zou een hele avond alles begrijpen wat er werd gezegd. Ik zou niet alleen zijn en geen onzinnige gespreksonderwerpen hoeven verzinnen.

Ik moest lang wachten voor hij met zijn glimmend zwarte auto het tochtige stationsplein op reed. Hij praatte al voordat ik het portier opendeed. Stromen woorden kwamen uit zijn mond. Hij vertelde over het voordeel van wonen in een van de betere buitenwijken. Over de hoogte van het schoolgeld. Over de kosten van de vuilophaaldienst. Over de last die de buurt had van een onuitroeibare boomluis en waarvoor een geldverslindende specialist uit het buitenland was gecontracteerd zonder dat het iets had uitgehaald.

Zijn huis lag aan een stille, brede laan. Elk huis had een tuin en een oprijlaan naar de garage. Ik hoorde vogels toen ik uit zijn auto stapte. Hij zei dat hij die nog nooit had gehoord. Dat zijn kinderen meestal in de tuin aan het spelen waren en dat die lawaai konden maken voor tien. Hij liep achter me naar zijn voordeur en zei dat hij mijn parfum lekker vond. Ik wist dat ik te veel had opgedaan.

De huiskamer was gigantisch. Ik was in maanden niet in zo'n grote lege witte ruimte geweest. De club zou er makkelijk tien keer in kunnen, met de wc en het kantoortje. Zijn kinderen lagen voor de televisie. Ze stonden niet op toen hij zei dat ik de mevrouw was van zijn lagere school. Ze draaiden niet eens hun hoofd om.

Hij schonk me een borrel in en we hieven het glas. Hij toastte op juffrouw Bakker. Ik toastte dus ook op juffrouw Bakker en hoopte dat juffrouw Bakker zat weg te kwijnen in een bejaardenhuis of erger.

Zijn vrouw kwam binnen. Ze had een chique jurk aan en zich mooi opgemaakt. Om haar hals en pols hingen juwelen. Ze keek naar mijn dunne zomerjurk en open schoenen met een hakje. Ik gaf haar een doos bonbons. Ze zette hem op de tafel en riep naar de kinderen dat ze geen chocola mochten pakken voor het eten. Ze ging terug naar de keuken. Hij zei dat ze zenuwachtig was omdat ik een professionele kok was, dat ze daarom hadden besloten mij te verrassen met een echt ouderwetse thuismaaltijd.

'Thuis moet je in ere houden,' zei hij, 'als je in den vreemde leeft. Je hebt maar één thuis.' Hij vroeg of ik nog een borrel wilde – hij had gezien dat mijn glas al leeg was, dat van hem nog niet. Of wilde ik een glas wijn?

Ik snakte naar wijn, veel wijn.

Hij opende een fles, keurde met een professionele blik en schonk mij in. Hij zei dat hij die van iemand van de Franse ambassade had gekregen. Uitgewisseld tegen pakken pannenkoekmeel die zijn vrouw tijdens hun verlof iets te ruim had ingeslagen. Hij legde me uit wat je kon ruilen en met wie. Er bleek een hele verborgen economie te bestaan tussen het personeel van de verschillende ambassades. De Fransen hadden wijn, de Italianen salami en parmaham, de Zweden knäckebröd, de Duitsers zuurkool. Ik begon opeens te twijfelen of al mijn inspanningen om Kons recepten te ontfutselen wel zin hadden. Maar als ik dacht aan de 'Prix d'Honneur de Chef de Cuisine Poisson' en het ontzag dat Eric voor hem had gehad, verdween mijn onzekerheid en sloeg die om in wantrouwen over de interesse van diplomaten in andere culturen. Paul en zijn gezin aten ingevoerde pindakaas, jam en boter. Hij klaagde over de internationale school en de problemen een babysit te krijgen. Hij vroeg of ik niet een keer wilde babysitten maar toen ik zei dat ik elke dag werkte, wimpelde hij het met een 'o-ja-natuurlijk' weg. Hij zat en praatte. Ik verstond elk woord dat hij zei maar het zei me niets. Zijn vrouw riep dat we aan tafel mochten komen.

Ze had gedekt met Wedgewood dekschalen en de kinderen maakten ruzie over welke video ze na het eten zou gaan kijken. Zij tilde de deksels op. Aardappelen, appelmoes, jus en vissticks.

Vissticks! Ik voelde een onbedaarlijke lach naar boven komen, die ik met moeite inslikte. Gelukkig had ik parfum op.

Ik wilde naar huis, ik had mijn koffie op, de bonbons stonden bij de kinderen, die alweer voor de televisie lagen. Ik wilde niet de laatste metro-aansluiting missen en weer een nacht moeten lopen. We schudden handen, zeiden dat we het snel over zouden doen en dat ik ze altijd kon bellen als er iets was. Ik verkreukelde Pauls visitekaartje dat in de zak van mijn jurk zat en wist dat ik het op het perron in de eerste de beste vuilnisbak zou gooien.

Wij reden het pad af toen de buurman ook zijn tuin uit reed. Paul toeterde wild. De buurman stopte. Hij stapte uit, liep naar de buurman en vroeg hem iets terwijl hij naar mij wees.

Paul kwam teruglopen en opende mijn portier. 'Hij gaat naar zijn appartement in het centrum, je kunt met hem meerijden.'

Het was een zeer verlegen man en een slechte chauffeur. Hij trok te snel op en remde te hard af. Ik gespte mijn gordel om en bedacht dat hij misschien zenuwachtig was omdat er onverwachts een buitenlandse vrouw in zijn auto zat. Paul had gezegd dat hij Engels sprak, ik had genoeg geleerd in de club en wilde hem geruststellen.

'You live in a very beautiful house.'

Ik had zijn huis wel niet gezien maar nam aan dat het net zoiets was als het huis van Paul. Hij knikte verlegen.

'Big house.'

Een kleine knikje.

'A beautiful garden.'

Nogmaals eenzelfde knikje.

Ik besloot nog een poging te wagen. 'What kind of work do you do?'

Hij trapte vol op de rem. Ik schoot naar voren en bleef in de gordel hangen, anders was ik met mijn hoofd op het dashboard geslagen.

'Sorry – sorry,' stotterde hij.

'I'm okay. Don't worry.'

'Sorry – sorry – sorry.' Hij leek in tranen uit te barsten en kneep zo panisch in zijn stuur dat ik dacht dat het zou breken.

'Don't worry, I'm okay,' zei ik. Ik legde mijn hand op zijn arm om hem gerust te stellen.

Hij ontspande zich en we reden verder. Ik zou verder mijn mond houden, zodat hij zich op het verkeer kon concentreren.

'You – work – centre?' vroeg hij.

Hij durfde dus toch te praten?

'Yes, I work in Kon Kon fish-restaurant.'

'You – work – Kon Kon?' Hij liet van ontzag een diep gebrom klinken. 'Kon Kon – best – restaurant – in – town.'

Ik lachte. Eindelijk iemand die Kons kookkunsten kende.

'What do you do?' vroeg ik hem.

'Me – simple – job.'

Als iemand dat zei, wist ik uit de club, was hij minstens directeur van een of andere grote fabriek. Dat moest ook wel als je een villa in een buitenwijk en een appartement in het centrum hebt.

'Me – member – of – assembly.'

Een hoge in de politiek.

'That is a very responsible job,' zei ik met ontzag.

Hij grinnikte wat en keek me aan. 'Yes – sometimes – very – difficult.'

'Look out!'

Hij trapte weer vol op de rem. Bijna was hij op de auto voor hem geknald. Ik mocht hem niet meer afleiden, anders zouden we nooit ongeschonden aankomen.

'Sorry – sorry – you – okay?'

Ik moest hem weer tot rust sussen en bedacht dat als de leiders van dit land zo snel van hun stuk te brengen waren, het land maar beter niet in een crisis kon raken.

We reden verder. De parken en bomen waren allang verdwenen. De eindeloze stad gleed aan me voorbij. Naamloze gebouwen en flikkerende reclames. Grote billboards en zich haastende mensen op weg naar huis. Langssnellende treinen en overvolle personenauto's. Winkeleigenaren die hun waren naar binnen zeulden en moeders met tegenspartelende kinderen. Een fietser met een groene emmer aan het stuur, een meisje dat ook in het weekend haar schooluniform droeg, een motorrijder met wapperende haren, een vrouw die zich haastte op haar te kleine slippers en een dikke man die zijn hond terugfloot. Lage huizen ingeklemd tussen smalle flats en smalle flats die klein leken tussen de grotere flats.

In stilte reden we verder. Ik zag de scheve F met de waaier en de plank en herkende de omgeving, we waren een paar minuten rijden van mijn huis.

'You – like – drink?' vroeg hij toen we er bijna waren.

Ik had voor mijn doen weinig gedronken en snakte naar een glas. Ik had in mijn buurt nog steeds geen leuke kroeg gevonden dus ik reageerde enthousiast. We reden een parkeergarage in – lege parkeerplaatsen zijn een zeldzaamheid, zeker 's avonds. Hij was zenuwachtig. Hij ging vast zelden met een onbekende vrouw, die ook nog uit het buitenland kwam, een drankje drinken in een bar. Ik dronk zes dagen in de week met allerlei mannen en wist dat we na een glas whisky een leuk gesprek zouden hebben. Binnen een halfuur zou ik weten hoe de regering hier werkte, hoeveel kinderen hij had en dat hij Paul een fantastische buurman vond. Dan zou ik naar huis lopen en niet te laat gaan slapen. We stapten uit. Nu pas zag ik dat hij groter was dan de meeste mannen, zelfs iets groter dan ik. We liepen naast elkaar door de hol klinkende parkeergarage. Ik werd steeds nieuwsgieriger waar hij me mee naartoe nam. De deur van de lift speelde 'Happy Birthday'. We gingen omhoog in plaats van naar beneden. Ik zag dat, net als bij de club en het Toto-restaurant, ook in dit gebouw op elke verdieping een bar of kroeg was waarvoor men in de lift reclame maakte. Hij had op de knop van de bovenste verdieping gedrukt. Zou er een bar met uitzicht over de daken zijn? Vast iets chics. De deur zong weer 'Happy Birthday' en we kwamen in een kleine hal. Hij trok een kaartje uit zijn portefeuille en stak dat in de deur. Het was een creditcard. Hij opende de deur en gebaarde dat ik naar binnen kon gaan. Er is geen bar of kroeg waar je met een creditcard naar binnen gaat. Hij lachte naar me en wees naar de deur. De haren in mijn nek gingen rechtop staan, ik wilde niet naar binnen.

'Come.' Zijn stem klonk bevelend.

'I think it is time for me to go home.'

Hij bewoog ongeduldig en keek om zich heen. 'Come,' zei hij gebiedend.

'No, I go home,' zei ik en draaide me om.

Hij trok aan mijn arm, gaf me een duw en ik viel de kamer in. Hij sloot de deur. Een geblindeerde kamer met in het midden een groot bed onder een glimmend roze sprei.

'I go.'

Hij pakte me bij mijn arm en sleepte me naar het bed. Ik riep dat ik dat niet wilde. Hij probeerde mijn jurk kapot te trekken en riep dat alle buitenlandse vrouwen het wilden. Ik gilde dat ik weg wilde, dat hij me moest laten gaan. Hij schreeuwde dat ik een hoer was en dat hij me een klap zou geven als ik mijn mond niet hield. Hij scheurde mijn jurk open. Ik viel op de grond en hij liet zich op mij vallen. Ik krijste, schopte en stompte hem in zijn gezicht. Hij lachte. Ik kroop weg. Hij greep mijn enkel. Ik probeerde op mijn knieën de deur te bereiken. Hij trok me terug. Ik trapte hem met mijn andere voet in zijn gezicht. Hij gaf een kreet van pijn, zijn greep verslapte. Ik vloog naar de deur. Ik hoorde hem opstaan. Ik draaide en draaide. Ik voelde dat hij bijna bij me was. Ik draaide de knop de andere kant op. De deur vloog open. Ik rende de hal in, opende op goed geluk een van de deuren, zag dat dat de noodtrap was en vloog het trapgat in. Ik hoorde hem schreeuwen. Ik krijste alle dertien verdiepingen die ik naar beneden rende. Ik opende de deur en rende de straat op.

Ik was bang. Doodsbang. Ik wist niet meer waar ik was en begon te rennen. Zomaar te rennen, wég wilde ik. Wég van die man! Wég van die kamer! Wég van die flat! Wég van deze mensen! Wég van iedereen! Ik rende straat in, straat uit. Ik wilde naar huis. Ik wilde wegkruipen onder mijn dikke deken. Ik rende, rende, rende. Ik durfde niet achterom te kijken. Ik rende tot ik niet meer kon rennen. Ik bleef doorlopen. Wég wilde ik. Wég. Ik kwam bij een plantsoen. Ik kon niet meer. Er was een bankje. Ik ging zitten en begon te huilen. Voor het eerst huilde ik. Ik huilde en huilde. Ik hoorde iemand voorbijlopen die niet stopte. Ik huilde nog harder.

Ik huilde tot het morgen werd en er meer mensen langsliepen, terwijl niemand stopte. Ik bleef huilen tot er echt geen tranen meer waren en ik alleen nog maar lucht huilde.

Toen er ook geen luchttranen meer waren ben ik opgestaan en weer gaan lopen. Ik wist niet waarheen. Ik wist niets meer. Ik was volkomen leeg en had het koud terwijl de zon scheen. Mijn jurk was gescheurd en mijn haren hingen voor mijn gezicht. Ik kwam bij een station en keek op de kaart waar ik was. Ik was een heel eind van huis. Ik had geen geld – mijn handtas lag nog in die vreselijke kamer. Ik sprong over het hekje, niemand zei iets. Ik liep naar het perron en nam de metro, naar huis. Ik trilde en klappertandde. Ik groef mijn reservesleutel op bij de schutting en ging mijn huis in. Ik opende mijn vuilnisbak en haalde mijn plantje eruit. Ik ging terug naar buiten en groef onder de boom aan de overkant een gat met mijn handen. Met mijn nagels kraste ik net zo lang in de harde aarde tot er een gat ontstond. Ik groef en groef tot het diep genoeg was. Heel voorzichtig legde ik mijn kleine plantje op de bodem en vulde het grafje. Ik duwde de aarde aan en liep terug naar huis. Ik wist niet hoe laat het was of welke dag het was. Ik hoorde alleen het schreeuwen van de man. Ik durfde me niet bij mijn kraan te wassen. Ik was bang dat ze me konden zien vanaf de straat, ook al scheen de zon en was binnen de lamp niet aan. Ik ging op m'n knieën voor het aanrecht zitten en wilde me zo wassen, maar m'n knieën deden zeer, ik zag dat ze opengeschaafd waren door het wegkruipen op het tapijt in de kamer. Ik kroop vies mijn bed in en verstopte me onder mijn deken.

Ik ben opgestaan, heb Mama gebeld en gezegd dat ik ziek was.

Negenenveertig

Soms dacht ik dat ik iets hoorde maar als ik opkeek was er niemand. Ik wilde ook niemand zien, daarom was ik hier gaan zitten. Hier viel niemand mij lastig. Hier kon ik denken. Maar ik had nog niets gedacht. Al mijn gedachten hadden mij verlaten. Af en toe dacht ik even dat ik iets dacht, maar als de gedachte dichterbij kwam bleek het een lege huls. In de verte trokken karavanen met gedachten voorbij, maar als ik erheen ging loste de fata morgana op en was alles weer leeg. Ik herinnerde me niet hoe het was gedachten te hebben. Gedachten leken te horen bij een andere wereld. Een wereld waar ik niet meer bij hoorde.

De leegte in mijn hoofd was zacht. Het deed geen pijn. Ze drukte niet en stak niet. Het was gewoon niets. Niet zwart of wit. Niet groot of klein. Niet hard of zacht. Niets. Het voelde naar niets wat ik ooit eerder had gevoeld. Ik had geen gevoel meer. Het gevoel had me samen met mijn gedachten verlaten. Ik was niets. Niets was ik. Er waren geen herkenningen, geen herinneringen, geen gewaarwordingen. Alles was gestorven. Levenloos en hol. Als iets zich nog aan mij zou willen hechten kon het niet meer, er was niets om zich aan vast te houden. Elk aanknopingspunt was opgelost. Dat wat ik ooit was geweest was luchtledig en verlaten. Bij de terugtrekking was alles meegenomen. Niets was per ongeluk achtergelaten. Geen sprankeltje verlangen of hoop. Ik bestond niet meer.

Het water was koel, zoals water is. Mijn vingers speelden *Für Elise*. Rond mijn vingers krioelde het van de vissen. Hun soepele lijven bewogen onder en door elkaar. Ze bleven niet haken aan elkaar, ze stoten elkaar niet in het voorbijgaan, ze glipten in elkaars ruimte zonder te willen veroveren, ze vulden elke plek zonder te dringen, ze boden geen weerstand, ze gaven mee zonder mee te geven, ze bogen hun graten zonder te buigen, ze draaiden in elke houding die hen overkwam, ze keerden als keren gebeurde. De vissen waren hun eigen golven in het water. *Mi re mi re mi si re do la, mi la si, mi do si la.* Ze gleden met hun ruggen, hun koppen, hun staarten langs mijn vingers. Het waren vooral de kleine gevlekte lipvissen die rond mijn hand cirkelden. Er zat een nieuwsgierige papegaaivis tussen en een kleine keizersnapper, maar de lipvissen waren in de meerderheid. Mijn vingers begonnen het *Requiem* van Mozart te spelen. Ik kende die muziek niet zo goed als *Für Elise* maar het vloeide over van het een in het ander. De vissen zwommen weg. Alleen de nieuwsgierige papegaaivis bleef op kleine afstand rondzwemmen. Mijn vingers speelden zachtjes verder. De papegaaivis zwom ook weg. Het maakte mij niet uit. Ik wilde Mozart spelen. Ik ging op de grond liggen op mijn buik en stak ook mijn andere arm in het water. Ik hoorde de fagot, de klarinet, de hoorn, de violen, de cello's. Ik hoorde de bassen en daarna de andere stemmen. Het hele orkest steunde mij. Ik speelde zoals ik nog nooit had gespeeld. Ik voelde de vissen krioelen om mijn vingers. Ik opende mijn ogen niet. Ik speelde voor hen, zij waren mijn publiek, pas als ik de laatste noot had gespeeld zou ik mijn wimpers opslaan en opstaan voor het applaus. Ik zou voor ze buigen. Mijn vingers gleden over de toetsen. Je zou trots op me zijn geweest – jouw lievelingsmuziek. De pauken klonken. Ik zette mijn stuk in. Razendsnel wisselden mijn vingers. Geen toets sloeg ik te hard aan. De violen streken hun laatste noot, alleen ik was over, zachtjes, breekbaar moest het klinken. Mijn vinger bleef rusten op de toetsen. De muziek zwierf weg. Ik stond rustig op, het applaus barstte los, ik opende mijn ogen.

Aan de overkant van de vijver stond Meneer Kon.

Vijftig

De grote boom naast het grafje spreidde haar takken zorgzaam uit. Het was fijn naast de dikke stam te staan. Mijn hand gleed eroverheen. Ik miste mijn plantje, maar de ruige schors van de boom gaf me de zekerheid dat mijn hand nog aan mijn lichaam vastzat. Ik moest naar binnen. Ik moest gaan slapen. Ik was uitgeput. Ik wist niet meer wat ik de hele dag had gedaan maar mijn lichaam deed zeer, ik bestond uit losse delen die niet bij elkaar hoorden, die ieder hun eigen weg wilden gaan. Ik duwde mijn vinger in de bast en volgde de lijnen, die als rivieren over de stam dwaalden. Ik kon de boom niet loslaten. De dikke oude stam hield mij vast. De stad sliep. Ik moest mijn deur openen en naar binnengaan. Ik moest gewoon rechtop lopen en doen of ik wist waar ik heen ging. Ik zou mijn huis binnengaan, op bed gaan liggen en mijn ogen sluiten. Ik moest kracht opdoen. Ik moest mezelf beschermen. Ik moest niet meer in mezelf praten. Ik moest wachten tot het beter met me zou gaan. Mijn vingers wilden de rivieren niet verlaten. Mijn vingers wilden terug naar de vijver en spelen voor de vissen. Ik moest gaan slapen. Mijn voet zette de eerste stap. Het was mijn rechtervoet.

'Ga maar, wij komen zo,' zei ik tegen de rechtervoet.

Maar de voet was geduldig en wachtte. Ik kreeg medelijden met hem en ging achter hem aan naar m'n huis. Mijn rechterhand zocht de sleutel. Ik moest een nieuwe reservesleutel laten maken. Ik had nog maar een sleutel.

'Die andere sleutel heeft hij,' zei de rechterhand en opende de deur.

Dat wist ik.

'Denk je dat dat gevaarlijk is?' klonk het van beneden. De rechtervoet had gesproken.

'Je weet maar nooit,' zei de rechterhand, 'misschien heeft hij het adres gevonden en komt hij hierheen.'

'Dat kan niet,' zei de voet.

'Kan niet?' beklemtoonde de hand. 'Túúrlijk kan dat. Stel dat die man die handtas heeft meegenomen omdat hij geen bewijsmateriaal wilde achterlaten op de plaats van het misdrijf?'

'Alsof hij miljoenen huizen zou langsgaan tot hij het huis vindt waar die sleutel past?' zuchtte de voet.

'Weet je het dan niet?' beet de rechterhand hem toe. 'Het adres zit in de tas. En niet één keer, wel vijf keer.'

'Vijf keer?' echode de voet.

'We mochten al weken geen brieven meer openen, die moesten we linea recta in het zijvak doen, onder de rits, tien ongeopende brieven, stuk voor stuk met dit adres erop.'

'O god, dat is vreselijk,' zuchtte de voet.

Ik wilde rust. Ik wilde stilte. Ik wilde alleen zijn. Ik wilde dit niet. Ik wilde dat het donker werd en alles voorbij was.

'Ik stel voor dat we de boel hier barricaderen,' blafte de rechterhand.

'Ja!' riep de voet. 'Dat is een goed idee!' Hij stampte op de grond. 'Tíen keer! Tien keer, wat een ramp! Misschien zit hij al in zijn auto en is hij onderweg hierheen!'

'Denk je?' stamelde ik.

'Hij is tot alles in staat, dat hebben we allemaal gevoeld,' stookte de hand terwijl ze over de pijnlijke knieën wreef.

We sleepten het ijzeren bedframe naar de ingang, en zette het tegen de deur. Daarna zetten we de tafel ertegenaan en de koelkast.

Mijn linkerhand kreunde dat zij het nu wel genoeg vond.

Ik wist niet meer wat ik moest denken. Ik kon niet meer denken. Ik deed alleen maar mee.

'De kóffer! Ook de koffer!' riep de voet.

We trokken mijn koffer uit de hoek en smeten hem op de koelkast.

'En het matras!'

We zeulden het matras ertegenaan. 'Zou het genoeg zijn?' vroeg ik. Ik vertrouwde het nog steeds niet.

'De borden! We moeten de borden klaarzetten!' kraste de rechterhand. 'Als munitie.'

We haalden de borden uit de kast, vijf hoge stapels, en zetten die op de vloer.

'Wat denk je?' vroeg de rechterhand terwijl hij een bord optilde. 'Zou het genoeg zijn?'

Er werd geklopt. We verstomden en stonden doodstil.

'Daar is hij!' De rechterhand schoot alle kanten op.

'Góóien!' krijste ik.

Eenenvijftig

Mijn vloer lag bezaaid met scherven, mijn appartement één grote puinhoop. Ik had geen tijd voor schaamte. Ik moest me aankleden en opschieten, anders dachten ze dat ik echt ziek was. En bij de grote vissen is niemand ooit ziek. Opruimen zou ik later doen. Ik rende naar de metro, waar ik me naar binnen liet zuigen. Ik hing aan een lus en voelde een aktetas in mijn zij boren. Het deed pijn en ik probeerde de tas weg te duwen, maar de tas zat net zo klem als ik. Naast mij stak een stripboek boven de hoofden uit. Er stak wel vaker een boek uit maar nooit een stripboek. Aan het stripboek zat een hand. Ik kon niet zien bij wie die hand en het boek hoorden. In de strip sloeg een man met een bijl een andere man de hersens in. Ik mocht me niet meer laten verleiden tot zulke scènes als de avond ervoor. Ik moest stoppen met drinken. Ik had de brieven van Eric, Suzan en moeder moeten lezen. Ik moest Paul bellen en vertellen over zijn buurman. Ik moest aangifte doen. Ik moest naar de man van de apotheek gaan en vragen of hij iets had waardoor ik zou kunnen slapen. Ik moest beter mijn best doen. Ik moest door naar de echte keuken. Ik moest weten welke kruiden Kon gebruikte, hoe hij iets zoet maakte, wat hij gebruikte in zijn gerechten met kwal en waarom zijn tonijn zo goddelijk was. Ik telde de handen aan de lussen. Ik probeerde mijn gedachten onder controle te krijgen, maar ze schoten van links naar rechts. Ik wilde ze beetgrijpen maar ze ontglipten me. Ik verlangde dat ik ze kon vastlijmen in de goede orde. De volgorde die ik moest gaan. Eerst het een, dan het ander. Ik bedacht dat ik in de lunchpauze een nieuw bord moest kopen, zodat ik kon eten. Ik moest zorgen dat alles weer zou worden zoals het was. Ik zou mijn bed en tafel netjes terugzetten. Niemand mocht weten wat er was gebeurd. De duim van de hand sloeg de pagina om. Uit de hersenen verscheen een monster dat met opengesperde bek aanviel. Ik moest rustig ademhalen. Niet naar het monster kijken. Het was maar een stripboek. Het was niet echt. Echt waren de stille hoofden om me heen, die voor zich uit in het niets staarden. Uit die hoofden konden geen draken tevoorschijn springen. Die hoofden waren stil. Zwijgzame, onderdanige hoofden. Hoofden die de hele dag gedwee knikten, gehoorzaam alles volbrachten wat hen opgedragen werd. Als doelloze rijen hun werk deden. Ren! Ik moest Ren opnieuw proberen te bellen. Ren had durven kijken en lachen.

'GEK ZIJN JULLIE. ALLEMAAL GEK!' Mijn stem klonk hard door de wagon. Het was eruit geschoten voor ik er erg in had gehad. Ik keek snel weer naar de grond. Het bleef stil. Het werd zelfs nog stiller dan daarvoor. Het leek wel of ook de wielen op de rails minder lawaai maakten. Van onder mijn wimpers keek ik voorzichtig om me heen naar de uitdrukkingloze gezichten. Ik wilde roepen, schelden, provoceren, choqueren, maar ik kneep mijn lippen op elkaar. Dadelijk dachten ze nog dat ik een draak in mijn hoofd had.

Ik perste me naar buiten en droop met de willoze massa naar de uitgang. Ik moest me niet laten meeslepen in hun gesloten wereld. Ik kwam van een andere wereld, een wereld die ik vergeten was, een wereld die mij vergeten was. Bestond die wereld nog? De echte wereld? De andere wereld? Bij een kiosk zocht ik een krant met foto's. Ik wilde weten wat er in de wereld gebeurde.

Ik kreeg mijnwisselgeld terug. Ik lette niet op, mijn wisselgeld viel op de grond, de jongen schoot achter de kassa vandaan en dook naar de grond om de munten op te rapen. Buigend en slaafs kwam hij omhoog en legde het kleingeld in mijn hand met een blik alsof ik hem net geslagen had. Ik had niemand geslagen! Ik sloeg nooit iemand. Ik had alleen een krant gekocht. Een krant!

'Mag ik met je praten?'

'Natuurlijk, maar meestal is het andersom.'

'Dat weet ik, maar ik moet praten.'
'Als het moet dan moet het.'
'Ik eh ... ik weet het niet meer.'
'We weten het allemaal weleens niet.'
'Ja, maar ik weet het echt niet meer. Ik doe dingen die ik niet doe, ik zie dingen die er niet zijn en ik hoor dingen die ik niet kan horen.'
'Wat bijvoorbeeld?'
'Dit bijvoorbeeld. Ik praat met jou maar jij bent een dode haai.'
'Wat zou je dan willen?'
'Gewoon ... haai leren klaarmaken.'
'Dat doe je toch?'
'Ja, maar echt. In de echte keuken.'
'Jij wilde toch leren over vis?'
'Ik wil in de echte keuken werken.'
'Dat wil je niet.'
'Verdomme, dat wil ik wél, dat wil ik al maanden!'
'Nee, je wilt je Kons geheimen eigen maken. Dat wil je.'
'Ja, maar zijn geheimen vinden plaats in de echte keuken en niet hier.'
'Wie heeft je dat wijs gemaakt?'
'In elk restaurant gebeurt het echte werk in de keuken.'
'En als dat hier nou eens niet het geval zou zijn?'
'Dan is het geen echte keuken.'
'Jij zegt het.'
Ik wist niet wat ik nog moest zeggen. De haai hield ook zijn mond.
Bij het opensnijden kwam er een lichte ammoniakgeur vrij. Hij was makkelijk te fileren – hij had geen kleine graatjes en zijn vlees viel moeiteloos van zijn graat.

Tweeënvijftig

Ze hadden mij niet gezien. Ik hen wel. Aki, Cinthy, Vlek en zijn vrienden, allemaal waren ze de koperen buitendeur binnengegaan. Ik stond nog steeds buiten tussen de auto's. Ik moest binnenkort mijn huur betalen, maar toen ik voor de deur stond durfde ik niet naar binnen.

Er kwamen een jongen en een meisje aanlopen. Ze liepen langzaam en praatten niet. Ik dook dieper weg tussen de auto's. Ik wilde niet dat ze me zagen. Hun voetstappen kwamen dichterbij. Ze stopten. Ik wachtte, maar ze liepen niet verder. Voorzichtig kroop ik iets omhoog en keek door de ruit van de auto. Aan de andere kant van de auto stonden ze elkaar te zoenen. Hun tongen likten elkaar begerig. Ik had in geen maanden intimiteit gezien. Behalve de kleverige zoekende vingers van de klanten of de ongewilde druk tegen mijn borsten en billen in de metro. Nooit liepen mensen hand in hand of kusten ze elkaar ter begroeting. Ik hoorde ze hijgen en smakken. Zij waren mijn helden. Uit een deur van een andere club kwam een groepje luidruchtige mannen naar buiten. Dassen en boorden los. Hun stemmen te hard. De jongen en het meisje liepen door. Ik smachtte ernaar gekust te worden. Ik wist niet meer hoe kussen voelden. Ik wist niet meer wat handen deden met mijn huid.

Vlek kwam naar buiten, meer dronken dan anders. Ook zag ik andere vaste klanten naar binnengaan en later weer naar buitenkomen. Ik moest weg. Ik wilde vóór Aki de metro hebben. Ik wilde haar niet tegenkomen.

Ik stond op het perron in mijn avondjurk zonder een druppel drank op. Het was me nooit opgevallen maar nu ik nuchter was hoorde ik hoe hard de aangeschoten mannen praatten. De ijzige stilte van overdag had plaatsgemaakt voor brallende mannenstemmen. Een stomdronken man kwam aan de arm van een meisje de trap af waggelen. Zij deed haar best rechtop te lopen, het stadium dat hij al uren geleden had verlaten. Hij stond tollend naast haar en legde zijn hand op haar billen. Ze duwde zijn hand weg. Hij legde hem weer op haar bil en kneep erin. Ze gaf een onderdrukt gilletje en duwde zijn hand weer weg. Ik keek naar de andere beschonken mannen en zag dat niemand naar het stel keek. Iedereen ging op in zijn eigen benevelde wereld. Sommige mannen waren alleen, de meeste in kleine groepjes. Een metro reed het station binnen en stopte, de laveloze man wilde instappen maar het meisje trok hem eruit en gebaarde dat hij in de metro aan de andere kant van het perron moest.

Onze metro arriveerde. De deuren schoven open en het meisje duwde de man erin. Hij struikelde over zijn eigen benen. Zij bleef op het perron staan. Was hij haar bonus? Ik gruwde bij het idee dat ik Vlek in de metro zou moeten duwen. Toen de dronken man goed en wel aan zijn lus hing, begon het meisje te rennen. Ik zag dat ze drie wagons verder op het nippertje de metro in sprong. De ladderzatte man tolde aan zijn lus. De meeste mannen hingen onderuitgezakt op de banken. Er was plek genoeg. Het was nog niet de laatste trein die terugreed naar de voorsteden. Bij het volgende station kwamen er nog meer dronken mannen de coupé in. Een van hen stootte tegen de man aan de lus. Hij kreunde, opende zijn mond en braakte. De zure lucht verspreidde zich door de hele coupé. Ik dacht aan de mensen die straks de metro moesten schoonmaken, aan de vrouwen thuis, die de mannen zouden wassen en in bed zouden leggen. Een man naast me snurkte. Zijn mond stond open en uit de mondhoek droop speeksel. Ik nam me voor bij de volgende halte naar een andere wagon over te stappen maar voor we het volgende perron bereikten gleed de hand van de man uit de lus en viel hij met zijn gezicht in zijn eigen plas braaksel. Ik hoorde hem kreunen. Was er nou niemand die ingreep? Ik liep naar de man en duwde tegen zijn schone schouder om zijn gezicht opzij te rollen. Ik kon nog met op tijd wegspringen voor een nieuwe lading uit zijn mond spoot. Ik liep terug naar mijn plek en sloot mijn ogen. Ik wilde dat ik ook dronken was.

Gelukkig had Roodmutsje een onuitputtelijke voorraad, ik verdacht hem ervan rond te hebben gebeld naar collega's om hun onverkoopbare voorraden Rioja en borden over te nemen.

Ik had dus een voorbeeld, zodat ik het niet uit mijn hoofd hoefde te doen. Ik sorteerde alles en zocht de buitenranden bij elkaar. Mijn vloer was niet groot genoeg om alle cirkels neer te leggen. Daarom lagen er ook cirkels op mijn aanrecht en mijn tafel. Op de vloer van mijn wc pasten precies drie cirkels. Daarna zocht ik de hoofdjes. Sommige waren in twee of drie stukken maar vaak waren de hoofden nog heel. Ik paste de bovenlijven aan de nekken. Gespleten borsten, gebroken harten, het was er allemaal. Mijn vingers gleden over haar kapotte lijf. Haar smalle taille en haar brede heupen. Haar rechterarm hield ze gracieus boven haar hoofd met de klepperende castagnetten op de witte achtergrond. Die was dus makkelijk te onderscheiden van de linkerarm, die tegen de rode achtergrond van haar jurk afstak. De rok cirkelde om haar heen. Haar linkerbeen dook uit de golven stof en haar voet wees, spits gepunt, naar de vloer. Ze stond op de bal van haar andere voet. Bij elke scherf die paste was het alsof ik mijn eigen arm of hand weer op z'n plaats terugzette. Sommige scherven pasten nergens, die legde ik apart, kleur bij kleur.

Ik had geen slaap. Ik wilde ook niet slapen. Eerst moest ik alle gebroken borden lijmen. Als ik die niet kon repareren zou ikzelf ook niet meer herstellen, daarvan was ik overtuigd. Toen het tijd was om naar de grote vissen te gaan had ik dertig borden klaar.

De lichtblauwe lichamen bogen zich mechanisch voorover en strekten zich uit. Alle handen gingen tegelijk op de kreten van de Snor omhoog en naar beneden. Ik was niet naar de binnenplaats gegaan. Ik wilde alleen zijn. Ik liep door de gang naar de kleine keuken. Daar was niemand. Ik opende mijn kastje en pakte mijn mes. Het was een mooi mes. Het houten handvat was in de maanden dat ik het had gebruikt donkerder geworden. Met mijn vingers streelde ik het vlijmscherpe lemmet. Het werd dagelijks geslepen. Weinig messen op de wereld waren zo scherp als die van Tarzan. Zachtjes bleven mijn vingers glijden over het staal, dat door mijn aanraking warmer werd. Ik voelde de punt. Een dodelijk scherpe punt. Ik kon alleen maar aan jou denken. Aan jouw mes. Een mes waarvan ze hadden gezegd dat het helemaal niet scherp was geweest. Mijn vingers streelden het lemmet langzaam en liefdevol. Ik zag mezelf erin weerspiegeld. Mijn mes straalde een onvoorwaardelijke liefde naar me uit. Een allesoverheersende aantrekkingskracht. Ik moest het verstoppen. Dit mes was gevaarlijk. Ik ging op mijn knieën liggen en voelde met mijn hand of er onder de kast een bergplaats was. Die was er niet. Ik probeerde de kast te verschuiven, maar hij was veel te zwaar. Ik kroop over de vloer en voelde onder alle kasten en tafels. Nergens was een plek. Ik hoorde op de gang de anderen aankomen. Ik duwde het mes tussen mijn lichtblauwe kleren en snelde naar de wc. Het staal tintelde op mijn lijf. Er moest ergens een plek zijn waar ik het veilig kon opbergen.

De deur naar de tuin stond op een kier. Ik ging de gang in en liep mevrouw Kon tegemoet. Zij had haar bezem in de hand en stond als een soldaat op wacht in de deuropening. Sinds Meneer Kon ons had toegelaten tot zijn vijver had zij me nooit meer weggestuurd, maar nu leek ze niet van plan me door te laten. Ik liep langzaam op haar af. Ik voelde mijn mes. Ik wilde naar de vissen. Ze keek me streng aan en hield de bezem met twee handen beet. Ik wilde mijn mes tevoorschijn pakken maar ze stapte opzij en liet me langs, waarna ze de gang begon te vegen.

Er was niemand in de tuin. Ik sloot de deur achter me. Ik wilde geen stiekeme blikken die me volgden. Ik moest naar de vissen. De vissen waren de enigen die normaal tegen me deden. Ik zou hun mijn mes in bewaring geven. Ik knielde neer. Ik wist zeker dat zij goede bewakers zouden zijn. Hier was mijn mes veilig.

Ik streelde nog een keer het metaal en gooide het mes in het midden van de vijver. Een kleine plons en ik zag het zinken. Ik had nooit geweten dat messen konden dwarrelen. Maar mijn mes kon dat, voordat het tussen de waterplanten verdween.

Ik zou een nieuwe jurk kopen, een glimmend zilveren jurk, en Mama verrassen. Ik zou praten en drinken en lachen en sigaretten aansteken en mijn benen over elkaar slaan en mijn haren los schudden en luisteren naar alle verhalen. Ik zou er weer helemaal zijn.

Niet ver van de club was een nauwe straat waar veel meiden hun jurken kochten. Ze waren goedkoop en sexy. De vreselijk dikke eigenaar van de winkel zat achterin bij zijn kassa. Zijn winkel was zo volgestouwd met overladen rekken vol kleding dat ik me er met moeite tussendoor kon wringen. Ik begreep niet hoe de eigenaar achterin kon komen, hij moest achter zijn kassa een luik hebben waardoor hij naar binnen en naar buiten kroop.

Alle jurken hingen in doorzichtig plastic beschermhoezen. Ik perste me tussen de rekken en liet mijn handen over het plastic glijden. Mijn wijsvinger vond een stuk effen zilveren stof onder een plastic hoes. Ik trok de jurk van het rek en stroopte het plastic eraf. Hij was perfect, een laag uitgesneden hals en glimmende effen stof. Ik vocht mij een weg naar het kleedhokje, duwde het gordijn opzij en stapte naar binnen. Je moest een slangenmens zijn om je erin te kunnen verkleden, maar het lukte me uit mijn lichtblauwe outfit te kruipen en me in de jurk te wurmen. Afstand tot de spiegel had ik niet, want ik stond zo'n beetje tegen de spiegel aangeklemd – maar ik voelde dat hij goed zat. Ik liet mijn lichtblauwe uniform op de grond liggen en worstelde me een weg naar de kassa.

Ik had precies genoeg geld en negeerde de afkeurende blik

toen ik het prijskaartje in mijn nek omhooghield en naar zijn schaar wees.

In de weerspiegeling van de ruit zag ik dat de jurk als een vel om me heen zat. Mijn lijf glom, alsof ik net het water was uitgestapt. Met mijn haren los leek ik op een zeemeermin zonder staart. Mama zou trots op me zijn.

Drieënvijftig

'You – must – go,' zei Aki.

'But I was sick!'

'You – must – go,' herhaalde ze stellig.

Mama was na haar woede-uitbarsting de bezemkast in gestapt en Aki bleef dat ene zinnetje eindeloos herhalen. James, die altijd vriendelijk tegen me was geweest, behalve de keer dat ik met m'n dronken kop vier glazen champagne van de bar had gestoten, duwde me naar de deur.

'You can't fire me because I was sick.'

Hij duwde door.

'You still owe me money!' riep ik over James' schouder naar de gesloten deur.

Met een onbeweeglijk gezicht duwde hij me de hal in en drukte op de knop van de lift.

'I still get my money!'

Ik wilde op z'n minst het geld dat ze me nog schuldig waren.

Hij duwde me de lift in en drukte op de onderste knop. De liftdeur sloot en ik ging naar beneden.

Ik duwde weer op de knop van de zesde verdieping. De lift ging omhoog. Ik opende de deur van de club.

James kwam direct achter zijn bar vandaan.

'I want my money!' riep ik, zo hard dat Mama het moest horen in haar kast.

Mama kwam haar hok uit. IJzig liep ze op me af. In haar hand had ze een envelop. Zonder me een blik waardig te keuren wierp ze me hem toe en ging terug haar kast in. Ik scheurde de envelop open en telde mijn geld. In een club geld laten zien is net zo'n doodzonde als de onderkant van je glas niet afschermen. Het was zelfs meer dan ik had verwacht. Ik stopte de bankbiljetten in mijn decolleté, naast mijn metrokaart, liep naar de bar, waar de karaf whisky stond te wachten op de eerste klanten, zette de karaf aan mijn mond en klokte hem half leeg voordat James hem uit mijn handen rukte en mij hardhandig naar buiten duwde.

Vierenvijftig

Ik zwom langs lantaarnpalen en glimmende auto's. Ik zwom tussen mensen door die als onbeweeglijke pilaren bij een bushalte stonden, langs brievenbussen, vuilnisbakken, een geparkeerde motor en een stoplicht dat op groen sprong. In elke winkelruit zag ik mijn glimmende lijf weerspiegeld. Ik zwom onbelemmerd rond door de straten en langs de huizen. Ik was vrij. Ik gleed mee met de duizenden net geklede wezens die voortbewogen in verschillende richtingen, onder het station een smalle loopgang in. Ik kwam boven tussen lopende kostuums met losse borden en dassen, gleed langs stalletjes met tijdschriften, sieraden, make-up en tetterende megafoons die waren aanprezen, langs open tentjes vol etende monden. Ik dook langs een kartonnen doos een donkere straat in, van de stoep over de straat naar de andere stoep, de hoek om, de volgende straat in. Ik zwom een steeg in langs nog meer dozen terug naar het station. Ik dook een trappetje op en af langs een kat die miauwde. Ik golfde naar een kapotte lantaarnpaal en gleed neer op een bank. Mijn bloed tintelde in mijn aderen. Ik was euforisch en dolgelukkig. Ik was niet meer bang.

Hij zat in een kartonnen doos. Zijn hoofd stak er net bovenuit. Hij trok zijn bloes uit, vouwde die zorgvuldig op en legde die achter zijn rug in de doos. Hij pakte een kam en kamde zijn haar. Hij pakte de klep, ging achteroverliggen en sloot de doos. Vanaf de bank waar ik zat keek ik naar de dozen die tegen de zwarte muur onder het station stonden. Het waren er vier. Het had even geduurd voor mijn ogen aan het donker gewend waren. Toen zag ik pas dat het geen dozen maar kartonnen bouwsels waren, die met plakband en touw bij elkaar werden gehouden. De doos van de man met de kam was de simpelste van de bouwsels, twee dozen die tot een doos aan elkaar waren geplakt. De andere waren groter en leken op kleine zelfgebouwde schuurtjes. Uit een ervan kwam aan de zijkant licht. Ik liep erheen en keek naar binnen. Het was ingericht als een gewoon huis en stond boordevol spullen. In de kartonnen deuropening stonden twee schoenen naast elkaar. Aan de rechterkant, tegen de zwarte muur, lag een smal matras, keurig opgemaakt met een paarse sprei. Bij het voeteneinde was van kleinere kartonnen dozen een kast gemaakt, waarin stapeltjes kleren en boeken lagen. Naast het bed lag een versleten stuk vloerkleed, waarop een man voorovergebogen op zijn knieën over een gaskomfoortje in een pan roerde. Naast hem op het kleed stond een bord. Tegen de linkerwand stonden tientallen paraplu's, allemaal verschillend. Boven ons denderde een trein het station binnen. Alles in het huisje trilde. De wielen gilden. Knarsend kwam de trein tot stilstand. De rust keerde weer in het huisje. Het zwemmen en het geluksgevoel leken uren geleden.

De man keek op. Ik probeerde verontschuldigend te lachen, maar het lukte me niet mijn automatische glimlach op te zetten. Mijn mondhoeken trokken omhoog maar produceerden geen lach. Hij roerde in de pan. Het rook lekker. Ik had in dagen niet gegeten. Ik wilde opstaan en weggaan, maar in plaats daarvan stak ik mijn hand uit. De man keek naar mijn hand, die zweefde in de deuropening. Hij pakte het bord op, schepte eten uit de pan op het bord en gaf het mij. Hij wees naar de bank. Ik ging zitten. De man kwam met de pan in zijn hand zijn huisje uit. Hij ging naast mij zitten en at uit de pan. Ook ik nam een hap. Het was lekker. Samen aten we in de stilte van de denderende treinen.

Ik gaf mijn lege bord terug aan de man. Ik wilde hem omhelzen, kussen op zijn beide wangen, zeggen dat ik hem eeuwig dankbaar was, dat hij een ster was in mijn duisternis, dat hij door God gezonden was, maar de man was zijn huisje in gegaan en had de deur gesloten. Ik klopte op zijn kartonnen deur. Het huisje wiebelde. Hij opende de deur en keek me verbaasd aan. Ik pakte uit mijn decolleté een stel bankbiljetten en gaf ze aan hem. Hij bedankte me en sloot zijn deur.

De straten hadden hun waterglans verloren. Ik wilde dat ik mijn mes bij me had gehad, dan zou ik het in de holle lijven hebben gestoken om te kijken of ze echt gevuld waren met ijs of dat ze maar deden alsof. Ik zou de deken van zwijgzaamheid opensnijden. Ik zou ze laten zien dat er leven was. Ik zou ze wijzen op de spelonken en donkere holen waar gekust en gedeeld werd. Ik wilde dat de zee zou rijzen en de rivieren zouden overlopen. Ik wilde dat het water kolkend de stad zou binnenstromen en de straten en huizen schoon zou vegen. Ik zag de vissen er hun intrek nemen. Ik zou spelen voor de vissen. De vissen zouden zingen en dansen.

Vijfenvijftig

‘Ze slaapt.’

‘Weet je het zeker?’

‘Bij haar is niets zeker.’

‘Volgens mij trillen haar oogleden nog.’

‘Laat haar toch slapen.’

‘Waarom? Ik ben in dertien stukken gebroken.’

‘Het heeft geen zin. Het is nou eenmaal gebeurd, we kunnen het niet terugdraaien.’

‘Ik voel me eigenlijk een stuk beter dan eerst,’ grapte er iemand uit de hoek.

‘Ja hoor, zíj voelt zich weer beter ...!’

‘Dat kan toch?’

‘Nee, dat kan niet. Je hele lijf ligt aan gruzelementen en jij zegt dat je je beter voelt.’

‘We moeten zorgen dat het niet meer gebeurt.’

‘Ze heeft haar spijt toch betoond?’

‘Met dit slechte plakwerk van d’r? Mijn hand zit scheef, die komt nooit meer goed.’

‘Kunnen we háár niet breken?’

‘We moeten zachter praten, straks wordt ze wakker.’

Eindelijk waren de danseressen stil geworden. Ik dacht dat ze nooit zouden ophouden. Ik durfde me niet te bewegen. Zelfs niet meer te ademen. Ik stikte bijna. Het trillen van mijn oog hield maar niet op. Mijn voeten tintelden en staken, maar ik bewoog ze niet. Mijn mond was droog maar ik slikte niet. De geur die machtiger was dan ik drong door mijn zilveren jurk en deken naar buiten. Mijn geest maakte zich los van mijn lichaam. Hij verliet mij terwijl mijn lichaam bevroren op het bed lag. De danseressen hadden mij niet geroken, of er in elk geval niets over gezegd, ik rook mezelf des te meer. Het prikte in mijn neus, maar ik was doodstil.

Ik wachtte tot ik zeker wist dat ze sliepen, en daarna nog een lange tijd. Heel voorzichtig tilde ik mijn linkerooglid een millimeter op. Van onder mijn wimper probeerde ik te kijken, maar ik zag alleen de bolling van mijn borsten. Ik draaide heel voorzichtig mijn hoofd iets opzij, de borden stonden nog steeds op de grond, precies zoals ik ze had neergelegd. De kamer stonk, ik wilde het raam opendoen, ik wilde adem kunnen halen, maar ik wist niet wat ze zouden doen als ik langs hen naar het raam zou lopen. Hun gesprek was volslagen uit de hand gelopen, er waren gruwelijke plannen beraamd. Een had geroepen dat ze een valkuil achter mijn voordeur moesten maken waarin op de bodem puntige scherven zouden liggen die mij moesten doorboren tot ik dood zou bloeden. Een ander, vlak naast mij, had gezegd dat ze zich allemaal met een dodelijk vergif moesten insmeren, zodat ik kronkelend van de pijn zou sterven als ik van hen zou eten.

'Vergassing!' had eentje geroepen, maar dat vond ik dom, er was geen gas in dit huis, alleen elektra. Uithongering, verstikking, een nachtelijk slachtpartij, al hun plannen waren erop gericht, met of zonder bloedvergieten, mij te doden. Ik moest zorgen dat ik wegkwam voor ze een van hun plannen ten uitvoer zouden brengen. Of was hun plan al in werking gegaan? Ze waren verdacht stil, te stil. Was het al begonnen? Ik moest hen voor zijn, een tegenplan bedenken, een ontsnappingsplan. Zij waren in de meerderheid, en ik zou bij een massale aanval zeker het onderspit delven. Ik sloot mijn ene oog en probeerde na te denken. De afstand naar de deur was hooguit vier meter maar ik had geen schoenen aan en kon, liggend op het matras, niet zien of de vloer al met dodelijke scherven was bezaaid. Ook was ik verstijfd van het uren onbeweeglijk stil liggen. Ik was er niet zeker van of ik vanuit mijn liggende houding in één beweging kon opspringen en een spurt maken. De deken, die half over me heen lag, vormde een probleem – die zou mij nog meer vertragen. Ik moest zonder dat ze het zouden merken eerst mijn spieren opwarmen. Ik spande zo onzichtbaar mogelijk mijn been- en armspieren aan en liet ze weer los. Honderd keer deed ik dat. Mijn bloed begon weer te stromen en hielp me helderder te denken. Ik zou opspringen, de deken in mijn sprong mee optillen en die voor me op de grond gooien, over de borden, dan zou ik op de deken stappen zodat ze me niet konden raken en met een grote sprong zou ik bij de deur zijn.

Ik geloofde in mijn plan, maar er was een probleem. De deur draaide ik te allen tijde op slot en de sleutel legde ik daarna onveranderlijk op mijn tafel. Ik kon niet eerst de deken tussen het bed en de tafel neergooien want dan zou ik te veel tijd verliezen en liep ik het risico dat ze zich zouden hergroeperen.

Wat ik ook bedacht, ik kon geen ander plan verzinnen. Alle alternatieven waren onhaalbaar. Het raam openschuiven en naar buiten springen kon niet vanwege de tralies. Langer blijven liggen was ook gevaarlijk – ik wist niet wat ze van plan waren. In mijn gedachten overzag ik mijn appartement. Ik probeerde me precies te herinneren waar ze lagen. Maar met dertig gerepareerde en nog zeker veertig ongelijmde borden was dat niet zo'n gemakkelijke opgaaf. Ik deed nog tien extra spiersamentrekkingen, sprong op, gooide de deken op de vloer tussen mij en de tafel, sprong naar de tafel.

De sleutel lag er niet.

Ze hadden de sleutel verstopt! Waar was de sleutel? Ik was zo bang dat ze me zouden aanvallen, dat ik de borden op de grond kapot begon te trapten. Liever zij kapot dan ik, was de enige gedachte die ik had. Ik vertrapte ze als smerige kakkerlakken tot gruzelementen terwijl ik in paniek de sleutel zocht. Ik wist zeker dat ik de deur op slot had gedraaid.

Ik voelde de scherven mijn voetzolen binnendringen. Dit was hun plan, ik was er letterlijk ingetrapt, het was ze gelukt, hun in vergif gedompelde lijven drongen zich in mij. Ik moest weg.

Ik rende naar de deur. De sleutel zat in het slot! Was dit nóg een valstrik? Ik had geen tijd om te bedenken welke gevolgen het aanraken van de sleutel kon hebben, ik moest naar buiten.

Ik draaide de sleutel om, rende het huis uit. Ik keek over mijn schouder – ik dacht dat ze mij volgden, maar zag alleen de bloedrode voetstappen die ik achterliet op het pad. Ze zouden me moeiteloos kunnen volgen. Ze konden precies zien waar ik heen ging. Ik moest me mengen tussen andere mensen, daar zou ik veilig zijn, daar zouden ze niets durven. Ik rende naar de metro. Het deed vreselijk zeer. De scherven drongen zich dieper in mijn voeten. Ik moest stoppen en ze eruit trekken, misschien had het gif zich nog niet verspreid. Niemand leek mij te volgen. Ik leunde tegen een muur en trok mijn voet omhoog. Mijn voetzool was één opengesneden bloedende lap vlees, waar splinters aardewerk uitstaken. De grote scherven was ik verloren, de kleine probeerde ik eruit te trekken maar ze zaten al te diep. Ik durfde niet langer te stoppen, ik moest door. Ik strompelde zo goed en zo kwaad als het ging het station binnen. Mijn kaart zat nog in mijn decolleté, die was er niet uit geweest. Ik rende het perron op en verborg me tussen de mensen.

De metro reed het station binnen, hij duwde de dikke lucht voor zich de smalle sleuf uit, het perron op. De trein remde en opende haar deuren. Ik liet me meezuigen. De deuren sloten zich achter me.

Ik was veilig in de coupé tjokvol mensen. Ik was anoniem, niemand wist wie ik was. Ik greep een lus, sloot mijn ogen en was blij alleen te zijn. Ik probeerde de stekende pijn in mijn voeten niet te voelen.

Maar ik was niet alleen. Duizend verschillend paar ogen keken naar mij, ze priemden zich aan alle kanten in mij. Ik voelde hun blikken zich in mij zuigen. Ze ontwarden elk detail van mij. Mijn haren waren niet gekamd en ongewassen. Mijn jurk was niet schoon en gestreken. Mijn handen waren vuil. Ik droeg geen schoenen en had geen tas bij me. Ik was vies. Onrein. Inferieur. Ik hoorde hier niet. De bitterzure lucht omringde mij. Ik bad dat de geur mij voor een keer zou beschermen, zich als een ondoordringbare laag om mij heen zou vormen. Een afstotend scherm, dat de warme, klamme lijven die tegen me aandrukten zou verdrijven, zodat ze me eindelijk echt alleen zouden laten. In plaats daarvan gebeurde het tegenovergestelde. Ze voerden de druk op. Hoe weerzinwekkender ik rook des te harder duwden de lichamen zich tegen mij aan. Mijn borsten werden geplet. Mijn vel werd strakgetrokken. Mijn ingewanden stuwden omhoog. Ze waren me aan het mangelen. Met z'n allen wilden ze mij dooddrukken.

De deuren gingen open. Ik duwde en perste me in de richting van de uitgang. Ze konden me niet tegenhouden. Ik zat in de stroom. Ze moesten me laten gaan. Iemand stond op mijn voet. Ik gilde het uit van de pijn.

Ik wankelde de trap op. Blindelings sloeg ik me een weg tussen de mensen die naar beneden liepen en de metro in wilden. Armen, buiken en benen versperden mij de weg, maar ik zou me niet laten pakken. Ik vocht tot ik boven was. Ik moest naar buiten, viel bijna over een klein kind dat naast zijn moeder liep. Ik hoorde hoe het achter me begon te huilen.

In de verte zag ik de olijfgroene gevel van Kons restaurant. Ik worstelde me erheen. Ik schoot naar binnen en schoof de grendel voor de deur. Ik snelde de gang in. De tuin!

Er was niemand in de tuin. Ik dook achter de dikke boom in de hoek, kroop helemaal in elkaar en hield me stil. Ik hoorde mezelf hijgen. Mijn voeten lagen volledig open. Ze bloedden. Ik moest ze wassen en het vuil en het gif eruit spoelen, maar ik bleef doodstil achter de boom zitten.

In de verte hoorde ik de geluiden van de straat. Een sirene. Een claxon. Een blaffende hond. Niemand kwam de tuin in.

Zesenvijftig

Ik weet niet hoe lang ik achter de boom heb gezeten, maar mijn benen waren verkrampt en de grond waarop ik zat was rood van het bloed. Met veel moeite stond ik op. Ik liep naar de vijver en keek naar de vissen. Moeiteloos zwommen ze door het zachte water. Het water glinsterde en weerspiegelde de wolken hoog in de lucht. Ik ging aan de rand zitten en liet mijn benen in het water glijden. Het was heerlijk fris. De pijn in mijn voeten werd het water ingezogen en ik durfde me te ontspannen. Mijn handen lagen doelloos naast me op de kant.

Ik bewoog zachtjes met mijn voeten door het tintelende water. Mijn hoofd en handen waren te zwaar om op te tillen. Mijn ogen staarden naar Elise, die mijn tenen besnuffelde. Ik zou eeuwig voor haar hebben willen spelen, maar ik was zo moe. Ik gleed een luchtledige ruimte in, zonder einde of begin.

Ik had niets bereikt. Ik had niets geleerd. Ik was niet een keer in de echte keuken geweest. Ik wist nog steeds niet of je kwal echt kon eten. Ik was voor niets gekomen. Ik had niets om naar terug te gaan. Ik was alleen. Ik had helemaal niemand meer. Zelfs niets had ik niet. Ik had nog minder.

Elise kietelde me. Ze hapte met haar volle lippen naar mijn tenen. Ik gaf haar met mijn grote teen een tikje op haar neus.

'Wil je met me spelen?'

Ik had de vissen. Zij waren de enigen die me nooit in de steek hadden gelaten.

Ik liet me langzaam het water in glijden. Ik voelde het niet eens. Het gebeurde vanzelf.

Elise zwom voor me uit. Ik volgde haar. Ik voelde een andere vis langs mijn been glijden. Het water sloot zich boven mij.

Zevenenvijftig

Het was stil onder water. Een zachte stilte. De kleuren waren minder helder, maar elke beweging van Elise zag ik. Ik volgde haar. Ik ademde water. Even dacht ik dat ik stikte, maar ik was al zo vaak gestikt. Ik was niet langer bang, een rust die ik nog nooit had gevoeld kwam over me. Een warme, veilige rust. Een rust waar je geen naam aan kunt geven – geen enkel woord zou kunnen uitdrukken hoe vredig het was. Ik zag mijn mes glinsteren op de bodem.

Achtenvijftig

Ik loop, de wonden aan mijn voeten doen geen pijn. Ik kijk naar je. Jij, mijn enige broer.

Op een dag waren al jouw foto's verdwenen, alsof je nooit geboren was. Ik zal ook niet meer bestaan. Jij bent me komen halen. Jij was niet bang, Tommy, om je hand uit te strekken en me omhoog te trekken. Wij hoeven elkaar geen vragen meer te stellen. Alles is verteld. Ik weet dat ik naast je zal blijven lopen en jij naast mij. Voor altijd. Mijn stappen zijn nog nooit zo licht geweest. We zullen nooit meer moe worden. Nooit meer hoeven hopen of bang te zijn. Ons niet meer schuldig voelen. Niet meer wanhopen of verlangen. Niet meer zoeken of vechten. We zullen nooit meer verliezen, jij en ik.

De lucht is schoon en zacht. De huizen zijn grijs en smal. De straten worden steeds breder. Het regent niet, maar droog is het evenmin. We lopen zonder te stoppen. Achter ons loopt een vrouw, voor ons een jongen. Zo ver mijn oog reikt lopen mensen. Duizenden mensen. Oude mensen. Jonge mensen. Mannen en vrouwen. Niemand draagt iets. De meesten lopen alleen. Sommigen lopen samen. Het is geen rij waarin we lopen. We lopen gewoon. Niet snel en niet langzaam. Niet in een speciale richting. We passeren slechts. We gaan voorbij.